清朝宮廷演劇西遊記の研究

——岳小琴本『昇平宝筏』を中心に

磯部　彰　著

汲古書院

〔1〕

1　紫禁城（北京故宮博物院）西六宮眺望

2　紫禁城（北京故宮博物院）太和殿

3　紫禁城（北京故宮博物院）

4　清代紫禁城宮廷戯台漱芳斎戯台

〔3〕

5　紫禁城寧寿宮三層戯台暢音閣

6　紫禁城（北京故宮博物院）角楼（西北）

7　郷村草台演劇の上演（伝仇英画『清明図巻』部分）

8　乾隆得勝図（「準回両部平定得勝図・伊西洱庫爾淖爾之戦図」部分）

〔5〕

9　西遊記画「高老荘猪八戒収服」場面

10　中国影絵人形（皮影戯皮偶）（陝西省西安）唐僧師徒

11　中国影絵人形（皮影戯皮偶）（灤州）唐僧師徒

13　中国影絵人形（皮影戯皮偶）（灤州）各種

12　中国影絵人形（皮影戯皮偶）（灤州）各種

15　中国影絵人形（皮影戯皮偶）（灤州）各種

14　中国影絵人形（皮影戯皮偶）（灤州）各種

16　中国影絵人形（皮影戯皮偶）（灤州）各種

17　中国影絵人形（皮影戯皮偶）（灤州）各種

18　中国影絵人形（皮影戯皮偶）（灤州）各種頭

19　中国影絵人形（皮影戯皮偶）（灤州）各種頭

20　中国影絵人形（皮影戯皮偶）（山西省）

21　中国影絵人形（皮影戯皮偶）（山西省）

22　『漢声』「陝西東路華県皮影」表表紙

23　『漢声』「陝西東路華県皮影」裏表紙

〔11〕

24　参考：ワヤン人形４種・小道具１種

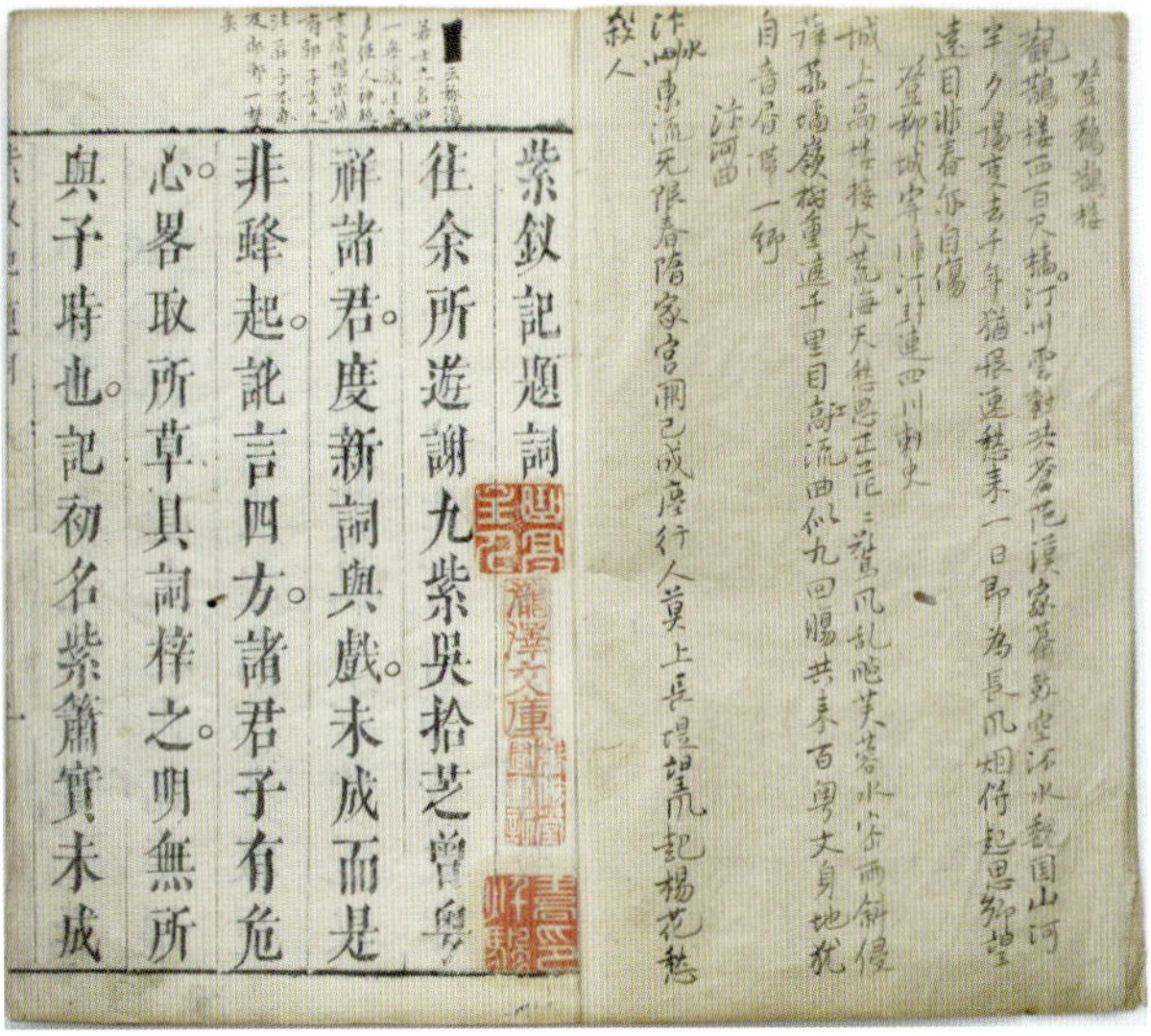

25　曲亭馬琴旧蔵『紫釵記』「題詞」（「瀧澤文庫」「曲亭主人」「著作堂図書記」等）

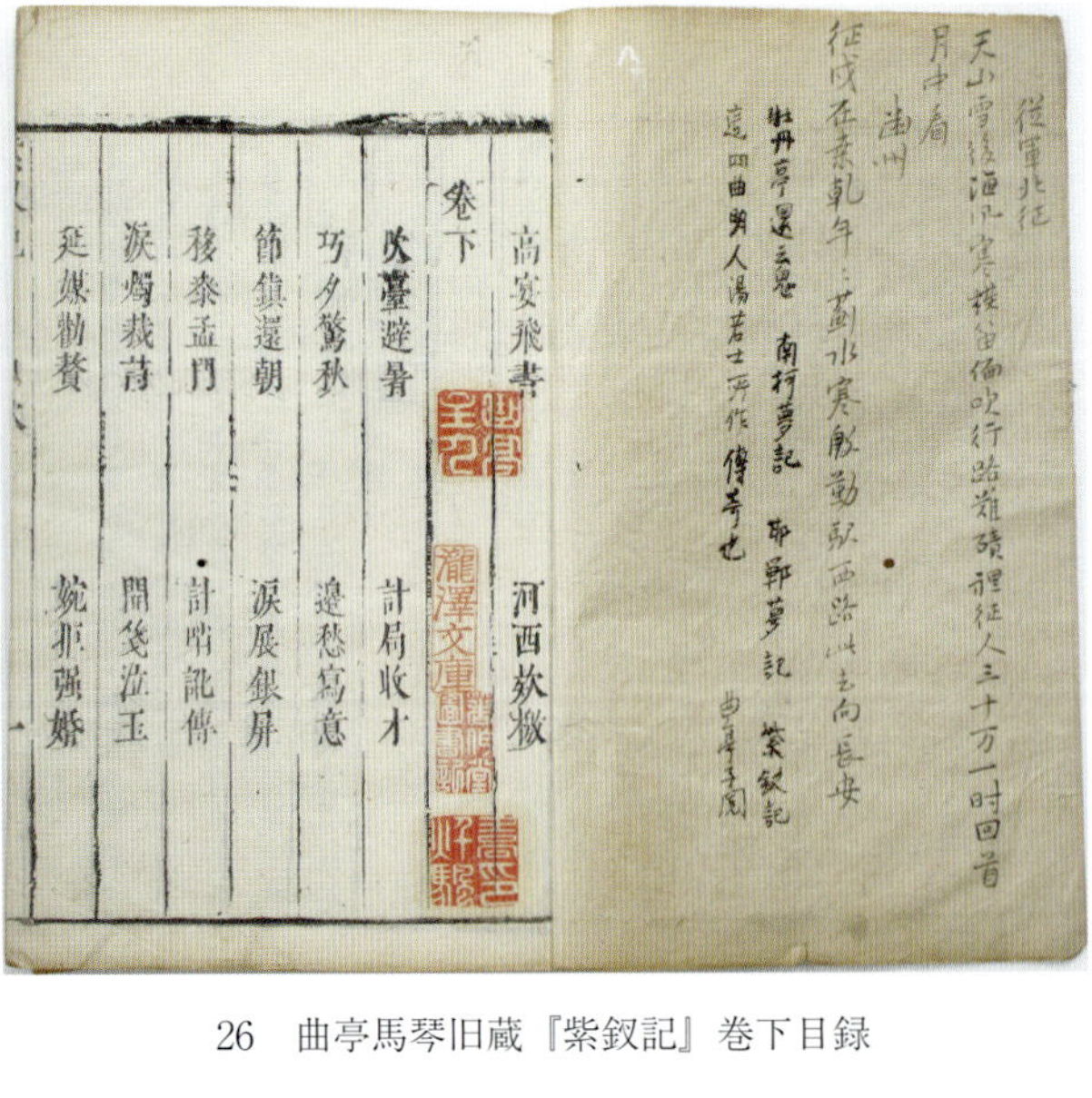

26　曲亭馬琴旧蔵『紫釵記』巻下目録

清朝宮廷演劇西遊記の研究
——岳小琴本『昇平宝筏』を中心に

目次

序　清朝宮廷文化と社会――清朝宮廷の演劇をめぐって

北京の紫禁城は、明清両王朝の王朝文化の拠点であり、今日なお壮麗な建築物が軒を連ね、往時の栄華を伝えている。明清の文化やその特徴を示すものを考える時、一つに演劇文化を挙げることができる。その淵源は、宋金時代にある。のちに、漢民族の明王朝、北方諸民族の清朝によって継承され、代表的な文化の一つとなり、中国人の共同体的意識形成にも一定の役割を果たして来た。

演劇は、人間が持つ多面的要素や行動を、「仮想空間に設定した人間社会」の中で対比的に演じ上げ、人間の生き様を眼に見える形で表現した。人々は、眼前の世界が絵空事であるとは認識しつつも、自身の生きる現実を演劇が持つ諸要素に重ね、生きる上での手本とし、必要とする情報や知識を得ようともした。作家も作品の中に自己の主張や意識を組み込み、登場人物の個性をきわだたせた。宋元以降、多くの人々が社会の階層に制約されることがなく、舞台を介して共通の「擬似中国社会」に身を置くことになった結果、演劇は中国人の意識形成に重要な役割を持つに到った。

演劇は、もともと、祭祀的要素が強い芸能であり、娯楽性を兼ね備えていたが、宋金時代の萌芽的段階では、聖人の教えとは一線を劃すような扱いを受けて来た。そこには、白話文化がまだ成熟してはいなかったという背景があった。その後、元代に伝統文化への意識変化が起こり、文言と口語を交えた演劇文化は社会に定着し、多くの人の参画を得た。

明朝が成立すると、演劇は教化の一手段と見なされて統治に利用されつつも、また皇帝や皇族の愛好する文化となり、文人士大夫も積極的に参画し、多くの作品が作られた。中国の演劇は、宋金時代に地歩を固め、モンゴル人支配の元ウルス時代に到って、「元曲」（北曲）という独自性の強い演芸を確立した。明朝では、元代の演劇文化を継承しつつ、更に新たな形式を持ち込み「南曲」という独自の演劇文化を花咲かせるとともに、地域に根ざすことで地方色を添えた演劇文化も形成して行った。

満洲人が中国を支配し、東アジアにユーラシア帝国、「大清グルン」を構築する中で、占領下の様々な伝統文化に再処理を施して国家統治の道具とした。演劇も娯楽的要素とともに儀礼的な要素が加えられ、儒教の祀典とは異なる新たな礼楽として、国内・国外へ発信することになった。これが清朝宮廷演劇であり、宗教儀礼と密接な関係を持った地方都市や郷鎮各地で演じられていた民間戯班の演劇とは性格を異にする。清朝宮廷演劇は明朝の宮廷戯曲を継承しつつ、国家統治の一手段としたため、舞台一つを取っても前代には見られない大規模な建築物が用意された。

紫禁城にあった暢音閣は三層舞台で、往事の宮廷演劇を彷彿させる遺構である。頤和園内の徳和園、熱河の避暑山荘にも三層戯台の清音閣があった。清朝時代、北京内外の宮廷や離宮に大がかりな舞台がいくつも皇帝の命で造られたことは、王朝が演劇に重要な役割を認めた一証を示すものである。また、南府（昇平署）という演劇管理の官庁を設けたことは、唐代の教坊司のような王朝の組織機構を思わせるが、宮廷演劇が漢族支配を円滑に実施する満洲族による異民族統治の一翼を担っていた表われとも受け取れる。

清朝前期は、明朝時代の宮廷演劇や地方演劇が明末の戦乱より復活する時期であるとともに、宮廷演劇などが独得の発展を踏み出した時期であった。宮廷演劇は、清朝に限らず、明朝以前にも見られたが、清朝におけるその位置づけと役割は歴代王朝には窺えない点も少なくない。国家儀式に演劇が取り入れられ、統治の道具とした色彩を持つ点はその最たるものである。

明清王朝は、現代中国の形を考える上で重要な意味を持つ。中華人民共和国は、中華民国を大陸から駆逐して建国された新たな国家であるが、漢族の王朝であった明朝の文化や意識を引き継ぎ、満洲人の帝国である大清グルンの国土をもとに形づくられた。歴史的経緯から、中華人民共和国は、政治・文化・習俗など多方面で、今日なお明清時代の後期封建社会の残滓を留める。現代世界での中国の政治や経済方面で占める大きさを考えれば、現代の漢族地域と周辺諸族地域との関係を見すえつつ、明朝から清朝、そして、民国後における中華人民共和国の先行形態として把握する必要があろう。この観点から、王朝の中枢である宮廷で行なわれていた演劇の役割を適確に捉えることは、現代社会に到る中国の構造の一面を知る大切な手懸りになろう。

本研究は、清宮廷文化に焦点を当てて、宮廷作品のテキスト研究のみならず、作品の持つ政治的、文化史的背景などを探り、清代文化研究の空白部分を補塡し、現代中国社会をより適確に理解することを目的としている。

清朝宮廷演劇西遊記の研究

——岳小琴本『昇平宝筏』を中心に

①故宮西六宮から景山を望む

第一章　清朝宮廷演劇と岳小琴本『昇平宝筏』

はじめに――『昇平宝筏』諸本をめぐる研究課題

清代宮廷演劇の研究には一定の進歩は見られるが、未知のテキストの存在や、そのテキストに見られる改編の意味など、残された問題も少なくない。その一つが、今回取り上げる『昇平宝筏』諸テキストの一つ、岳小琴旧蔵本『昇平宝筏』の性格とそのテキストから導き出される『昇平宝筏』成立時期の問題である。

筆者は、かつて『西遊記』や「清朝宮廷演劇」の研究を進めて来た。その過程で、『昇平宝筏』を取り上げ、諸鈔本の比較をしつつ、その性格について検証した。当時、取り上げた主要な『昇平宝筏』テキストは、大阪府立中之島図書館蔵本以下、次の各鈔本であった。

①大阪府立中之島図書館蔵内府四色鈔本（以下、大阪府立図書館本と略称）
②北京故宮博物院内府鈔本（古本戯曲叢刊九集底本、以下、故宮博物院本と略称）
③北京国家図書館清鈔本（存九巻）
④北京国家図書館清鈔本（十二本）
⑤北京首都図書館『西遊伝奇』本
⑥台湾故宮博物院朱格鈔本（以下、旧北平図書館本と略称）

⑦東京大学東洋文化研究所朱格鈔本（存一冊）

これらのテキストに基づいて『昇平宝筏』の研究を進め、作品要旨の摘出や特色、問題点などを紹介した。その後、北京国家図書館蔵普通本（鈔本、四冊か）呉暁鈴旧蔵十六本齣本、或は、北京大学図書館蔵『渡世津梁』などの別名本も参照した。しかし、『昇平宝筏』研究を進める中で、不注意にも北京大学図書館所蔵岳少琴旧蔵鈔本『昇平宝筏』（以下、岳小琴本、岳本と略称する）を見落としていた。

その後、中国の張浄秋氏が著書『清代西游考論』[1]において、筆者の未見テキストを含めた多くの『昇平宝筏』テキストの紹介とその概要を明らかにされた。その中で、岳小琴本『昇平宝筏』の重要性について指摘されていた。『昇平宝筏』には、故宮博物院本以外、影印本などがなかったこともあって、日中双方で互いにテキストの見落しが生まれていた。張浄秋氏は筆者の参照した大阪府立図書館所蔵『昇平宝筏』本を参照していない。その一方で、筆者は岳少琴本を参照しなかった。そのため、『昇平宝筏』の改編の歴史についての両者の検討は、共に不十分と言える状況であった。その後、筆者は、北京での国際学会の折、張浄秋氏と『昇平宝筏』諸本の情報交換をし、張浄秋氏が指摘するように岳小琴本は見過ごすことができないテキストであるとの認識に到った。それは、岳小琴本が康熙時代の鈔本とされる点にある。乾隆時代の諸本に先行する康熙時代に誕生していたとすれば、筆者がこれまで進めてきたテキストの分類、系統付け、そして清朝宮廷演劇の開始等について、様々な意味で『昇平宝筏』の見方が変わる可能性も出てきたからである。

筆者は、これまで『昇平宝筏』各テキストから、その完成体は、観客の中心であり上演主催者でもあった皇帝が眼を通した安殿本、つまり、四色写本の大阪府立図書館本がその代表であると見た。同時に、上海図書館本『江流記』・『進瓜記』には乾隆帝八旬の宝璽が捺されていたことから、やはり安殿本であると見なした。大阪府立図書館本はそれらの写本様式が一致することから、大阪府立図書館本は乾隆帝の安殿本とし、乾隆五十五年の万寿節に上演された台本と考えた。ただ、大阪府立図書館本には乾隆帝の宝璽はなく、また、ト書き部分には戯台の様相が乏しい。これに対し、熱河の清音閣三層戯台では『昇平宝筏』が上演され、朝鮮使節などが乾隆帝とともに観劇したことは、皇帝の落款のある上演図から明白である。ベトナム使節が観劇した際、離宮での上演風景をとどめた絵図であるが、朝鮮進貢使節のために上演したという燕行録記事ともほぼ一致する。熱河での上演の場合、三層の大戯台清音閣で上演された。故宮博物院本、或は、旧北平図書館本には三層戯台の福禄寿各台と明示されることから、その際に用いられたテキストは、一見すれば、故宮博物院本系統の写本が当時の上演の台本に相応しいようにも見える。それゆえ、乾隆五十五年上演時、大阪府立図書館本が台本であったのか、或は、故宮博物院本であったのか、という問題点も出てくることとなった。

これまで、『昇平宝筏』の現存本の中から大阪府立図書館本と故宮博物院本を取り上げて、それによって一作品として取り扱い、テキスト相互の比較をしつつ『昇平宝筏』の作品研究を進めていた。文学上の物語研究としては、一つの妥当な方法ではある。しかし、演劇上の台本として考える時、現存本の様相は一様では無く、それぞれの用途によって使い分けがあったのではないか、という思いも出てきた。つまり、写本に書き示される事項に異同があることこそが、その用途や観客の性格を反映しているのではないか、と従来の考えを改めるに到った。

加えて、岳小琴本の出現は、筆者の考えを大きく揺るがすばかりではなく、上海図書館本『江流記』・『進瓜記』にある宝璽が四色写本である大阪府立図書館本では欠如する点をめぐる問題、さらに戯曲テキストに捺印させたのは、誰の意志であったか、果たして乾隆上皇時代なのか、或は、捺印が皇帝の指示なのか、なども解決すべき問題点として再認識させられた。このように、岳小琴本の検証に取り組むことによって、改めて検討すべき課題が多いことに気づいた。

このような経緯から、岳小琴本の内容とその性格について、まず冒頭第一本第一齣から第十本第二十四齣まで個々に検証し、その後、各鈔本との対比から、テキストの『昇平宝筏』上の位置付けを行なった。当初、岳小琴本の特徴に関する検討に加え、その内容梗概とテキスト対校などを一つの論考としてまとめたが、専門研究書としてはバランスが取れないので、前者と後者を二区分して、それぞれを独立させた。本書は、その前者に当たる。(2)

この度の岳小琴本『昇平宝筏』全体に対する検証は、北京大学の潘建国先生の力と原本所蔵機関である北京大学図書館のご厚意を得た結果、進めることが可能になった。ここに、特に記して感謝申し上げたい。

（一）『昇平宝筏』諸本と岳小琴本

（1）『昇平宝筏』諸本の系統について

現在、日本では岳小琴本『昇平宝筏』の紹介や研究はなく、『昇平宝筏』の紹介については、筆者の故宮博物院本『昇平宝筏』、大阪府立中之島図書館本などの初歩的研究や要約があるに過ぎない。

『昇平宝筏』は、これまでの研究では乾隆時代からのテキストが残り、成立も乾隆時代とする資料が存在した。(3) そのため、筆者は、『昇平宝筏』の諸テキストを以下の鈔本に代表される二つの大きな系統に分けていた。

① 大阪府立中之島図書館本系

② 北京故宮博物院本系

この両系統①②の区分は、

A　唐僧両親の遭難と敵討ち（陳光蕊江流和尚物語）、唐太宗の地獄巡り（唐太宗入冥物語）

B　ジューンガル平定をモデルとした頡利可汗征伐物語（唐太宗親征物語）

の有無二点にあると考えていた。その際の主要な鈔本各書の検証結果は、以下のとおりである。

大阪府立図書館本は、Aの物語があり、Bの物語がない系統である。Aの物語を二区分して別箇に独立させた宮廷演劇本が、上海図書館の『江流記』と『進瓜記』である。後者二種は、大阪府立図書館本とともに四色写本の安殿本である。

故宮博物院本はAの物語が不完全で、陳光蕊物語のみを留め、後日談の江流和尚による敵討ち物語と唐太宗入冥の物語がない。しかし、Bの頡利可汗征伐物語がある。

問題とすべきは、如上の①②のそれぞれの系統の『昇平宝筏』と比較した時、岳小琴本はどのような位置にあるのか、という点にある。

新たに取り上げる岳少琴本は、結論から言えば、Bの物語を持つテキストで②故宮博物院本系統に属す祖本であるが、同時に①大阪府立図書館本の祖本でもある。また、①②系統諸本と比較した時、全体の内容や構成に大きな断絶を持ち、その成書年代も先行すると考えられることから、新たに区別して③岳小琴本系統を設定し、独立した系統として位置づけることにした。

その後、如上の大阪府立図書館本、故宮博物院本①②と併せて岳小琴本③を加え検証を行ない、三者のテキスト相互の比較から導かれるテキストの相互関係や特色を指摘し、『昇平宝筏』鈔本と上演との関係を明瞭にし、現存するそれぞれのテキストの性格を再整理した。

如上の結論に至った理由について、最初に岳少琴本の特徴を指摘し、③岳小琴本系統を独立させたことの説明を加えよう。

（2）岳小琴本全十本各本の特徴

『昇平宝筏』の写本は、今日、多くの数が伝わるが、テキスト相互には異同が多い。その中で、岳小琴本は異色の存在である。現存する多くの写本は、特定の物語の有無による根本的なグループ分けが可能で、同一グループ内でのテキストの異同は、主に字句の相違、有無と言う微妙な点で区分が可能である。従って、グループの相違はあっても、全てのテキストに亙るおおまかな物語の筋は同じと言える。

一方、岳小琴本は曲牌曲詞及び白の内容などが、後で述べるように故宮博物院本『昇平宝筏』、大阪府立中之島図書館本『昇平宝筏』と比べて相違が大きく、内容から見て別グループとすべきことはすでに述べた。

今回、岳小琴本を視野に入れることによって、従前の研究に対して研究内容の訂正の必要性を感じたばかりではなく、新たな知見、再認識すべきことなど多くの事柄にも気づくに到った。以下に、再考した結果、かつての研究結果に訂正と補足、新たに獲得した知見とそれに基づく岳小琴本（の祖本）の特色など逐次触れていく。

まず、岳小琴本『昇平宝筏』各齣の下につけられた注記に着目しつつ、十本各本の内容と特徴を見て行こう。なお、岳小琴本は「本」を用いて巻立てすることが多く、全十本の内、二巻が巻立て標記のため、区分は「本」とする。実際の冊数としての「本」は全二十四冊から成るが、実冊の「本」を用いる時は注記などして区別する。

第一本〔概況〕

齣題下に「原本」との記載がある齣が、全二十四齣の内五齣を占める。「原本」に拠った第六齣は美猴王の混世魔王の打ち殺し、第九齣、第十齣は弼馬温の官職から斉天大聖になるまで、第十三齣は西王母の瑤池で斉天大聖が蟠桃を盗むなどして天上世界から逃亡し、第十四齣では花果山で二郎神の狗で孫悟空は捕らえられる。

「原本改」と付記された齣は、十齣を占める。最初の第二齣では金蟬子が唐僧として転生し取経の因果を果たすこと、第三齣、第四齣、第五齣は石猴の誕生と輪廻への恐怖と菩提祖師への入門が語られ、第七齣は東海龍王から美猴王が武器を奪うこと、第八齣では森羅殿に乗り込んで名を閻王の帳簿から消すこと、第十五齣、第十六齣では八卦爐から逃亡した悟空が如来に捕らえられ、五行山下に閉じ込められたこと、第十八齣は金山寺に流れ着いた金蟬子が成人したら出家すると定められたこと、第二十齣は元奘が修行のために金山寺を出ることが語られる。おそらく、第十八齣以降は先行本の陳光蕊江流和尚物語を大きく変えたのではないか。

「新増」と注記される齣は、八齣を占める。「新増」の第一齣では、清朝の一統を讃える宮廷劇の開幕らしい設定をする。第十一齣、第十二齣は淮南王劉安らの昇平之宴が開かれ、王母の蟠桃会がひらかれること、第十七齣は陳光蕊江流和尚物語であるが、陳光蕊と殷氏の死は江水での事故死としている。第十九齣は成人した元奘が陳光蕊・殷氏夫妻の陰魂を夢見て、その父母のために孝を尽くすことを決意する。岳小琴本が依拠した「原本」（祖本西遊記劇）には、陳光蕊江流和尚物語は省かれていた、或は、『楊東来先生批評西游記』にある物語と同じ内容が取り込まれていたとも想像されるが、いずれにせよ、康熙時代の「原本」再編時には、『西遊証道書』とは真逆に、治世の問題からそれを全面的に省き、新たに創作した簡略な不慮の事故死の話に仕立てたと考えられる。第二十一齣は元奘が兵士や虎に出会う災難を描き、第二十二齣は貞観の治を描く朝廷讃歌で、宮廷劇のお決まりの部分であり、本来は物語上必要がないところをあえて添えた場面である。第二十三齣は画院博士らが詔を受けて功臣像描くことであるが、後に頡利可汗の反乱を制圧するために集結した武将の建国時の手柄話になっており、西天取経の話とは関係がない。

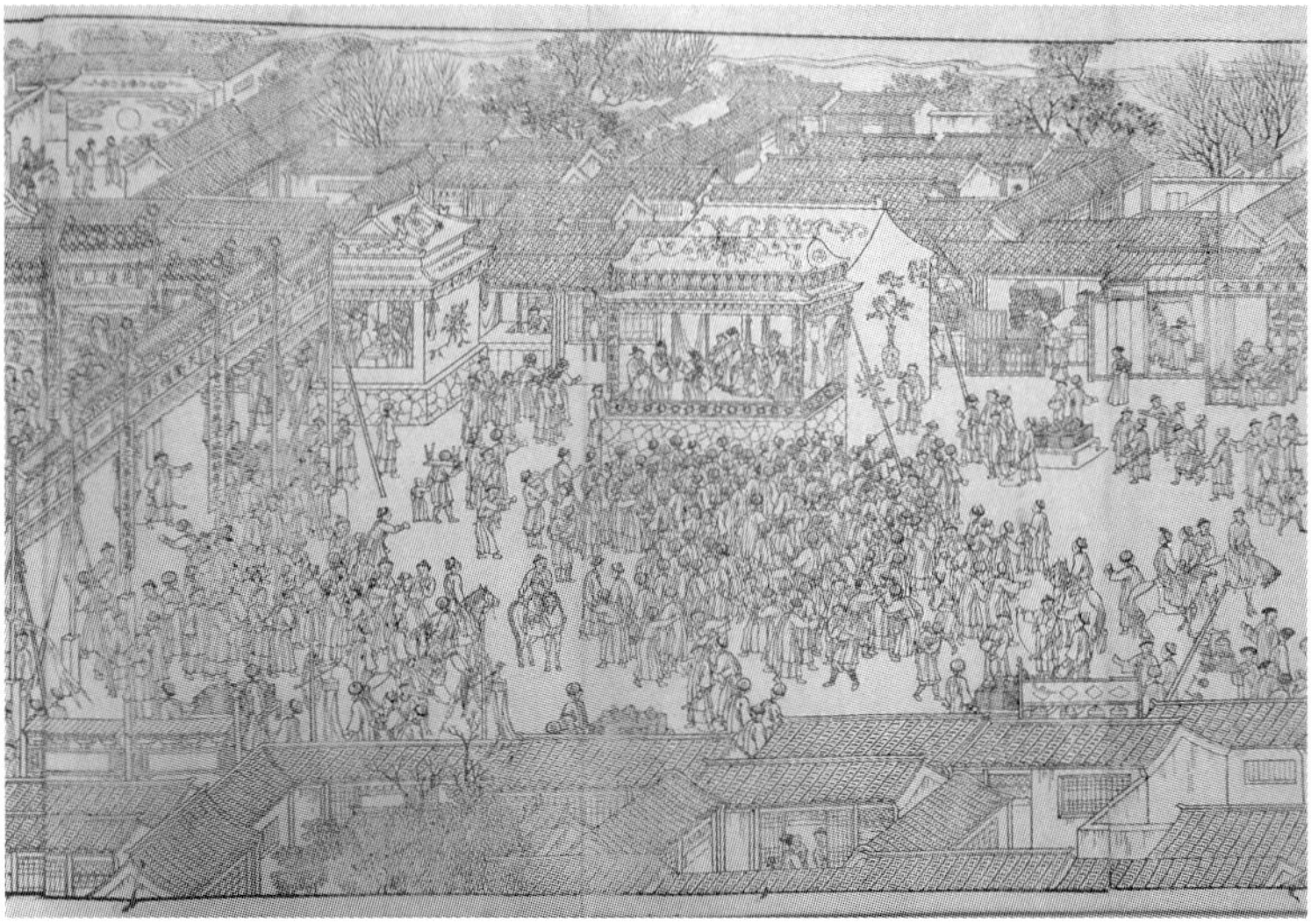

②『万寿盛典』（国立公文書館内閣文庫蔵、以下同）荘親王戯台など

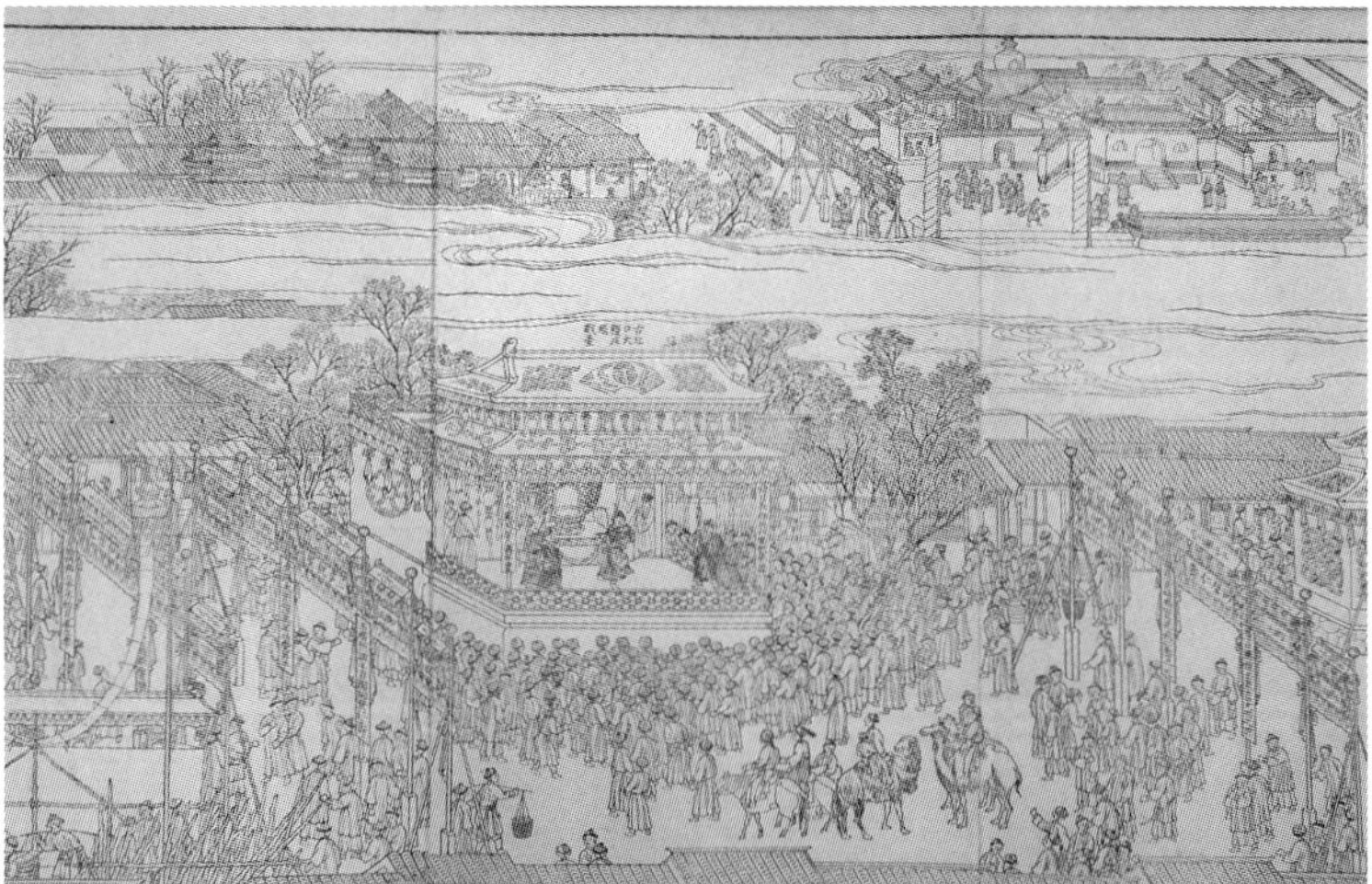

③『万寿盛典』宮廷戯上演場面

「重改」は一齣を占める。これは、「原本改」をさらに改めた改訂を示すものと思われる。それは、第二十四齣で、如来が当今の皇上の万寿無疆、次に皇太子の千載、皇太后らの長寿、天下安寧を祝賀し、三蔵経が東土に伝わり、法灯が迷方に至り及ぶことを企画して、仏弟子らが勝会の功徳を称える、となっている。第一本は、第二本以下の西天取経物語が展開する因果を示すことに重点が置かれている。

〔特徴〕

第一本では、『昇平宝筏』第二本以下の物語が展開する因果を示すことにあり、その全体構成を提示し、依拠したとする「原本」にかなりの手を加えて改訂する「原本改」、岳小琴本の構成を確立するために新たな内容「新増」を加え、その初稿を見た人の意見を取り入れたさらなる改訂「重改」を施している。

宮廷演劇であるから、清朝の一統を称え、宮廷劇の開幕らしい設定をする。淮南王劉安らの昇平之宴、王母の蟠桃会、貞観の治を描き、宮廷劇のお決まりの朝廷讃歌を入れ、本来は物語上必要がない場面設定をする。画院博士らが功臣像描く場面を設定し、後に頡利可汗の反乱制圧に出陣した武将を登場させる。如来が当今の皇上の万寿無疆、次に皇太子の千載、皇太后らの長寿、天下安寧を祝賀し、三蔵経が東土に伝わり、法灯が迷方に至り及ぶことを企画して、仏弟子らが勝会の功徳を称え、如来が皇帝、皇太子、皇太后・后妃の順にその萬寿、千歳、吉祥を願う点を強調する。清朝の宮廷の状況を踏まえて、重ねて改訂した部分に対し、更に皇太后や皇太子への賛辞を加えたのではないか。

一方、陳光蕊江流和尚物語では、先行の戯曲、もしくは小説の内容を利用しつつ、陳光蕊江流和尚物語の決着などを意図して新たな編成とする。第十七齣では陳光蕊と殷氏は水難による事故死とし、第十八齣は金蟬子が金山寺に流れ着き、第二十齣は元奘が修行のために金山寺を出ることが語られる。第十九齣は成人した元奘が陳光蕊・殷氏夫妻の陰魂を夢見てその父母のために孝を尽くすことを決意することは、西天取経の話とは関係がない。おそらく、岳小琴本の依拠した「原本」（祖本西遊記劇）に陳光蕊江流和尚物語があったとすれば、当時なお流伝していた『楊東来先生批評西游記』に近い話であり、その物語を取り入れたか、或は、清・康熙初期の『西遊証道書』の第九回を用いたかもしれないが、治世の問題からそれを全面的に改訂し、新たに創作したと考えられる。その結果、岳小琴本では、後には『江流記』のような敵討ちはないこととなる。

岳小琴本では、赤子を入れた匣を河に流すのは母親ではない。岳小琴本の江流児をめぐる場面は、陳光蕊の死が水死であるという点は治世に対する配慮が見えて合理的であるが、津波で分娩直後の殷氏が水死して夫と龍宮で再会する一方、生まれたばかりの赤子が江流するという設定には露骨な作意が見えて、不自然な改変である。この背景には、康熙帝の治世に対する配慮、或は、観劇の中心が皇太后、妃嬪などの女性であることが意識されたかもしれない。江流児となって木匣に収められる設定のみ、岳小琴本は故宮博物院本・大阪府立図書館本と共通するが、赤児を河上へ流すのが母親ではない設定にはかなり無理があるものの、観劇の皇太后ら女性には配慮がある改変であろう。

岳小琴本には、故宮博物院本・大阪府立図書館本と同様に、冥府に赴く前後には牛魔王と結盟するような話があったことが想定され、岳小琴本の改変時、依拠した康熙勅命以前の「原本」を改訂した際、その話を省いてしまった可能性がある。

岳小琴本全体に言えることではあるが、使用される文字において、忌避文字があまり見られない。岳小琴本が康熙時代の作であれば当然のことながら、例えば、雍正・乾隆時代の忌避文字「弘」「力」「真」各字を頻繁に使用している。

また、「皇太子」という言葉の使用、「弘」字に欠筆がないことから、岳小琴本の内容が康熙時代、遅くとも皇太子を再度置いた時以前に成立したテキストの根拠とされる一齣である。

漢字音から見ると、岳小琴本の「立証」は故宮博物院本では同じであるが、大阪府立図書館本は「刻証」と「立」を「刻」と改める。岳小琴本は「真」字を多用し、大阪府立図書館本も岳小琴本や故宮博物院本と同じで、「真火」の文字は「真」、「神」字を混用しているが、もともと、「粒」「真」などの文字が用いられていて、上演時に改字したのであろう。岳小琴本では、「苦歴」とする文字を、大阪府立図書館本では切り取り補写にて、「(苦)遍」字に改めるなどの例も多い。これは乾隆帝の諱「弘暦」の字音を避けたものである。大阪府立図書館本では岳小琴本の字を切り取った後に補写された点があり、もともと大阪府立図書館本でも故宮博物院本と同じであった文字を、上演に際して、観劇する乾隆帝の諱と同じ発音を憚って急遽変更したものであったと考えられる。

一方、岳小琴本「去」を故宮博物院本は「歴」とする部分がある。これから、故宮博物院本が乾隆帝の御前での上演用テキストではないことがわかる。

岳小琴本には、落字と思われる文字を、写本時、文章の右に補記する。これは、原稿本では考えにくい見落としである。つまり、書き落しがある。岳小琴本には、原稿であればこのような文字の記入漏れは発生しない箇所が随所に散見される。おそらく、既に存在したテキストを転写する時のミスであったであろう。

なお、岳小琴本には、「混元体」「先天」「本来面目」（大阪府立図書館本のみナシ）という教派系宝巻の文句を思わせる語句がある。これに対し、故宮博物院本や大阪府立図書館本では卜書き化されてなくなっている。

第二本〔概況〕

原本が全二十四齣の内、四齣を占める。「原本」は、第十一齣の呉昌齢「唐三蔵西天取経」劇の一節である回回の話、第二十一、二十二、二十三齣に亙る高老荘の猪八戒の入り婿事件である。

第十齣の灞橋餞別は、呉昌齢「唐三蔵西天取経劇」劇の一節に近い場面設定である。内容は、秦王李世民の危機を尉遅敬徳が救援するというもの。目録には「原本」あるいは「原本改」を思わせる記述がある。「原本」と思われるが、いずれかは断言できない。本文では「原本」などの記述はない。

「原本改」は七齣を占める。「原本改」は、初めの第二齣の観音による唐土への取経人を捜しに行く話のほか、やはり第八齣の観音による元奘の教化、第十二齣の劉伯欽の唐僧救助、第十四齣の悟空の六賊殲滅が第二本中間に一齣ずつある他、第十七、十八、十九齣の観音禅院住持了然の貪財と黒風山野狐精の袈裟の盗難各話が該当する。沙和尚を悟静とするところを見ると、「原本」の悟浄を改変したと思われる。

「重改」は一齣を占める。「重改」は、第二十齣のみで、「原本改」をさらに改訂した箇所と思われ、野狼精が沙漠へ逃げ、頡利可汗となって反乱を起こす伏線とする。

第二本の中心は、「新増」で半数十一齣を占める。第一齣は釈迦如来による西天取経の発案、第三齣の外国使節の来航と皇帝讃歌、第四齣の朝廷による賜宴と参加した学士による詩文の作成、第五齣は蕭瑀の夢枕に悔悟した四人の幽鬼である逢蒙、秦将軍白起、李斯、摩登伽女が現われ、地獄からの救済を求め、文殊菩薩の化身である皇上に慈悲を願う話で、最後の結末に続ける。第六齣では、傅奕の孝を重視して明教を護持する立場、蕭瑀の釈氏と儒家は同源とする立場に、張道源の仏法は聖人を損なうことがないという立場を加え、聖上の慈民、仏法と儒教の両立による真理の一源を示し、地獄の救済のために真経の重要性を説く。第七齣は元奘の説法、第九齣は元奘への西天取経の勅命と出立、第十三齣では孫悟空が唐僧の弟子になる話、第十五、十六齣の龍馬収伏、最後の第二十四齣の烏巣禅師から心経を得る内容であるが、これらは明らかに小説を下敷きにしている。「有詩為証」も、小説の表現が取り込まれたのではないか。

〔特徴〕

「原本」とする齣では、第十一齣（「過番界老回指路」原本）（原本：目録）に呉昌齡「唐三蔵西天取経」劇の一節である回回の話を入れる。この場面は、大阪府立図書館本第二本第十九齣、故宮博物院本第乙冊十八齣に継承される。明末の『新鐫出像点板北調万壑清音』などの散齣集が、その元の呉昌齡「唐三蔵西天取経」劇の断片を伝える。本来、祖本としては共通の資料から出たと考えられ、岳小琴本と大阪府立図書館本、故宮博物院本との間では異同は少ないはずであるが、戯詞つまり曲詞（唱詞）、白（道白）、語句や文章の有無の相違も見られるのは、『昇平宝筏』での改編の過程を物語るものとも考えられる。第二十一齣の曲牌「歩々嬌」直前にある小妖と八戒との外見をめぐる白の比較から、岳小琴本から大阪府立図書館本、大阪府立図書館本から故宮博物院本に改編した過程を知ることが出来る。回回の場面を取り入れたのは、康熙帝の史実に関係することに拠ったのかもしれない(4)。

第二本は、「新増」を多く入れる傾向に特徴があり、前半に多く、その後中間に一出ずつ振り当てる傾向にある。岳小琴本では「江流児の敵討ち」「魏徴斬龍・太宗入冥」の代わりに四魔の「逢蒙」らが「大功徳を求め、西天取経の前提となる法要開催へとつなげる。岳小琴本には太宗入冥はないはずなのにもかかわらず、唐僧と尉遅の詞白に「我主夢覚還陽道」という語句があり、太宗入冥が依拠した「原本」にあったことを暗示する。その点を改変し、太宗入冥とその原因になった魏徴の斬龍を省いて、四人の亡魂が救済を求めたことから法会が開かれ、唐僧が起用されるという形に変形される。

その一方で、『昇平宝筏』は『西遊記』に比べて女性向きの作品の色を濃くした一面を示す。その一端が猪八戒の入り婿の話として取り入れられている。これは、後に登場する花香潔や卓女などの生身の才子佳人劇が取り込む口火の役割を持つと言える。

「原本改」では第十八齣の冒頭に野狼精が了然によって唐僧の袈裟が盗まれたことにふれる白は、妖怪名こそ異なるが、岳小琴本と大阪府立図書館本とはほぼ一致し、故宮博物院本とは全く異なる。狼怪を黒漢とするのは、小説にあった黒熊精の改変を示すなごりであろう。或は、原本改とは岳小琴本が「狼」に変えたところも含むのかもしれない。岳小琴本では凌虚子が小説や故宮博物院本のように蒼狼精とし、黒風大王も狼大王とする。狼が重なるところから岳小琴本の改編である。後に小説に従ってこの点は再び改められることになる。

「重改」は、第二十齣で、「原本改」をさらに改訂し、野狼精が沙漠へ逃げ、頡利可汗となって反乱を起こす伏線とし、『昇平宝筏』の後半で重要な唐太宗の親征場面に到るように改められた。

表現に用いられる言葉から検討すると、岳小琴本では、しばしば「哎哟」との感嘆詞を入れる傾向があるが、故宮博物院本・大阪府立図書館本では下品な表現と見なされて省かれる。

第二本本文では「原本」などの記述はないが、目録に留められる。三冊目本文に「新増」などすべて欠落するが、これは底本になかったもので、原稿本とした場合にすべてを落すのは不自然である。つまり、転写本ということを示すのであろう。

岳小琴本が用いる「蓄」「利」「真」「立」「力」各字は、故宮博物院本も同じケースが多く見られる。大阪府立図書館本では切り取り補字をするが、写本当初の大阪府立図書館本は故宮博物院本と同じ文字を使用していたと思われる。岳小琴本は「真」字を多用するが、「真観」と貞観を誤記することもあるし、また落字する箇所も散見される。

岳小琴本の第十六齣名「鷹愁澗」は、前の第十五齣の本文で「鷲愁澗」とするのとは異なる。目録では、「鷲愁澗」とする。おそらく、当初の岳小琴本の鈔写者は、小説や「原本」の「鷹」が頭にあり、その文字を不用意に使ってしまったのであろう。或は、現存本の写本時に、誤って記したとも推測される。

第三本〔概況〕

「原本」は全二十四出の内、五出を占める。「原本」は五荘観鎮元大仙を扱う第五、六、七、八出および白骨夫人が黄袍郎のために仲人をする第十一出の五齣である。「原本」では、五荘観と黄袍郎の話がすでに出来上がり、白骨夫人に黄袍郎との関係を付与していたことがわかる。

「原本改」は、十三出を占める。「原本改」は第三齣の流沙河の悟静（悟浄）の収伏、第九出の蟠桃樹の復活、第十出の宝象国での黄袍郎による柏氏の娘百花羞の誘拐、第十二齣の白骨夫人が三度変化して唐僧一行を誘惑するものの孫悟空に殺される場面、第十三出以下黄袍郎が元奘を虎に変えるが、花菓山から戻った悟空に退治され天上に戻る第十四、十五、十六、十八、十九出がそれで、「原本」にあった白骨夫人に黄袍郎との関係に手を加えていたことがわかる。その後の第二十一、二十二、二十三、二十四出は平頂山の金角銀角の話が続く。

「重作」は、一出のみ。「重作」は第二十出のみで、悟空が黄袍郎と百花羞の元の姿を将軍に説き明かし、宝象国から唐僧一行が出発する場面である。ここは、小説ではもともと簡単な記述の箇所である。小説を意識していた改訂や増補と見ることもできる。

「新増」は四出を占める。「新増」は、冒頭の第一出、伽藍神が唐僧を守護に向かう場面で、言わば、宮廷劇に見られるお決まりの入話の場面、第二出の黄風怪の収伏、第四出の唐僧一行が黎山老母によって禅心を試される場面、第十七出の、にせの百花羞が黄袍怪の帰宅を待って、沙和尚を放ち、子供らは投げ殺されたと言えば、黄袍怪は自分の宝物を見せるが、悟空はその宝物をだまして取り上げるなど、「新増」は戯曲の体裁を整えるために第一の入話を加えたほか、小説より黄風怪を加え、黄袍郎との戦いに潤色を加えるための補充であったと見られる。岳小琴本には故宮博物院本・大阪府立図書館本にある花香潔の設定はなく、唐僧が百花羞より家書を受け取るという小説と同じ設定である。故宮博物院本等は、百花羞が小妖に唐僧の釈放を命じる場面、悟浄と八戒が師傅の救出を相談するところに唐僧が妖怪のもとから脱出してやって来る話を加えているが、岳小琴本にはない。後のテキストは、小説を意識した改訂や増補とも見なせよう。

〔特徴〕

第三本は「齣」字を使わず、目録、本文ともにすべてを「出」字を使う。他の本とは不統一である。これは、依拠したテキストのままであり、幾人かで編集する際のテキストがそれぞれあり、それを寄せ集めた反映があるのではないか。

岳小琴本は出名が六文字（第十六出「猴王重義下山」原本改）であるのに対し、故宮博物院本は「美」字を入れ七字（丁本第十四齣「美猴王激怒下山」）の齣名にする。

岳小琴本第三出目録では、「流沙河法収悟静」とするが、本文では「流沙河法収悟浄」とし不統一。岳小琴本にある百花羞の二孩児の話は小説に近いが、故宮博物院本では第十五齣聞仁の話の後、第十六齣につづき、百花羞と花香潔に及ぶため、全く異なる。岳小琴本には、故宮博物院本の聞仁、爰々道人は全く存在しない。

岳小琴本には「哎喲」などの感嘆詞が多く、「丘」字は、故宮博物院本・大阪府立図書館本「邱」字、「法力」は故宮博物院本も同じで大阪府立図書館本は「妙法」（切り取り補字）とする。

鎮元子の「鎮」字は、岳小琴本、大阪府立図書館本、故宮博物院本いずれも「鎮」字とする。

第四本〔概況〕

「原本」が全二十四齣の内、五齣を占める。「原本」は、第六、七、八、九、十齣の紅孩児の話と牛魔王に羅刹女がやきもちを焼く話からなり、小説の内容に少し話を添える。牛魔王が玉面公主に婿入りをし、風流を楽しむが、残された羅刹女は怒る。そこに紅孩児が訪れて、母の怒りと無聊を鎮めた後、唐僧を捕らえるも、第十一齣の観音によって収伏される場面に到るが、総体的に見ると、小説の焼き直しに当たる。目録では第十一齣の依拠本への対応の注記は空白になるが、一連の紅孩児が帰依に到る最後の話で、小説とは大差のない内容であるから、「原本」であったと思われ、本文では「原作改」とする唯一の齣であるものの、改訂が施された「原本改」ではなく、「原本」を写した齣ではなかったか。それは、曲牌「耍孩児」の曲詞「効侯七赶出門闥」の右脇に「猛哪吒且看金塔」の文字を並記し、後で改詞を施そうとした痕跡を留めるからである。おそらく、次の新増である第十二齣の鬼母掲鉢に接続するために、「原本」へ改訂を加えようとしていたのであろう。そのために、該当箇所への記載を失念していたかもしれない。「原本」であったとすれば、紅孩児の話は、すべて「原本」のままであったことになる。第四本では、「重改」はない。

「新増」は、十八齣を占める。第一齣唐の大官が、唐僧に思いをはせる場面で、比較的短い。第二齣は、洛陽に通ずる運河の浚渫するという朝廷の治世を讃える内容、これは、康熙帝が重視した黄河の治水と漕運の整備に関する政策の反映、である。(5) 第三齣は、山中で木樵が唐僧らに道案内をし、前方の古刹を教える内容で、『楊東来先生批評西游記』の内容に近い。第四齣は、宝林寺での禅問答で、小説第三十六回の宝林寺の場面にもあるが、小説は悟空が唐僧に説く設定になっているので正反対である。小説の詩句と同じ七言句を唐僧・孫悟空が詠み合うことは、小説を下敷にして改変し、旧来の劇本になかったこの場面を「新増」したと思われる。第五齣は、皇帝と臣下が唐僧の無事を祈って祈願することに対し、上帝が神将らを遣わしてその護衛に当たる、という内容。以上の五齣は、場面としては盛り上がりに欠けるものであり、続く「原本」による第六齣以下の牛魔王をめぐる話の先触れと場面数の補充の役割で加えたのであろう。第十齣までは「原本」で、第十一齣は、紅孩児が観音菩薩によって教化される場面である。本文では「原本改」と記される。

第十二齣は紅孩児を助けようと羅刹女が掲鉢を試みて失敗する話であるが、『楊東来先生批評西游記』から「新増」したのであろうが、紅孩児の話が決着した後、善財童子の話としてあるので、西天取経物語からは余計な感じがする。第十三齣以下はすべて「新増」で、第十三齣は飢餓にある関西の百姓に官吏が食料を与える内容で、朝廷の徳政を讃えるための場面、第十四齣は、この後に出てくる頡利可汗の反乱を盛り上げるために、東西渾と李寡婦の登場場面としている。第十五齣は、烏鶏国の話で、全真道人が出てくる。第十六齣は、李寡婦が投身自殺し、その元凶の東西渾が辺塞に逃亡する話。第十七齣は、烏鶏国元帥の鬼魂が唐僧に助けを求める。第十八・十九齣は烏鶏国の話で、全真道人が沙漠に逃亡し、第二十齣は、金丹で元帥を救い、後の第二十一齣は烏鶏国を出立した孫悟空が八戒沙和尚に財気酒色を戒めるという設定である。第二十二齣は李寡婦の亡魂が観音の遣わした龍女によって転生すること、東西渾は将来悪報を被ることが示される。第二十三齣は、頡利可汗の反乱軍に東西渾，全真道人が参画する話、第二十四齣は、皇帝の親征を扱う。

〔特徴〕

『西遊記』の烏鶏国に出てくる全真道人を利用して、頡利可汗の反乱につなげることを意図した構成を取る。頡利可汗の反乱をめぐる場面が、すべて「新増」ということは、康熙本以前の西遊記劇にはその話がなかったことを意味しよう。

冒頭「弘」字が欠筆される。仮りに現行の岳小琴本が原稿本であるとした場合、この欠筆のみから見ると、「原本」

とは康熙本で、乾隆時に改訂増補したテキストが岳小琴本とも受け取れる。しかし、欠筆のみでの判断は危険で、少なくとも岳小琴本の現存テキストの内第四本が乾隆以降の写本を意味すると見た方が良い。

第五本〔概況〕

「原本」が全二十四齣の内五齣を占める。「原本」は、第五、六、八齣の通天河の車遅国陳家荘、第九齣の黒水河小鼉龍、第十三齣の盤絲洞の七人の姉妹による闘草で、第十五齣は目録では「原本改」であるが、本文は「原本」とする。第十四齣との重複部分があることを鑑みて、ひとまず「原本」に入れる。

「原本改」は、七齣を占める。「原本改」は車遅国二齣の僧道の法術比べ、第七齣の通天河一齣、雪が降り止んだ時凍った河を渡り、対岸の西梁女国に行く途中、妖怪の術に落ちて河中に沈む場面、第十四齣の唐僧の托鉢と第十六、十七、十八齣の盤絲洞黄花観四齣である。

「新増」は、十一齣を占める。頡利可汗征討の場面は「新増」として、冒頭二齣、第一・第二齣の金星が文殊菩薩の転世である大唐皇帝を守護するとともに皇帝の親征に兵将が集う場面、中間に一齣、第十齣の頡利可汗が道人などを集め、唐軍と戦いを始める場面、後半六齣の第十九齣から第二十四齣の凱旋までで全九齣を占める。そのほかの「新増」は、第十一、十二齣の西梁女国での懐胎と落胎泉の如意真人との戦い、女王との出会いの二齣のみである。

「重做」が一齣を占める。毘藍婆が黄花観の妖怪退治を助ける第十八齣が、「重改」（目録、本文ともに「重做」と記載）である。

〔特徴〕

第五本では、第二十四齣にある聖旨の中で、房元齢を賛える中、岳小琴本及び故宮博物院本（癸本第十六齣）ともに「裨益弘多」と記す。つまり、「新増」の部分で「弘」字を欠画することは、第四本の場合と同様に、岳小琴本が原稿本であれば乾隆時代の増補の部分であることを示し、転写本であれば乾隆以降の抄写となる。いずれにせよ、岳小琴本そのもののテキスト鈔写の年代は、少なくとも欠筆がある「本」は乾隆以降と言える。岳小琴本では、書き落とした文字を右側に書き添えたり、誤記を右側に示す一方、誤字「酒」（河）も見え、原稿本ではなく転写を窺わせる。また、岳小琴本は、ト書きで「浄」を追記する点は、依拠本の転写ミスをうかがわせる。

第十四齣と第十五齣の内容が重複しつつ、相違がある点は、目録に「原本改」とともにあるものの、本文で第十五齣を「原本」とするように、未改訂のまま残したことを反映するのではないか。

岳小琴本と故宮博物院本の最大の相違は、最後の方で、頡利が敗北を悟り自刃に到る場面にある。岳小琴本は番僧を登場させ、頡利（浄）に前世の因果を示し、大唐皇帝は文殊菩薩であり、汝は黒風山の一妖魔であったものを、一時助けて沙漠に逃げるのを許した、と語り消える。頡利は菩薩の来現と悟る中、番兵が頡利の身内が捕らえられたと知らせて来たので、南朝に降伏する恥を受けないように自刃する、という設定を取る。これに対し、故宮博物院本では、味方がすべて唐の安撫を受けて投降し、妻子も捕虜になったことを知った頡利可汗は、再起ができないと悟り、ついに自刎して果てた、とする。後者では、戦闘にことごとく敗れた可汗の姿が強調されている。

頡利平定後、長安へ凱旋する唐軍が、慈恩寺の門前を通るのを住持が見る。その際、慈恩寺は貞観皇帝が開基を務め、雁塔は高く聳えて人々の遊興の場となっている、と述べる。住持の言う慈恩寺は貞観皇帝の開基とするのは、史実からすれば誤りではないか。雁塔も、玄奘が参加して納経用に作ったもの。『楊東来先生批評西游記』の胖姑の話を後半に取り入れる中、胖姑々に唐僧の出発を貞観十九年と言わせるほか、また、「前腔（孝南歌）」で「西天取経、途路長、十載歴風霜、……如今忖量、定到鶏山、得窺龍蔵」と歌う。十年後とするから、この段階で西天取経が達成されつつあるとして矛盾を示す。貞観二十九年の想定とすれば、もっと後に入れる予定であったかもしれない。龍蔵とは、乾隆龍蔵を意味すれば、乾隆年間の製作となるが、ここではおそらく、大いなる大蔵経の意味なのであろう。

岳小琴本で頡利可汗が黒風山の野狼精であった点は、故宮博物院本にはない。しかし、岳小琴本と故宮博物院本は、皇帝を文殊菩薩の転生とし、文章ともに完全に一致する。

第六本〔概況〕

「原本」が全二十四齣の内、八齣を占める。「原本改」は、十四齣を占める。「新増」が一齣を占める。「重改」が一齣を占め、全体としては「原本」に拠りつつ、改訂を加えたという性格が見て取れる。

「原本」は第二齣の斉錫純による陰隲との断交、第三齣の卓如玉は、先行のテキストにその場面があったことになる。しかし小説には、斉錫純や卓如玉は登場しないから、「原本」は小説ではないことになる。むしろ、小説に基づいて作られた西遊記戯曲の可能性があり、明末にそのような戯曲西遊記があったことからも類推できる。第五齣の牛魔王の入り婿、第七齣の通聖女が霊芝を盗む話、第八齣の「徐錫純」が如玉と唱和する話も「原本」とする。これから見ると、「原本」には斉錫純と卓如玉の唱和、及び九頭駙馬と通聖女の話がすでにあり、第十五齣は牛魔王が華筵に出席するために休戦する内容は小説に近く、既に「原本」に取り込まれていたのであろう。

「原本改」は、以下の齣である。第四齣の羅刹女が独り身に子供の紅孩児を思う場面、第六齣の九頭駙馬による舎利子略奪の提案、第九、十、十一齣の斉錫純と卓如玉をめぐる頼家による陰謀から錫純の収監まで。ここでは徐錫純を斉錫純に改称し、仇の頼太傅などに手を加えたことから「原本改」としたのであろう。第十三、十四齣の火炎山と芭蕉扇をめぐる場面、第十六、十七齣での芭蕉扇をめぐる戦いの末、牛魔王と羅刹女が帰依する話、続く第十八、十九齣の師徒が斉錫純と出会って救助する場面、第二十齣の金光寺住持らが寺宝を盗んだ冤罪で苦しむのを助ける場面、第二十一齣は金光寺宝塔の妖怪を捕まえ、住持らの冤罪を晴らす場面、第二十二齣の斉錫純の無罪を朝廷に訴えて頼忠誠と対決する場面も「原本改」とあることから、おそらく「原本」では斉錫純の話と金光寺の話は別々であったものを頼忠誠の奸計による冤罪にまとめ上げるなどの潤色をしたのではないか。第二十三齣は、碧波潭に悟空が仏宝を取り戻しに赴く話で、小説では九頭駙馬と戦う場面を主とするが、通聖女を登場させて夫の九頭鳥に化けて欺き、霊芝を奪う場面を加えたのであろう。「原本」では小説に沿った結末を、芭蕉扇を羅刹女から奪う趣向を利用して、見せ場の多い場面とすべく増補したのではないか。

「新増」は第一齣で、聖主の無為の治に対し、東皇帝君の朝廷讃歌をいれる。第六本開幕に向けて、新たに宮廷を称える意図があったのであろう。

「重改」は最後の第二十四齣で、本来は附属的な場面で物語の展開上必要性に欠ける場面であるが、観劇の皇太后などの事を考えて、「原本」にあった簡単な結末を改めて、斉錫純と卓如玉の婚姻場面を演出したのではないか。

〔特徴〕

岳小琴本冒頭には東皇帝君が唐の治政を称え「今当大唐皇帝貞観十有一年削平頡利、元旦之辰初平沙漠、車駕方回、……中国久巳《（ママ）》太平」とあり、頡利の反乱は貞観十一年以前ということになる。しかし、第五本第二十三齣で、慈恩寺の住持が、昨日、「削平頡利得勝還朝」と述べ、今朝寺塔から光が放たれたと感動し、多くの村人が来たのを望む。そこに胖姑々らが来て貞観十九年に唐僧の見送りがあったと話す場面になる。次の第二十四齣は親征軍に従軍した将兵を慰労する話であるが、ここでは「弘」字が欠筆される。いずれも「祈増」に当たり、「原本」にいかに頡利可汗反乱の物語を組み込むか苦心したかが推測される。欠筆から乾隆時代の増補と仮定した場合、康熙時代の岳小琴本にはそれがなかったとも言える。頡利可汗の物語のない大阪府立図書館本には当然なく、康熙時代の岳小琴本原姿を伝えるとも想像されるが、康熙本が残っていないと思えるので、欠筆は、抄写の際の配慮とし、頡利可汗の物語を含めて、岳小琴本自体は康熙本の転写としたい。

岳小琴本の曲牌「啄木児」につづく唱詞に、「宋弘」という名があるが、「弘」字は欠画をしない。故宮博物院本では全く別の詞に改められる。ここは「原本」齣ゆえに、岳小琴本の依拠したテキストは「弘」字を欠画せず、そのまま転写して組み入れたと思われる。つまり、「弘」字を使用した「原本」とは、岳小琴本以前の康熙時代にあった戯曲本を指すとも、散逸した明末の西遊記戯曲を指すこともありえよう。

卓玉・斉福・頼斯文らが繰り広げる話の流れからテキストの系統は、

岳小琴本――大阪府立図書館本――故宮博物院本

もしくは、

岳小琴本→大阪府立図書館本
　　　　→故宮博物院本

であり、故宮博物院本と大阪府立図書館本の曲詞・白が近い点を考慮して頡利可汗の話を組み込みテキストの系統を見れば、

小説西遊記――明末西遊記劇――（康熙「原本」劇）――岳小琴本→大阪府立図書館本→故宮博物院本
　　　　　　　　　　　　　　　　　　　　　　　　　　　　　　　　→故宮博物院本

という流れが考えられる。

岳小琴本には半葉空欄、半葉中途で文が切れて空白など不明な箇所があるが、その理由は不明。或は、依拠した

「原本」（原作の稿本）がそのような未定形で、故宮博物院本にあるようなストーリーも併記するために空欄としたことも考えられる。目次では斉生を「徐錫純」とする。岳小琴本は頼忠誠という名前、大阪府立図書館本も忠誠とするが、故宮博物院本では名前を貪栄とするため、岳小琴本に対し、先に改訂を加えたのが大阪府立図書館本、その改訂の後にさらに改定を加えたのが故宮博物院本という流れになる。頼斯文の依頼を受けた役人は、岳小琴本では張金と李玉とし、大阪府立図書館本も同じであるが、故宮博物院本は周混・李玉とする。

岳小琴本の齣名は、第十四・十六齣など、小説から取ったと思われる部分がある。そのような典拠によって、岳小琴本には、誤字や落字の他、記述に矛盾が見られる。霊吉菩薩が一あおぎ「五万余里」飛ばされると言うにもかかわらず、鉄扇公主は「八万四千里」の彼方に行くと矛盾する。これは、改変時の推敲不足であったかもしれない。

岳小琴本、大阪府立図書館本、故宮博物院本の関係を窺うと、明代の小説・旧戯曲を劇本化したのが岳小琴本のいう康熙時代に存在していた「原本」で、その「原本」に改訂増補、つまり「原本改」と「新増」を併せた抄本が現存の岳小琴本の底本に当たるもので「昇平宝筏」という曲本名のもとで一応の完成を見る。岳小琴本は、上演前の物語を重視したテキストとしての性格が窺われるが、ト書きを見るだけでも上演を前提とした総本ではない。それを総本という形にし、更に乾隆帝の上覧に供した安殿本の形が、大阪府立図書館本である。ただし、上演に際して、乾隆帝の諱と同じ発音の文字が急遽改定されている。その後、乾隆時代以後に改めて上演用に改訂したのが故宮博物院本であり、ここに今日知られる『昇平宝筏』が形を確定したと考えられる。以上は現存テキストからの見方であって、その間にも、大阪府立図書館本の底本、或は、微細な点も含めて改訂を経たテキストがいくつも存在していたことも十分あり得る。

乾隆五十五年の万寿節祝賀の際、上演用に改訂されて、小説に沿った内容の安殿本総本が用いられたのであろう。

大阪府立図書館本がその任を担ったと思われる。しかし、康熙時代の岳小琴本にある見せ場の一つ、頡利征討を取り入れた改訂本が岳小琴本と大阪府立図書館本を参照しつつ作られる。故宮博物院本がそれである。

以上のような岳小琴本から大阪府立図書館本、岳小琴本と大阪府立図書館本から故宮博物院本の編集が行なわれる過程は、第六本第十八、十九齣からも窺える。岳小琴本第十八齣後半、曲牌「短拍」の後に曲牌「漁家傲」以下四曲牌の曲詞と白がある。最後の「麻婆子」で終わり、次の第十九齣は曲牌「柳揺金」から始まる。大阪府立図書館本は岳小琴本後半の四曲を省き、同じように改齣して第十六齣とする。故宮博物院本は大阪府立図書館本の省略を受けつつも、「短拍」と「柳揺金」を連続して置き、改齣しないように改めている。字句・文章の対比から判断すれば、故宮博物院本は段階の異なる昇平宝筏テキストを複数机上に並べて、改訂を進めていたと考えられる。

岳小琴本は「力」「利」「立」字を使い、故宮博物院本も岳小琴本と同じように「立」「力」「真」字を使用し、「利」「力」音を使うが、安殿本たる大阪府立図書館本は乾隆帝を憚って極力その音をさけ「力」を「事」などと文字を削って改める。ただし、一箇所「児力」と三本一致するのは、大阪府立図書館本の改訂忘れかと思われる。岳小琴本と故宮博物院本は「妙道真君」とするが、大阪府立図書館本は「妙神神君」とし、「神」字と訂正する。その一方、岳小琴本で「禎」字（第三齣「尾声」）を使うが、故宮博物院本・大阪府立図書館本は「佳」字に改める。雍正帝の諱に反応した改字である。この他、岳小琴本は「網」を「綱」と誤字し、羅刹女のもとへ「哪吒」を遣わすと誤る。「網」「帯」字を「綱」「代」と書くのも岳小琴本の特徴で、誤字も時折見られる。表現では、岳小琴本は第十四齣末で「哎喲」という感投詞を幾度も使うが、故宮博物院本は品がないと見て省く。同じことは、第八齣にも見え、曲牌「南江児水」の後、蘭香が「放屁」と言って右相の若様を叱りつけるが、後者二本は「胡説」と改める。各テキストが、上演に際して直面した状況とその処理判断がテキスト比較からもわかる。

第七巻〔概況〕

第七巻及び第八巻のみが、目録本文いずれも第七本、第八本とせず、巻を使う。

第七巻全体すべてが「新増」で二十四齣を占める。

第一齣は貞観皇帝が文殊菩薩の化身とし、今年が皇太后の華甲六旬の万寿節に当たるとわざわざ説き起こす。皇帝が文殊菩薩の化身であり、今年は皇太后の万寿令であると普賢菩薩が称え、皇太后の慈寿宮に君臣がことごとく集まって慶賀する、という点が本齣の要点である。第二齣も沙漠の平定と皇太后の六旬を繰り返す。最初の二齣と最後の一齣は朝廷を讃えるもので、物語性が乏しい。皇太后が仏教を敬い、仙仏も参集し、松樹は娑婆樹に、緑草は霊芝に化した点を示し、仏母たる皇太后の生誕日を賛美する。第三齣は、木仙庵の話であるが、岳小琴本は、その前二齣が皇太后祝寿と皇帝賛美の場面であり、この話を接続、つまり「新増」したため無理な展開となってしまったので、後で大阪府立図書館本・故宮博物院本はその不連続性を改め、前に荊棘嶺が広がるのを見て、猪八戒が悟空の助力を得て山道を切り開く場面を置き、大阪府立図書館本は同じ齣、故宮博物院本は齣を改めて木仙菴の話に続けたのであろう。第四、五齣は、小雷音寺黄眉童子、第七齣は柿子山の蛇怪退治、第八齣は七絶山での猪八戒の峠越え、第九、十、十一、十二、十三、十四齣は賽太歳の朱紫国郡尹夫人の誘拐、第十五、十六齣は滅法国の米櫃事件で、滅法国の趙寡婦店という宿屋に泊まった一行が、米櫃に休むところ、強盗団に米櫃に入ったまままさらわれる話で、世徳堂本では第八十四回に当たる。小説の宿賃三様について、岳小琴本は趙寡婦の口から先に語らせるが、大阪府立図書館本では完全に省略される。曲詞・白ともほぼ岳小琴本と大阪府立図書館本とは差違がなく、小説に依拠した齣であることがわかる。第十八齣は南山大王から樵夫の救出、第十九、二十齣が鳳仙郡日照り、第二十一齣は蘭亭の復活、第二十

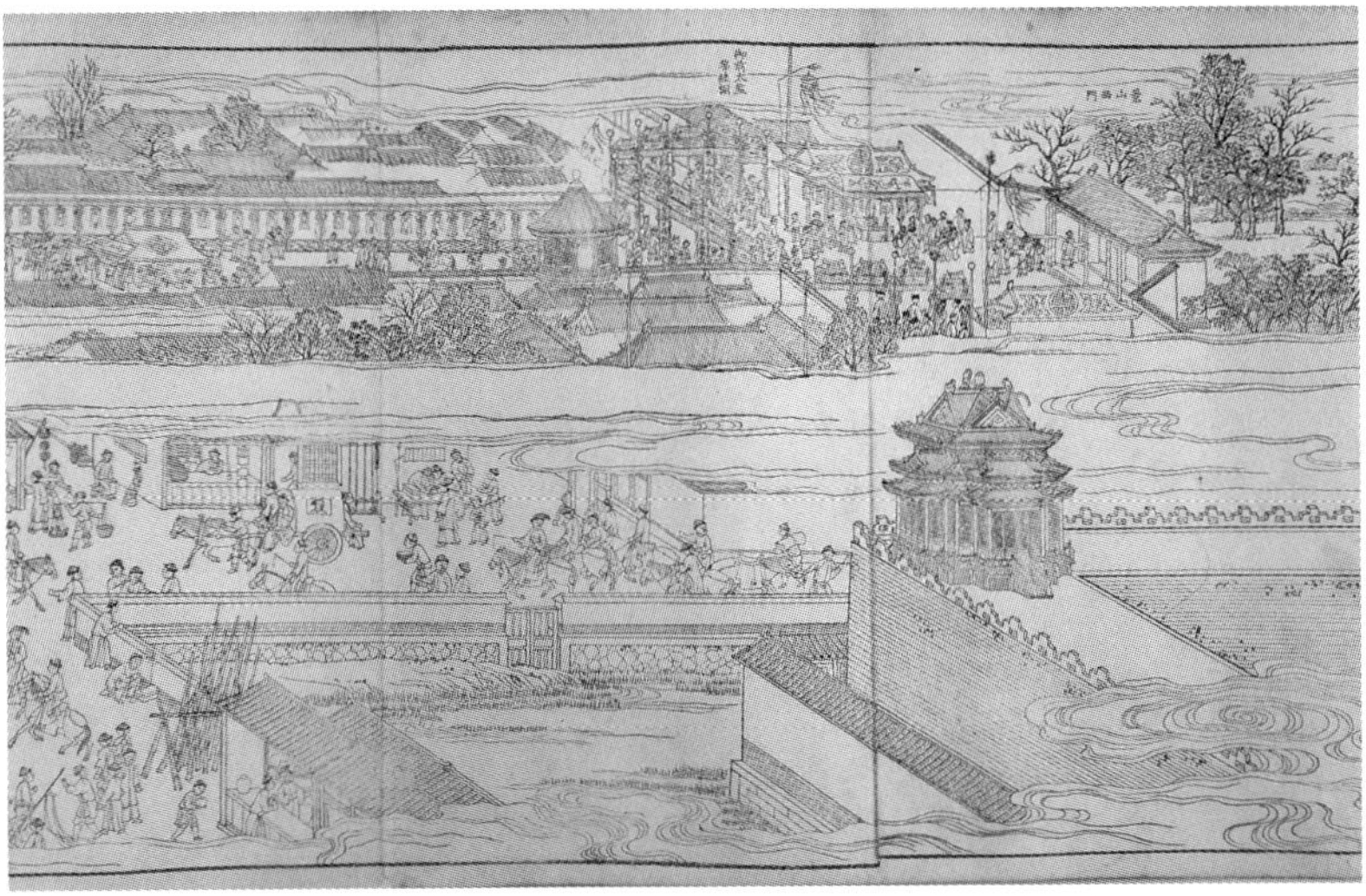

④『万寿盛典』景山西門風景

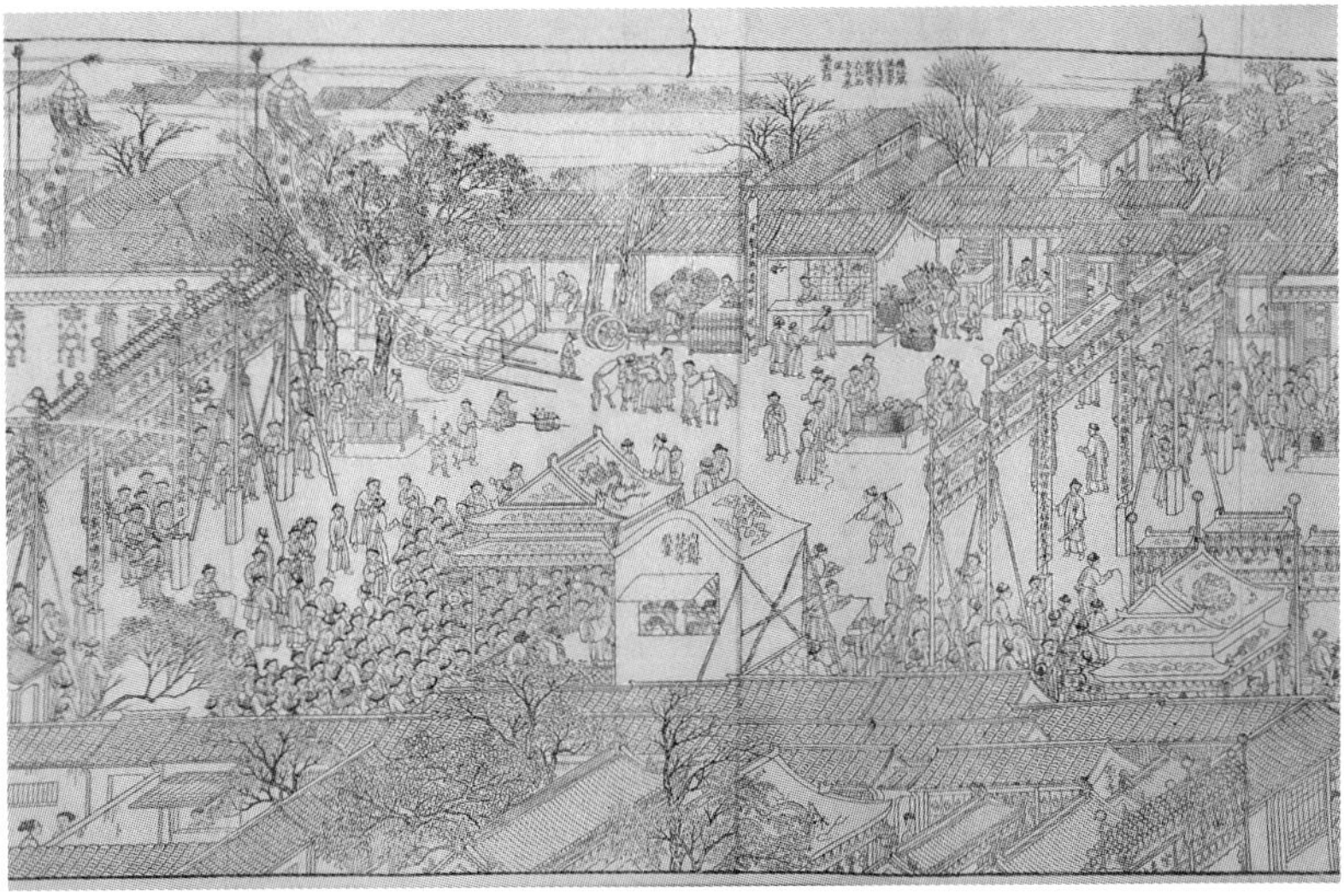

⑤『万寿盛典』内閣翰林院等戯台宮廷戯観劇場面

二齣が龍門の奉先寺へ行幸、第二十三齣では比丘国の妖怪鹿を取り戻した南極星が下界の人々に甘露を下させる、と続く。これらは、皇太后の華甲や蘭亭にまつわる話を除けば、すべて小説にある題材である。おそらく、第七巻に属す多くの齣は岳小琴本が依拠した「原本」にはもともとなかったか、或は、何かの事情で欠けていたのを、小説をもとに新たに増補した、すなわち「新増」したということではないか。後の第九本、第十本でも同じことが言える。康熙帝が見て俗な内容と評価した西遊記劇は完本ではなかったと言われるから、小説後半の面白みのある内容を生かしてその物語を潤色して取り込み、長編戯曲の完本作成を意図したのかもしれない。

岳小琴本第七巻第二十齣「孫悟空勧善施霖」新増に「新増」字がないのは、岳小琴本が転写の折に落字したのであろう。原稿であれば、当然示すべきところであるからである。

岳小琴本の齣名は小説と同名のようで、小説に拠って「新増」したものであろう。岳小琴本は依拠テキストの文字訂正を右側に示す一方、誤字への推定を入れたり、岳小琴本自体の落字などが窺える。

〔特徴〕

第七巻では、曲牌「大勝楽」の後、内侍の白の中「弘」字を欠画にして「弘」とする。「新増」の中で「弘」欠筆字を用いるのは、岳小琴本が「原本」を再編集した原稿であるとするならば、少なくともこの齣は乾隆時代の増補を示す。その一方、転写本とするならば、岳小琴本の抄写年代は乾隆以降時代を意味するが、テキストすべてを転写する時、他所で欠画せず「弘」字を用いる箇所は、依拠したテキストを忠実に転写し、新たな補足部分は当時の皇帝の諱に応じて欠画したとも思われる。

慈聖、おそらく皇太后孝恵章皇后の祝典のために大赦を行なうというのが、第七巻のテーマの一つで、皇帝の徳に及ぶ内容である。つまり、第七巻より旧来の西遊記劇のテキストに改訂を施し、皇太后の万寿節にあわせて場面を

「新増」し、編集されたテキストが岳小琴本（の依拠本）である。この段階では、小説に見られる曲詞や白も通俗性をなお維持し、齣名も小説の題名に即応した可能性もある。表現では、大阪府立図書館本や故宮博物院本は、観劇の対象が皇帝の公式行事用であったので、雅辞に改めたとも思える。おそらく、対象の相違から全面的に曲詞・白が改められたのであろう。

岳小琴本で注目する点は、皇帝を文殊菩薩、皇太后を仏母とし、万寿節や慈寿宮の語句、「真」「丘」字使用の箇所であろう。とりわけ、「前年、万歳爺蕩平沙漠、今年、皇太后六旬慈寿」とする点は注目すべきである。ジューンガル平定の清朝康熙三十五年（一六九六）とすれば、翌年が康熙三十六年（一六九七）であるが、皇太后（崇徳六年〔一六四一〕～康熙五十六年〔一七一七〕）六十歳の歳には当たらず、該当するのは、康熙三十九年（康熙四十年〔一七〇一〕、六十歳）である。実際、岳小琴本『昇平宝筏』が成立したのは、第九本目録に「三十九年十二月十八日奉　万歳御筆昇平宝筏……」の奥書で示される康熙三十九年である。(6)

岳小琴本、及び大阪府立図書館本、故宮博物院本各テキストの関係も、この巻からその一端が窺える。岳小琴本に拠りつつ改変した大阪府立図書館本では、第九齣以下娘娘とすべきところを岳小琴本のママにして「夫人」とし、内侍とすべきところを「家人」として、岳小琴本をそのまま承けて失念した箇所があるが、故宮博物院本はそれを訂正してすべて国王設定に正す。岳小琴本第七巻第七齣「行者救灾禅性猛」齣からも、第六本同様に岳小琴本を大阪府立図書館本が改訂し、故宮博物院本がその大阪府立図書館本を更に改訂したこと、同時に、岳小琴本に拠って直接故宮博物院本が改訂した点も窺え、故宮博物院本は岳小琴本と大阪府立図書館本をともに用いて改作した点が判明する。

文字に関しては、岳小琴本「力」字は故宮博物院本も同じであるが、大阪府立図書館本は「計」と改め、同じく「切」字も大阪府立図書館本は「慈」とする字音による文字の訂正回避が行なわれる。雍正帝の「禛」字音は、「診」

や「胗」、「真」各字と同音ゆえ、大阪府立図書館本はすべて削除をして「看（脉）」に改める。これは、大阪府立図書館本が観劇用のテキストとして乾隆帝の咎めを受けない配慮から出たものであろう。これに対し、故宮博物院本は岳小琴本の文字を承けて「胗」字とすることは、上演用の台本として作られたものの、少なくとも乾隆時代にあったとすれば、実用に到らなかったのであろう。ただ、岳小琴本「針」字を大阪府立図書館本は「樰」とし、故宮博物院本は「鍼」とする例外はある。岳小琴本・故宮博物院本「立」「利」を大阪府立図書館本は「站」「通」に改め、音に注意を払っているのは、聴戯ならではと言える。岳小琴本・大阪府立図書館本・故宮博物院本三本「綿」字使用。岳小琴本は「比丘国」とし、「炫」字欠画せず。「畜」字の欠画はないように見える。岳小琴本は「真」字を用いるが、「慎」字は三本で共用する。岳小琴本では、「真」字の他、「丘墟」（大阪府立図書館本は「坵」字）、「粒米」（同上「珠粟」）、「朕立二」（同上「朕設両」）、「一粒一粒」（同上「琢」字）「立這二件」（「興」這二）、「一力」（「一意」）、「丘時」（同上「霎時」と切り取りして改字する）と、大阪府立図書館本では諱以外の文字へも対応が厳密で「丘」字の変更、「立」「力」字などの変更が行なわれ、乾隆時代の実演のテキストであることを示す。

第八巻〔概況〕

第七巻及び第八巻のみが、目録本文いずれも第七本、第八本とせず、巻を使う。

「原本」は全二十四齣の内、齣なし。

「新増」が最初の二齣第一、二齣を占める。「第一齣　航海梯山修職貢　新増」は、朝廷の治世に対する称賛の場面で唐僧が訪れた国や西洋の国々が唐に朝貢する一方、農夫牧童や唐に帰順した兵士らが泰平の世で豊かな暮らしをするさまを描く。唐僧の旅や頡利可汗の反乱と多少関連付けるが、物語性は薄いため、省略してもよし、もしくは、入れ替え可能な場面であるが、宮廷劇の定番を反映した内容であり、宮廷で上演する以上、新たに加える必要があり、新作したと思われる。

第八巻では「新増」二齣以外、「原本改」が二十二齣を占める。獅駝嶺と柳母子をめぐる物語以下の二十二齣は、「原本」に改訂を施した内容が主である。獅駝嶺は十七齣から成るが、「原本改」とし、続く比丘国黒松林の妊女地湧夫人の物語五齣も「原本改」とする。つまり、岳小琴本以前の「原本」に獅駝嶺の三怪の話と黒松林の話があったことになる。もともと、小説には獅駝嶺の三怪の話と黒松林の話はあった。しかし、柳母子の話はなく、黒松林の豹艾文と妊女の関係は薄い。その小説にない部分、或は、「原本」では妖怪同志の関係性の希薄部分に手を入れて付け加え、関連付けた行為が「原本改」ではなかったか。つまり、岳小琴本（の依拠本）は、後半の一部分を構成する際に「原本」にすべて依存もしたことがわかる。それが、第八巻であった。これより推測すると、「原本」とは、小説『西遊記』を忠実に改訂し、物語順序を多少組み替えた戯曲であった可能性がある。

〔特徴〕

物語の構成から第八巻で注目すべき事項を取り上げよう。まず、冒頭の年代設定から見てみたい。第七巻第二十四齣では時代設定を貞観十三年とし、続く第八巻第一齣では「皇帝親政貞観二十余年」とする。この飛躍は、第二齣での頡利平定後の帰順した部族を描く場面を挿入したことから、或は、岳小琴本が依拠本を組み変えた反映かもしれない。また、第七巻第二十四齣での観灯の場面は、もともと第六本の斉生の段にあったものを独立させ、第八巻第一、二齣と対応させるために設けられた可能性も考えられる。第一齣にある老回回登場の場面も呉昌齢「唐三蔵西天取経」劇の導入を受け、対応させた齣と言える。

表現では、孫悟空を捕えて宝瓶に入れる折に、さるのしりは赤い（「扯掉他褲子一看猴児是火屁股」）、或は「呸放屁」

（第二十四齣）とある下品な表現を、故宮博物院本では省くが、これは宮廷の品位を考慮したものと思われる。岳小琴本の「哎呀」（第二十一齣）「哎喲」（第十五、二十齣）は、故宮博物院本ではやはり品がないためか削除する。第二十三齣最後の猪八戒の白の中の言葉「烏龜」も品格がないためか、岳小琴本と大阪府立図書館本にはあるが、故宮博物院本ではト書きに「虚白」とあるのみである。

第五齣曲牌「二犯江児水」の後、地湧夫人が灰婆と室内へ入るところで、大阪府立図書館本は改齣し、岳小琴本のト書き「浄扮丑銀松二鼠精同上浄丑」の誤記及び白「奴家貂姐々、……奴家銀姐々便是」との不対応を訂正する。故宮博物院本は岳小琴本と同様にその齣を続ける。第八齣は「水底魚児」から「前腔（六么令）」の「今朝一帰来且与萱親話」までで終了するが、岳小琴本と同じように大阪府立図書館本・旧北平図書館本は改齣するのに対し、故宮博物院本は曲牌「浪淘沙」に続く。これは岳小琴本第九齣が「剔銀灯」・「前腔」二曲のみの改齣に由来し、大阪府立図書館本がそれを省き改めたのを、故宮博物院本は更に続けたのであろう。第十一齣の最初の曲牌は「前腔漁家傲」とし、元々「原本」は改齣していなかったものを岳小琴本が分齣したと思われる。その他「攤破地錦花」・「麻婆子」二曲あるものの短齣である。岳小琴本は「原本改」とするため、「原本」では岳小琴本の第十齣と第十一齣は連続していたのではないか。

岳小琴本第七齣「獅駝嶺三妖防範」では、曲牌「点絳唇」の次の「前腔」では、「（神通）弘」字を「弘」字と欠筆とするから、明らかに乾隆以降の写し部分である。この個所は、故宮博物院本で省かれる。続く白で「歴幾」は故宮博物院本・旧北平図書館本では同じであるが、大阪府立図書館本は「度幾」と切り抜き補字で改める。同じく「利害」を大阪府立図書館本のみが「勇猛」と改字する。

岳小琴本第十齣の冒頭は、曲牌「新水令」であるが、大阪府立図書館本と故宮博物院本は曲牌「浪淘沙」で、曲詞も全く異なる。その曲詞中で「弘願」、「前腔（香柳娘）」でも「顕弘」、第十一齣「前腔漁家傲」にも「弘恩」と欠筆をするため、岳小琴本自体は乾隆以降の転写本であることは、上記の例とともに明白である。

岳小琴本と故宮博物院本と一致する字句が大阪府立図書館本より相対的に多いが、岳小琴本と大阪府立図書館本とが一致し、故宮博物院本との異同がある点もいくつか見られる。岳小琴本第五齣「前腔（梨花児）」の後、「衆、呀、你聴一片楽声」とある部分で、「一片」の右脇に「（一）派」と別字が添えられる。同じ文字を使うのが故宮博物院本（庚本第十九齣）であり、大阪府立図書館本（第八本第八齣）は「（一）派」とする。同様な例は第十齣「香柳娘」に続く第二の「前腔」の中で「邪剣」とある「剣」字右側に「箭」字を添えるが、大阪府立図書館本（第八本第十四齣）は「剣」字、故宮博物院本（辛本第十一齣）は「箭」字とする。この点、大阪府立図書館本の拠った岳小琴本の祖本と、故宮博物院本の用いた岳小琴本の祖本とが微妙な相違を持つ別々のテキストであった可能性を示す。類似例は別にもある。

第十九齣で柳夫人を岳小琴本は「親家太太」と「親母太太」と和友仁に言わせるが、大阪府立図書館本は「親家」、故宮博物院本は「親母」とする。旧北平図書館本は故宮博物院本と同じ。岳小琴本が依拠したテキストに不統一な表記があったと考えられるが、大阪府立図書館本、或は、故宮博物院本の依拠した岳小琴本系統に、別な系統のテキストがあったのかもしれない。

第十六齣「千秋歳」の最後の「即見」は、大阪府立図書館本は「去見」（「去」は切り取り補字）、故宮博物院本は「立見」で旧北平図書館本も「立見」とし、三種の表記が見られるが、これからは故宮博物院本と旧北平図書館本は嘉慶以後の鈔本であろうことを窺わせる。また、第十八齣では「蔭子」が大阪府立図書館本では「贈母」と改められる。「胤」字音と同音を避けるためで、「印」字も「応」字に改められる箇所がある。

第二十齣曲牌「懶画眉」の前の白で、「真」「利害」は岳小琴本・故宮博物院本・旧北平図書館本は一致、大阪府立図書館本は切り取り補字して「正」「刻毒」とする。岳小琴本の「真」「利害」字は故宮博物院本も半分は同じであるが、大阪府立図書館本は「正」・「実」、「凶猛」「威風」「凶凶」と改める。故宮博物院本も、「真言」は「実言」とし、大阪府立図書館本を承ける。

この他、岳小琴本では、転写の際と思われる落字がある。なお、第二十四齣には、原稿に推敲を加えたような塗りつぶし箇所もあるが、当該テキストを用いて次のテキストを考案していた下書きにも見える。字句を右側に添えるのも、その反映とも考えられる。単純な誤写を別テキストで訂正した箇所とも見なせるが、はっきりとはわからない。

第九本〔概況〕

「原本」「原本改」が全くなく、「新増」がすべての二十四齣を占める。冒頭第一齣では、取経が既に十三年かかっている（「茫々烟霞昏料十三年」）と明示し、物語が既に終盤に来ていることが菩薩によって示される。長時間の上演に備えて、その前の第八巻で終了した場合、次の日にここから開始できるような配慮をした齣である。第二齣では、唐僧師徒が天竺国玉華府に十四年かかってやって来て（「受尽折磨已経一十四年載終到得天竺国地方」）、当地では禅床の唐僧が当今の聖明天子を想い、皇太后と万歳爺、皇太子の康吉を訊ねたという設定をし、宮廷劇の意図することを織り込む。その後、第三齣以下、玉華府での獅子怪、金平府の観灯と犀牛精、給孤園の禅問答、玉兎精と寇員外の布施、宝幢如来の接引の物語が展開する。やはり、「原本」にはなかった箇所である。「原本」にはない見せ場を補充するため、小説に基づきつつも、例えば、天竺国玉華府の府尹と国王ではなく格下の官吏に改めるような観客である皇帝や皇太后以下を意識して宮廷劇としての改編を施し、新作としたものであろう。

〔特徴〕

岳小琴本の成立を考える時、第九本目録にある奥書が張浄秋氏の指摘するように重要である。岳小琴本目録末には「三十九年十二月十八日奉　万歳御筆昇平宝筏……」の字句がある。この記述は、康熙抄本（北京大学蔵）第九本本文目録末にも見られる。清朝で三十九年の年号を持つ時代は、康熙と乾隆朝であり、『昇平宝筏』の成立に極めて重要な記述である。宮廷劇の観点から見た時、康熙帝時代の年とすると、康熙三十九年は、皇太后六十歳に当たる。三藩平定時に作られた『勧善金科』と対応する場合、ジューンガル平定後の康熙三十九年がふさわしく、それも皇太后六十歳にあわせた計らいと見られる。つまり、意図的に反乱後の昇平の世と皇太后六旬が重なったように符合させたと考えられる。

ただし、『昇平宝筏』完成時の奥書の場所としては不自然な位置で、転写の際に末尾などにあった記述を移した、或は、依拠本がそのようにあったかもしれない。

第九本第二齣「三蔵坐禅観世界」（目録：新増）は、岳小琴本のみにある齣。皇太后と万歳爺、皇太子の康吉を訊ねたという点が、暗に康熙時代の作品を物語る。

岳小琴本では第十九齣「寇員外善待高僧」で、齣名が小説と同じであるから、小説が底本となった齣で、唐僧一行と寇家との歓待と別離が主な内容。小説では第九十六回に「寇員外喜待高僧・唐長老不貪富貴」、第九十七回に「金酬外護遭魔蟄・聖顕幽魂救本原」と題目するが、岳小琴本はその題目を合成して齣名としたのであろう。

岳小琴本第二十一齣「宝幢光王垂接引」では、「悟静」と呼びかける。大阪府立図書館本・故宮博物院本はト書きで「悟浄」とする。岳小琴本は、ここでも悟浄ではなく「悟静」と記す。

岳小琴本第二十四齣「九九帰真道行全」は、故宮博物院本癸第十七齣「老黿怒失面来信」と相応し、大阪府立図書

館本・旧北平図書館本には該当齣なし。岳小琴本の内容は、ほぼ小説を踏襲して作られたと思われ、唐僧が老黿に乗る場面の字句は小説と一致する。ただし、岳小琴本では曲牌「六么令」の後、悟空らがあわてて登場し、羅漢が白で空から取経人を救助しようと言う場面から、唐僧に声をかける間に脱落があるらしく、故宮博物院本では、老黿が唐僧らを背に乗せて、河中で年寿を問う場面がある。故宮博物院本から推測すると、岳小琴本の「六么令」の後の部分で、岳小琴本依拠本の段階で一葉分が落丁していたのを、岳小琴本はそのまま続けて転写したために不連続となった可能性がある。岳小琴本系統の亨寿本を見れば、この点もわかるかもしれない。再考すべき箇所である。

岳小琴本では、救助された後、唐僧がその事故に遭った経過を羅漢らに語る長い白があり、場面がどのように展開したかを知ることが出来る。しかし、その前のト書きと白・唱では何があったかわからず、原稿で案を考えていたとは考えられない筋立てである。それゆえ、小字で「九本移在十本第一出全用」という添え書きがあるのであろう。おそらく、岳小琴本の依拠本が、齣の移動などの改訂を施した折、一葉分を落したとも思えるし、「原本」第九本にあった通天河を再び渡河する話を小説と同じように第十本の第一出に仕組む予定のメモを残した部分でもあると思える。岳小琴本の奉勅文やこのような設定メモは、原稿のような印象も受けるが、また一方で、落丁のような点に訂正もないので、旧本をそのまま転写したようにも見える。岳小琴本の取経十四年は小説と同じで、大蔵経将来にかかった年数にあわせたもの。

岳小琴本は、大阪府立図書館本や故宮博物院本など後行のテキストと異同が顕著に認められるが、ここ第九本も例外ではなく、如上の相違とは別に字句にもそれが窺われる。例えば、第五齣の末は、岳小琴本では、唱、白そして七言四句を公子らが述べて齣をしめくくる。故宮博物院本・大阪府立図書館本にはそのような七言句はない。

記述の誤りも見られ、第九齣で慈雲寺の寺主が唐僧に対し、岳小琴本は「師父」、故宮博物院本や大阪府立図書館本では「老師」と呼びかけ、前者二テキストでは寺主に対して唐僧は「老僧」と自称するが、大阪府立図書館本は「貧僧」とする。これは、大阪府立図書館本が正しい。岳小琴本に拠った故宮博物院本は、大阪府立図書館本系統を見ていたものの、依拠したテキストの誤りをそのまま踏襲した可能性がある。誤りは、第九齣の齣名にも表われる。目録では「観灯」とし、本文では「興灯」という不一致に見られる。

また、岳小琴本で寺主が唐僧に斎を勧める場面でも、唐僧を「大師」と呼びかけし、故宮博物院本、大阪府立図書館本、旧北平図書館本も「大師」とする。これに対し、唐僧は自ら大阪府立図書館本は「貧僧」、故宮博物院本・旧北平図書館本では「老僧」と答える。故宮博物院本などは依拠したテキストを訂正のないまま使用したと思える。

岳小琴本の曲牌名「針線箱」は大阪府立図書館本では二曲ともに「繡線箱前」とあるように、「針」字を切り取り改めて「繡」字にする。おそらく雍正帝の諱「胤禛」の「禛」字音をさけたためで、上演用のテキストゆえの改音であったのであろう。

岳小琴本には、写し手の見解のような添え書も見られる。第十六齣曲牌「臨江梅」の後の白で、右脇に「把彩球……便了」、「尾声」直前の白右脇に「早知春夢短何似暁来醒」と小字で加筆されている点である。あたかも、正文の改訂のように見えるものの、本文を抹消せず並記の形を取るために改訂ではなく、同系統の異本にあった文字を書き留めたようにも見える。また、後者のもともとの本文は品がない（「飯がたける」）ので、写本した人物が自分の意見を添えたようにも見える。岳小琴本での品を欠く部分は、大阪府立図書館本では麗句に改められるからである。岳小琴本系テキストを相互に比較すれば、この点は解決できよう。或は、小説の一文を引用するなどしたのかもしれない。

この他、岳小琴本第十六齣末の「尾声」にある「西来意」は、明末清初の教派系宝巻にもよく見える語句で、その関係性にも注目される。岳小琴本以外、故宮博物院本・大阪府立図書館本・旧北平図書館本でも「西来意」という明清教派系宝巻によく使われる語句を「尾声」に含む。

宮廷本は、上演に際し、唱詞などを少しずつ先行本を改め、同じ内容や演出をくり返すことによって、観客の退屈感が生じるのを防いだ可能性がある。改変の際、用いる依拠本も上演用の清書本や安殿本も含まれ、乾隆、嘉慶時代は皇帝自らテキストに手を下したり指示したこともあって、乾隆以前の写本が残らなかった一因とも考えられる。ただし、嘉慶帝は、乾隆帝の使用した安殿本に対しては、先帝を尊重して保存させたのではないか。そのため、大阪府立図書館本や上海本が伝来したとも思われる。

第十本〔概況〕

「原本」、「原本改」がいずれもなく、第九本同様に「新増」が全体の二十四齣を占める。

最終巻である第十本は、第一齣の唐僧取経後の帰国から始まり、栢樹の枝が東向きになったこと、真僧の白馬駄経、唐僧や孫悟空らの入朝と八十一難の上奏、魏徴による九成宮の醴泉銘作成、王羲之真跡の蘭亭序の捜索と上覧、洪福寺での華厳会と真経の点検、四孤魂救済と冥府の罪人開放、四海龍王の巡行、唐僧による今上皇帝の聖寿・皇太后の永寿及び皇后貴妃や東宮皇太子の安寧の祈願、元奘に王羲之書体による序記の下賜、唐僧の帰山への許可、洪福寺蔵経閣での妖魔外道の贖罪と天堂行き、金山寺での師弟の再会、京城内での酒肴と百戯による承平の祝典で全体がしめくくられる。第十本は、一部小説を反映するものの、ほぼ創作と言える。

昇平の宴席では、楽官が堯舜の世にも匹敵する聖天子のもとの天下太平を賛えて賀詞を奉り、天子万年を願って神曲を演奏すれば、福禄寿三星の舞踏が楽曲に加わり、漁樵耕読の百姓がなりわいを楽しむ様も演じられる。撃壌巷歌、昇平の世のありさまを演じる内容は、西天取経が完結した後の第十九、二十、二十三齣でもっぱら繰り広げられる。

第二十二齣では陳光蕊江流和尚物語の岳小琴本なりの解決と決着をつけ、第二十四齣では、『昇平宝筏』全体の総括もかねて、『西遊記』に基づきつつ、当今の皇帝の功を強調して、まさに今の世は昇平宝筏が向かう世界である、とその治世を称え、全体をまとめている。

〔特徴〕

第十本は康熙帝の「万寿盛典」の様を、言わば舞台で再現した場面で、朝廷の恩典を称えるが、とりわけ岳小琴本第十本第十九齣「世遇雍熙賜大酺」では、宮廷戯曲としては実際の曲芸を上演させ、観客を楽しませる余興のような役割を持つ。そのにぎやかさは、物語に取り込まれた斉福と卓氏の灯籠見物、唐僧らの観灯とは比べものにならない派手な演出がなされる。宮廷観劇者に配慮し、派手な演出場面を取り入れたのであろう。岳小琴本第十本第二十齣「運際明良頒内宴」は皇帝の主催による宴前でくりひろげられる舞踏、美辞賀詞の上奏と臣僚の拝礼を記した内容で、康熙帝が殿中で実際行った功臣のための宴を写したものではないか。皇帝権力が絶頂に達した乾隆朝で作成された大阪府立図書館本では、すべて省略される。岳小琴本第二十三齣「千万億帝道遐昌」では、一同が歌う歌詞は、同じ詞文がくり返され、天女散花、百神献祥の様に示される詞白の中に、朝廷と帝国の一統、安寧がにぎやかに頌される宮廷劇のクライマックスが窺え、俳優らを含めて、観客すべてが皇帝の徳治を称える方向に収束して行く。

岳小琴本では、皇帝ばかりか、次代の主である皇太子への配慮も見られる。その一例は、『西遊記』にはない東宮の述聖記が織り込まれる点である（第十本第十五齣「序聖教千古宣揚」）。史伝には、往復十七載、聖教六百五十七部（『大慈恩寺三蔵法師伝』巻七）とするが、史伝にある内容と対応させつつ、記は往復「十有四年」とし、序記ともに日付を「貞観十九年二月」として辻つまを合わせる。聖教序よりは省略が少ないように見えるが、いささか誤字がある。皇太子の存在をアピールしているように見え、単に序と記を併載したのではないであろう。唐太宗皇帝には皇太子たる東宮がいて、後に高宗皇帝になるため、清朝の制度にあわせる必要もないと見ることも可能ではある。しかし、劇中にあえて皇太后らとともに皇太子の存在を観客に向かってアピールすることを顧みれば、岳小琴本は康熙時代の成立とする方が妥当であろう。第九本の奥書がなければ、岳小琴本が乾隆朝の最初のテキストと見ることも出来る。元(玄)奘が、今上皇帝、皇太后、東宮皇太子や妃嬪らのために祈念することは、皇太子制度があった康熙朝を反映する可能性が大きい。当今皇帝の善政をたたえる語句は、いかにも宮廷劇であり、『昇平宝筏』が観劇者たる帝室用に作られたことを如実に語る。

そのような背景のもとで、王羲之の蘭亭序、四孤魂と冥府の罪人救済、金山寺での師弟の再会は全く新たに創作したものであるが、蘭亭序をだまし取るという発想は帝室の名誉を貶しめる行為とも受け取られる可能性もあり、物語としては失策であった。テキストに注目すると、沙悟静は捲簾大将であったとすることから、岳小琴本では、本来、悟浄としなかったことがわかり、誤記ではない。別の箇所では、沙和尚の悟静一字を落字したので補記するが、転写のミスとすべきであろう。岳小琴本にはこのようなミスは多く、第十本第五齣「魏徵擬撰醴泉名」では、「当今」の「当」字を落字するのは、転写の勢いによるミスではないか。原稿の考案段階で落とすような不敬はないと思われる。「九成功」の功字は宮の同音誤字、岳小琴本第十四齣「飛法雨天花昼下」での「洪福」寺の「寺」を落字するのも単純なミスで、原稿執筆段階では考えにくい。本文では、「力」「利」「真」「立」「梨」「歴」字があり、また「絃」「炫」各字には欠筆はなく、「尾声」の「弘」字も欠筆とはしない。「真」「鎮」字を第十本に限らず使用するが、この字を使用することが多いことは、岳小琴本原作者らが、皇太子の即位があっても、雍親王胤禛の即位があるとは、全く念頭になかった、ということにもなり、『昇平宝筏』成立年代を推測する手懸りとなる。補足ながら、魏徵・蕭瑀の白にある「回光返照」は、教派系宝巻で多用される用語ではなかったか。康熙当時の教派系宗教と宮廷との関係を垣間見ることが出来る。

岳小琴本では難薄の八十一難の具体例はないが、大阪府立図書館本は第一難から第八十一難を一々挙げる。この点からテキストの変遷を窺えば、大阪府立図書館本は、小説を参考にしつつ岳小琴本をベースにして、八十一難に基づき、当今天子を称えることに主軸を置いて若干の改訂を加えて生まれたテキストと言える。故宮博物院本は、先行のテキスト双方を用い、岳小琴本を下敷きにしたテキストと見なせよう。

以上が、岳小琴本の十本各巻の特色である。

次に、康熙時代とされる岳小琴本のテキストの性格について検証に入ろう。

（3）岳小琴本『昇平宝筏』の書誌的特徴

張浄秋氏は、岳小琴本『昇平宝筏』と同じグループに属すテキストが幾本かあると紹介される。その中で、北京大学亭寿旧蔵本は岳小琴本よりは体裁が整っていて、書誌的に安殿本のような状況が窺えるが、やはり、各齣の下に「新増」「原本改」などとあり、祖本も改訂中のテキストであったことがわかる。このような改変の過程を示す表記を持つ系譜のテキストは重要であるが、『昇平宝筏』の諸写本上の明確な位置づけをする時、実際に完成して上演用テキストにまでたどり着いたかは不明である。そのような中でも、岳小琴本には巻九に奥書があり、その文面が『昇平宝筏』の成立を窺わせることから、このグループに属するテキストが『昇平宝筏』の初期的なテキストであるとするのは妥当であろう。

前節のくり返しになるが、岳小琴本は、テキスト諸本の上でいかなる位置にあるのかについて、改めて見てみたい。岳小琴本には、「原本」「原本改」などと齣名の下に注意書きがあり、先行本があったことを明示される。(7)その一方、岳小琴本の編集時、「新増」とあるから、新たに創作された部分を挿入した齣もあることもわかる。岳小琴本には成立年代を知る手がかりが残されていて、第九本齣目録末に、

三十九年十二月十八日奉　万歳御筆昇平宝筏尊王道去斜帰正四海清寧

との奥書がある。

張浄秋氏はこの記載から、岳小琴本は康熙三十九年の皇太后六旬に合わせて編集されたとする。第九本齣目録末にある三十九年は、もともと岳小琴本が依拠した原本になかったものを岳小琴本転写の際に書き加えた可能性もある。奥書の性格を考えれば、第十本か第一本の始めに置かれてしかるべき記述と思われるが、結論から言えば、この張浄秋氏の見解は是認される。

他方、張浄秋氏は岳小琴本を康熙時代の「原稿本」に位置付けているが、この点は疑問である。岳小琴本自体を康熙の『昇平宝筏』写本の原稿とする見解は、前章でもいくつかの例から是認できないことを指摘した。その最たる証拠は、岳小琴本には、乾隆帝の諱である「弘暦」の「暦」字を忌避しないものの、部分的には「弘」字を欠画にした箇所も見られるからである。岳小琴本は欠画には杜撰な点もみられ、康熙帝の諱である「玄燁」の「玄」字は「元」字に改めるが、「蓄」などの一部に「玄」を含む文字は欠画しない場合もある。この点、大阪府立図書館本や故宮博物院本に見られる厳格さがない。その一方で、岳小琴本では、「丘」字を「邱」としないことから、雍正以前の写本が元の祖本であった事は確かであろう。

岳小琴本自体に「弘」字を欠筆する場合からテキスト全体を見れば、康熙時代の写本ではなく、むしろ転写本とみなすべきであることを示す。或は、百歩譲っても、欠筆のある齣は、少なくとも乾隆以降の転写、もしくは補鈔と言える。「弘」字と「弘」欠筆字が混在して欠筆自体が厳密ではない点からは、テキスト自体の由来は、宮廷外の個人

の邸宅にとどめ置かれ、外部の人に見せるものではないことも示している。

岳小琴本が康熙時代のテキストであることを反映している点は、書誌とは別に、劇中場面の中に皇帝、及び皇太子、皇太后、后妃嬪に言及し、夢の中で唐の都に帰国する場面などを設定することにも表われている。宮廷演劇としてはごく自然ではあるが、皇太子に言及すること、或は、皇太后六旬と一致する奥書を伴う事は、岳小琴本の祖本が康熙時代に成立したことを示唆する重要な箇所でもある。ただ、奥書の位置、或は、唐の時代の設定での皇太子の存在は、後の高宗皇帝（奇しくも同じ高宗乾隆帝と同じ廟号）が玄奘と深い関係を持つことからも、特定の時期に絞り込む決定的な条件にはなりにくい面もある。しかし、岳小琴本全体からその成立時期を考えた時、頡利可汗征討に続けて皇太后六旬と設定される点から想定すれば、やはり清朝がガルダンを滅ぼした康熙三十五年以後の事象の反映があると見てもよいと思う。

作品の内容から見ると、皇太后六旬などという記述は、天下が安定した「三十九年」は康熙帝が皇太后の六旬を祝い、翌康熙四十年に入ってからの皇太后の華甲後を祝う出し物として『昇平宝筏』テキスト原本を編集させたとも読み取れる。

現存の岳小琴旧蔵本自体は、康熙時代の原本ではないものの、内容から判断する限り、その祖本は康熙三十九年前後の制作にさかのぼっても良いと思われる。

岳小琴本を康熙時代に成立した『昇平宝筏』の最古のテキストと見なした後、次に解決すべき問題は、そのテキストの性格である。岳小琴本には、依拠した先行のテキストについて情報が留められる。「原本」とか「新増」などの記述がそれであり、各齣下に先行本の内容への対応が示される。記述のない場合もあるが、岳小琴本は祖本を「原本」と呼び、岳小琴本編集時に「原本改」、「新増」、「重改」を施した、つまり大幅な改訂増補を施したことが知られる。その「原本」が如何なる戯曲を指すのか明確ではないが、当時流布していた『李卓吾先生批評西遊記』、或は、『西遊証道書』などの小説をもとに作られた西遊記戯曲を指すのかもしれない。康熙当時、岳小琴本の祖本以前に通俗的内容と評された「西遊戯曲」があったというから、それらの戯曲テキストを指すのであろう。

では、岳小琴本を上演に際して見た時、戯曲台本としてはどのような位置づけにあり、如何なる特徴があるのであろうか。

岳小琴本では、演戯俳優の「介」、つまりしぐさは詳述せず、白や唱を行なう演戯者の役柄名などで簡略に示す。ここでは、その作品の物語性は重視されている反面、舞台上の演技、仕草、時には曲牌を記さず、戯曲の要である曲調は軽視された書き方になっている。演劇作品としては、作品編集の途次にまとめられる稿本に近い姿を留め、清書を迎えた完成体ではない。康熙三十九年の皇太后六旬節の後、或は、康熙帝の万寿盛典で上演されたとすれば、必ずやその際に用いられる清書本があったはずである。しかも「重改」とあるから、清書本に到る過程で、岳小琴本系統内にもいくつかの段階の異本が存在したであろう。今日残る岳小琴本が、部分的であるにせよ、乾隆帝の諱を避けた文字があることから、それ自体は乾隆時代以降の転写本とすべきテキストであることは確かである。おそらく、康熙時代に完成を迎えた清書本、或は、康熙帝の使用した安殿本は何らかの理由で失われ、清書本に近い段階に到った稿本、もしくは転写本が、乾隆時代以降、道光時代以前（道光帝の諱「旻寧」の「旻」字を使用）にさらに転写されて現在に至ったと思われる。その中で、亨寿写本は(8)、その体裁から安殿本に近い清書写本としても良いかもしれない。

岳小琴本の内容を大阪府立図書館本や故宮博物院本と対比すると、先行本の岳小琴本は乾隆安殿本である大阪府立図書館本、その後の故宮博物院本の祖本であることがわかる。これは乾隆帝時代の重編時、張照らの編集グループが岳小琴本系統のテキストを手にしていて、宮廷にあった清書本などが乾隆帝の勅命を受けた段階で編集に用いて消費されたということも考えられる。その編纂グループ員が所有していた副本的テキストの一つが岳小琴本、後の清書されたテキストが亭寿本であったかもしれない。つまり、岳小琴本自体は乾隆帝以降の康熙本の転写本であるという想定のもとに、岳小琴本が依拠したテキストとその清書総本の存在が浮かび上がってくる。つまり、岳小琴本を軽々に草稿本とするのは早計であり、編集者が編纂過程を明示して勅命を下した皇帝の上覧に供する際、編纂者らが「原本」をいかに処理したかを示す目的で残した語句が「原本改」などの記述と思われる。岳小琴本の内容は、先にも指摘したように、大阪府立図書館本や故宮博物院本などに継承されてはいるが、後者の段階で改められた表現も多い。岳小琴本には、曲詞に直接的な単調な表現、或は、白に卑俗性などがあるが、これらは大阪府立図書館本などでは雅詞的調子に改められている。総体的に、大阪府立図書館本など乾隆時代以降のテキストは、多寡はあるものの部分的に内容入れ替える一方、表現には大幅な改訂を加え、宮廷演劇にふさわしく、面目を一新させた。岳小琴本が実際に上演に供されたかは不明であるが、ト書きの不備は未完成の台本を示すのではないか。つまり、岳小琴本の祖本は「原本」、その改訂本が康熙当時の原「岳小琴本」であり、その転写本が今日伝わる岳小琴本ということになる。ただし、本稿全体では、岳小琴本は転写本であるか否かは、特別な場合を除き、康熙時代に成立したテキストとして同一視している。

岳小琴本の特徴、それより窺える点についてまとめれば、以下のように指摘できる。

第一の特徴は、『昇平宝筏』テキストの成立時代が乾隆時代ではなく、実は康熙時代であったことを示すいくつかの証拠を持つ点が重要である。岳小琴本が康熙時代に編纂されたことを示す証拠は二つある。

一に、物語の中で、唐僧が皇太子、皇太后の安否を尋ねる箇所である。清朝では皇太子を置いたのは、康熙帝の時だけである。

二は、奥書に「三十九年」に皇帝が『昇平宝筏』の名称を与えたとの記述がある。三十九年は乾隆朝にもあるが、康熙三十九年は皇太后六旬にあたる年であり、そのために大戯が作られたことは十分考えられる。

第二の特徴は、今日残る岳小琴本自体は、全てではないにしろ、乾隆帝の諱「弘暦」の欠筆する箇所があり、乾隆以降の転写本ということになる。この点からは、奥書にある三十九年が、乾隆三十九年という可能性がないわけではないが、その欠筆のある文字を使う齣は、乾隆以降の補写とも見なし得るものの、成立の面から考えると、第一の特徴で指摘した理由からここでは乾隆成立という立場は取らない。

第三の特徴は、岳小琴本が乾隆以降の転写本であったとしても、その依拠本である原「岳小琴本」とも言うべきテキストには、齣名の下に「原本」や「新増」などと記載があり、依拠本以前に「原本」があったことを示す。その記載は、原本を改めず使う齣、或は、原本に大幅な改訂増補を施した齣、そして新に増補した齣などを混在して作り上げた過程を伝える。注目すべき例を挙げれば、第二本第十齣「集巨卿灞橋餞別」、第十一齣「過番界老回指路」は目録に「原本」と注意書きがあり、すでに「原本」で元の呉昌齢「唐三蔵西天取経」劇（『新鐫出像点板北調万壑清音』巻四所収）を取り入れた「原本」をそのまま継承したことが判明する。ここでは、「原本」が呉昌齢「唐三蔵西天取経」劇を指すようにも解釈できるが、岳小琴本（依拠本）全体で「原本」を使用するので、依拠した底本の古い西遊記劇を指すと考えられる。大阪府立図書館本も第二本第十七齣に呉昌齢「唐三蔵西天取経」劇の「諸侯餞別」折、第十九齣に呉昌齢劇の「回回迎僧」と、少し手を入れるものの岳小琴本を継承している。筆者は、かつて、張照の作為による呉昌齢劇の摂取と考えたが、康熙帝の編纂命令以前から岳小琴本が依拠した前段階の「原本」でその部分が取り入れられていた、と訂正する。

第四の特徴は、岳小琴本が物語の内容保持を重視し、ト書きは簡略に記されるテキストである点が挙げられる。つまり、岳小琴本は上演用のテキストではなく、おそらく、稿本段階のテキスト（現存本は転写した写本）であったことが示唆される。

第五の特徴は、宮廷戯曲としては品位にかける点が多い点である。後の大阪府立図書館本、故宮博物院本では省かれた岳小琴本にのみ見られる物語には、礼教を損なうような箇所が見られる。端的な例は、蘭亭序を子孫の智永から騙し取り、太宗のもとに届けるとする場面の箇所である。伝承にあったとしても、帝室の威信を貶める内容は、大阪府立図書館本編集の段階では省略されている。この他、岳小琴本に散見される曲詞の単調な字句は、のちのテキストでは全て雅調に改められるとともに、卑俗な掛け声や表現も省かれている。

この他、岳小琴本は、内容は同じでも後のテキストとは異なる点も多い。その最たるものは、沙悟浄を悟静とする点である。第三本第三出の目録では、「流沙河法収悟静」（原本改）とするが、本文齣名では第三出「流沙河法収悟浄」とし、本文中も悟浄とする「法名叫作悟浄」。しかし、第九本第二十一齣などで悟静とするから、単なる字音の類似の誤記ではない。『西遊記』の流布状況から見ると奇妙であるが、そのように表記する理由には、先行テキストを寄せ集め、編集を行なった時、岳小琴本は完全な改変を加えて清書される段階に到ったテキストではなく、改変途中のテキストであったため、その残滓を留めた可能性がある。第三本で「齣」字を使わず「出」字を用いたり、第七、八本を第七、八「巻」とする不統一な点も未完成ゆえのことであろう。

岳小琴本には、内容や形式において以上のような特筆すべき特徴が見られる。編纂の勅命を下した康熙帝はこのテキストに目を通したと考えられるが、ト書きの不備などから、上演に用いられた底本とは考え難い。おそらく、岳小琴本は皇太后六旬康熙三十九年十月当日用ではなく、未完成のため、さらに推敲が施された上演用清書本が作られて『昇平宝筏』の演劇名を下賜され、華甲を経た皇太后の観覧を得たのであろう。

（二）岳小琴本と乾隆時代の鈔本との関係

（1）北京・故宮博物院本と大阪府立図書館本との関係

岳小琴本は、大阪府立図書館本や北京の故宮博物院本の成立を解くカギともなる。乾隆以降のテキストは数多く残る中、完本であり比較的参照しやすく重要と思われるテキストは、大阪府立図書館本及び故宮博物院本・旧北平図書館本の三テキストである。とりわけ、前者二テキストは影印された通行本、もしくは安殿本として代表的な存在である。故宮博物院本、大阪府立図書館本いずれが先行するのかについて、かつて筆者は検証したことがあった。くり返しになるが、岳小琴本との関係を考える上で重要なため、その折の結論を簡便に述べてみたい。

大阪府立図書館本と故宮博物院本との比較をすると、テキストの前後が解き明かされる箇所がある。それは、故宮博物院本壬本第二十四齣「四星鏖戦捉羣犀」の箇所である。大阪府立図書館本では第九本第二十四齣に当たり、同じ齣名を持つ。これは、両本が同じ祖本から出たか、もしくは先後の関係にあることを暗示する、と見て比較した。

該当場面は、三犀牛怪が唐僧を捕えるも、孫悟空の来襲を恐れ、小妖らに用心させるところに果たして悟空が現われる。三犀牛精が「高宮套曲　九転貨郎児第一転」を歌い、悟空が弼馬温になったほどの乱暴者と説明する。これを受けて、登場した悟空が「高宮套曲第二転」で、仏に化けた犀牛に師匠を誘拐された、と用心を怠った八戒らを責める。大阪府立図書館本では、洞口へ攻め寄せた悟空が三犀牛精と戦う折に、「第三転」唱曲が入る。ところが、故宮博物院本はト書きとなって省略され、敗走した悟空に代わって登場した角木蛟ら四宿が、天兵の来援を告げる「高宮套曲第四転」を歌う。故宮博物院本では「第五転」が省かれ、大阪本では続く「高宮套曲　第六転」で天将と四星が逃亡した犀牛精を追捕すべきことを歌う。更に、「第七転」「第八転」が省かれ、唐僧が執事人らに送られて春の旅路に出ることを「高宮套曲　第九転」で歌う。

「套曲」と記すからには、大阪府立図書館本のように「第一転」から「第九転」曲のセットであったものを、故宮博物院本では省略したに違いない。これは、大阪府立図書館本が先行のテキストで、故宮博物院本は後行のテキストであることを意味する。

大阪府立図書館本と故宮博物院本との間には、一方で旧北平図書館本が介在するようなテキストの流れもあることから、故宮博物院本は大阪府立図書館本から直接出たものではないにしろ、後行する改訂版であることは確かであろう。岳小琴本では同じ物語であるものの、曲牌曲詞は大阪府立図書館本や故宮博物院本とは異なることから、相互比較には使えないが、物語の一貫性の上で傍証を提供する。つまり、この齣で見られる大阪府立図書館本と故宮博物院本との差異は、乾隆時代以降のテキストでは、大阪府立図書館本が先行のテキストで、故宮博物院本は後行のテキストであることを導き出せる。しかし、岳小琴本との関係は、時代の前後は想定できるものの、内容に関しては明確ではない。では、岳小琴本と大阪府立図書館本、故宮博物院本とはいかなる関係にあるのか。まず二つの事例を提示して この問題を掘り下げていこう。

（2）岳小琴本『昇平宝筏』と乾隆期以降の『昇平宝筏』

岳小琴本の滅法国の話（第七本第十五、十六、十七齣）、鳳仙郡の旱魃の話（第十九、二十齣）は、大阪府立図書館本にあって、故宮博物院本にはない。他方、岳小琴本の唐太宗親征頡利可汗物語（第四本第二十三齣、二十四齣など）は、故宮博物院本壬本第二齣、三齣、癸本第四、五、六、七、八、九、十、十一齣にあって、大阪府立図書館本にはない。

このような内容の有無による事例から、まず、岳小琴本から大阪府立図書館本が作られ、また別に岳小琴本から故宮博物院本が作られたことが想定できる。

次の例として、蝎子精が唐僧を誘惑する話は、大阪府立図書館本（第六本第二齣「誘黒業楚雨巫雲」・第三齣「昴宿元神収蝎毒」）にあり、故宮博物院本（第五本第二十二齣「蝎精霊逼締絲蘿」・第二十三齣「昴日星君収蝎毒」）にもあるが、先行する岳少琴本にはない。前節を加味して考えれば、これは、故宮博物院本が先行する大阪府立図書館本を利用したことを示す証拠となる。

つまり、テキストの流れを見ると、乾隆時代の大阪府立図書館本は、先行する康熙時代の岳少琴本に増補削除を加えたテキストであり、故宮博物院本は、岳小琴本及び大阪府立図書館本両者の要素を持つことから、一方で岳少琴本を、一方では大阪府立図書館本を用いて作り出されたテキストであると見なすことが出来る。

このように、乾隆以後のテキストの相互関係を考える上で、岳少琴本がその起点であると言える。

更に注目すべきは、岳小琴本と大阪府立図書館本、故宮博物院本三者を並べてみて初めて分かることがある。岳少琴本以下三本が同じ文章でありながら、大阪府立図書館本のみが一部の字句でテキスト上の字句を削り取り、その部分に別の文字を補写した箇所が多数ある。それは、乾隆帝の諱にある「暦」字と同じ発音の「力」「利」字などである。岳少琴本と故宮博物院本は一致していて、後者は前者を踏襲して文字を改めない場合が多い。これに対して、大阪府立図書館本はもともと書かれていたすべてのその音に該当する文字を避けて別の字句に改める。つまり、文字の獄の厳しい時代、大阪府立図書館では、読み本である場合の宮廷戯曲本への欠筆という視覚の注意ばかりではなく、上演時の聴戯の由来である字音にも気配りした。これは、大阪府立図書館本が上演時に使用された安殿本であったことを意味する。

他方、岳少琴本の成立は康熙時代であるから問題はないが、故宮博物院本が乾隆帝の諱にある文字と同じ音の文字をそのままにしたのは、乾隆帝の御前での上演テキストではなかったことを物語る。おそらく、故宮博物院本は乾隆帝面前の上演には用いることがなかったと思われる。旧北平図書館本は故宮博物院本から生まれたので、その成立はかなり後になる。

このように、岳小琴本は、『昇平宝筏』のテキストの変遷を考える上でも、重要な手がかりを付与するテキストと言える。

以上、テキストの流れを簡約して紹介したが、かつて十分な考慮をしなかった三層の大戯台の使用と『昇平宝筏』テキストの関係について簡単に述べ、本項を締めくくりたい。

安殿本の大阪府立図書館本『昇平宝筏』、或は、上海図書館本『江流記』、同上『進瓜記』、東北大学附属図書館本『如是観等四種』では戯台上の俳優と設備の関係については、上場門や下場門など簡単な表記でその進退を示すのにとどまる。乾隆五十五年の万寿節当時、大阪府立図書館本は存在していたであろうことから、大阪府立図書館本が上演に使われた可能性もある。しかし、俳優らの入退場の場所について三層戯台を連想する記述がないのは、観劇する皇帝以下の立場の人が参照するテキストであって、演者である俳優らのためではないので、簡略化されたとも思える。乾隆年間刊内府五色套印本『勧善金科』の巻首「凡例」には、上場門・下場門使用規定が込められるが、福禄寿各台の記述は見られない。

これに対し、テキストのト書きに暢音閣や清音閣などの三層戯台での上演を意識して福台、禄台、寿台と記す劇本もある。故宮博物院本や旧北平図書館本である。同じ総本ながら、演劇全体に詳しい嘉慶帝の指示による記載、或は、演劇関係者の用途に応じた体裁になっていたかもしれない。また、欠筆や文字の忌避から見るとそれらは嘉慶時代以降のテキストの可能性が高い。三層戯台で演じられたときの戯曲本であったとしても、乾隆時代の上演には故宮博物院本等は使用されなかったのではないか。

宮廷戯曲のテキストを見ると、テキストごとの用途や特徴が見られ、版本研究とは違った見方も必要になってくる。戯台とテキストの関係など、残された問題も多いので、また別の角度から考える必要もあり、今後とも研究を重ねる必要性がある。

岳少琴本には、戯台を示唆する記述はない。また、その曲牌は、故宮博物院本や大阪府立図書館本とは異なる点が多く、白なども短い。そのような点からテキストの性格を考えると、上演以前の原案のような性格が濃く、大阪府立図書館本のような上演を前提とした整然としたものではない。その一方で、大阪府立図書館本と共有する場面も持つことから、繰り返しにはなるが、康熙時代のテキストとして、故宮博物院本と大阪府立図書館本に分岐する以前の祖本という位置づけが成り立つ。

その一方で、「弘」字の欠筆が認められることから、康熙年間の原本、或は、転写ではなく、乾隆年間以後の転写本とすべきである。

岳小琴本は、その依拠した「原本」に対し、陳光蕊江流和尚物語、唐太宗の頡利可汗征討物語などの物語に観劇対象者を意識したいくつもの試行錯誤的な改訂、もしくは増補を行なった。しかし、不十分な処理を施したために、後のテキストではその処理が問題視され、大幅な改訂に繋った。その改訂への起因は、宮廷演劇『昇平宝筏』の誕生時から、つまり原「岳小琴本」自体に既にあったことが窺われる。明末清初に存在した『西遊記』各版本、或は、戯曲の相違が、『昇平宝筏』の編成に反映されたことも、そのテキストの多様性を引き起こすことになったのであろう。

そこで、次に『昇平宝筏』のテキストの系統を判断する重要なテーマである頡利可汗征討、陳光蕊江流和尚物語と唐太宗入冥物語の有無と岳小琴本との関係を考えてみたい。

（3） 岳小琴本『昇平宝筏』の頡利可汗物語と陳光蕊江流和尚物語

1 頡利可汗の物語

当初、筆者は、『昇平宝筏』にある頡利可汗征討に係わる齣は康熙帝の西域平定を顕彰する場面であるため、その有無は作品構成上大きな意味を持ち、テキスト、或は、宮廷戯曲の性格に直結する場面と考えていた。とりわけ、安殿本である大阪府立図書館本にない点は『昇平宝筏』のテキスト問題を複雑にするのではないか、と想起していた。

しかし、岳小琴本と故宮博物院本の関係を明確にすることによって、大阪府立図書館本が安殿本であったとしても、宮廷演劇ではひとつのテキストがすべて作品の性格を反映しているのではなく、上演時期、その回数、上演環境などに応じて、様々なテキスト、台本が作られ、時に改変されたりするなどして、たまたま乾隆帝の御前で上演された折のテキストの一つが大阪府立図書館本であったのではないかと考えるようになった。宮廷演劇本の編集時、例えば皇太后六旬に合わせて特別な内容を組み込んだり、皇帝の希望や指示で旧テキストの一部を省いて改編を加え、新たな場面を入れたということもあったであろう(9)。つまり、同じ乾隆年間のテキストであったとしても、例えば、外国使節用に『昇平宝筏』が国家事業として上演された時、その演目が『昇平宝筏』だったとしても、用いられたテキストが常に同一あったとは言えないのである。この点、筆者は安殿本の観点から乾隆帝の御前で上演された『昇平宝筏』が正式なテキストであるとし、大阪府立図書館本の内容を基準として各テキストの性格づけをした判断は正しい見方では無く、大阪府立図書館本はある時期の上演テキストの一つであったと改めて考えるようになった。

しかし、今日、すべての『昇平宝筏』のテキストが残るわけではなく、残存するテキストも一様ではない。そのた

⑥乾隆得勝図「準回両部平定得勝図・烏什酋長献城降図」

め、明白には言えないものの、乾隆帝の御前で上演された『昇平宝筏』は、岳小琴本やその祖本「原本」、或は、故宮博物院本ではないことは、上述のように、欠筆や字音による改文字から考えれば明らかである。おそらく、ジューンガル平定を象徴させた頡利可汗征討の齣の有無を含め、実際に上演に臨んでそのつど旧本や小説が参照されて新たなテキスト台本が作られたと考えるべきであろう。

岳小琴本『昇平宝筏』に収められる頡利可汗の物語は、もともと『西遊記』にはない。この先声は依拠した「原本」で既に見られ、斉福・如玉らの才子佳人物語が挿入されている。岳小琴本も「原本」の改編と編集に際し、それらの物語の他に王羲之蘭亭序真跡をめぐる物語など新たに創作し、増補した箇所も多い。その一つが頡利可汗征討物語であった。『昇平宝筏』は皇太后六旬に合わせ、康熙帝が祝意を込めて編纂させた演目であるが、編集者は康熙帝の東アジア平定を祝う意図も込め、既に三藩の乱を平定した時に出来た旧本『勧善金科』と呼応する形で作品に組み込んだ。その構想を立てた時、先行の演劇を利用したことは、宮廷長編戯曲の編集では良く見られることであった。頡利征討も別の作品をもとに、内府劇用に改変した物語ではないかとも疑えるふしがある。それは、乾隆朝の安殿本が残る『如是観』である。『如是観』は宋金時代の岳飛と兀術の戦いを扱い、『昇平宝筏』の頡利可汗と唐太宗との構図とは正反対の対照的な内容である。

しかし、その筋立ては両者似ていて、宋を救った岳飛が金の兀術を破り、自害に追い込む。つまり、宋は清朝に当り、金は頡利可汗に相当することになる。この話は、天下争乱がなお続く康熙時代、康熙帝の親征を岳飛の救国戦争に見立てて作り出したのだろう。つまり、康熙時代、『如是観』が存在していたとしても、その上演は後金を称した清朝にとっては都合が悪く、そのため、『旧唐書』などの史書をバックボーンとし、ジューンガル平定を反映しつつ換骨奪胎して頡利可汗の反乱の物語を作り上げた。やがて、乾隆朝になると、天下一統の世となり、清朝が唐朝と重なることから、『如是観』の上演も、中身が宋と金との戦いを題材にしていても、あくまで内府劇という虚構の芝居であることから、臣下に目くじらを立てる必要もないと乾隆帝に許されたのであろう。(10) 逆に言えば、『西遊記』と全く関係のない頡利可汗征討の話は、『昇平宝筏』内で絶対に必要であるということではなく、『如是観』で代用できたことになる。そのため、大阪府立図書館本系統では頡利可汗征討の物語を省き、『西遊記』に取材した物語を多く組み入れたと思われる。その反面、故宮博物院本系統に継承されたのも、観劇対象者の意向や上演のマンネリ化を防ぐためにそのようなテキストを残したという背景があったのではないか。朝鮮使節らが『昇平宝筏』を観劇した時、総本で頡利可汗征討を持つテキスト台本が用いられたかもしれないが、常にその系統のテキストを用いたとも限らない。また、その時に上演されたという確たる証拠を持つテキストの存在も不明である。

2　陳光蕊江流和尚物語の場面

岳小琴本の陳光蕊江流和尚物語は、『西遊証道書』や大阪府立図書館本『昇平宝筏』、故宮博物院本とは異なる簡潔な内容である。しかし、前述した頡利可汗征討物語と並行してテキスト区分の指標としたため、岳小琴本の陳光蕊江流和尚物語も、後行のテキストとの関係を改めて検証する必要がある。

『西遊記』形成の過程において、明代、陳光蕊江流和尚物語は戯曲『楊東来先生批評西游記』、簡本の朱鼎臣編『唐三蔵西遊伝』、楊致和編『唐三蔵出身全伝』にはそっくり取り込まれ、世徳堂刊『新刻出像官板大字西遊記』などの繁本にもその存在の痕跡が留められる。物語の構成上、玄奘の出生とその父母の遭難、赤子の江流に至るまでは、西天取経の因縁談として省きがたい要素である。その一方で、赤子の江流と金山寺漂着が異常である上に、一人息子の出家は孝にそむく。しかも、『楊東来先生批評西游記』のように水賊劉洪が赴任途中の官吏を殺害し、その妻を奪うという無法があっては、徳政を汚すことになる。それを払拭するためには、陳光蕊殷氏夫妻の話はない方が良い。そこで、岳小琴本では、陳光蕊が船中から転落して水死し、生き残った殷氏も、赤子出産時に龍王が起こした予期せぬ津波に呑まれて水死する一方、赤子は龍王が用意した小箱に収められて金山寺に漂着するように設定をした。この改変では、王法を乱す者もなく、前世の因縁で陳光蕊夫妻が水死し、赤子は成人した後、出家して父母の陰魂を弔う事で万事が円満になる。殷氏が出産時、津波で水死するとはかなり強引な設定ではあるが、明本『西遊記』の最大の弱点であった殷氏の貞節の問題はこれで克服され、懸案ともいうべき陳光蕊江流和尚物語は一応の決着を見た(11)。

後代になると乾隆帝、或は、内府の皇太后らは陳光蕊江流和尚物語の単純化はあまり好まなかったらしく、清刊本『西遊真詮』などに基づき、水賊の登場と陳光蕊夫妻の遭難、玄奘の仇討ち、祖母と父母との再会を展開する『江流記』を編集させる一方、大阪府立図書館本『昇平宝筏』にもそのまま取りこませている。やはり、太宗の取経勅命の因縁談である旧来の太宗入冥も、『釣魚船』等によって再編集して『進瓜記』という独立した作品にするとともに、『昇平宝筏』にその一部を収め、再び小説『西遊記』に近づけた。この作為は、再び風教や治世に問題が及ぶことになったと見え、如上の二つの物語の扱いは、故宮博物院本の編集段階で編者の頭を悩ませたらしく、岳小琴本系統と大阪府立図書館本系統のテキストを併用しつつも、その中間的な処置に止めた。つまり、陳光蕊夫妻の水賊による遭難はあっても、その仇を玄奘は出家人としては雪がない形で収束させている。結局、この処理は、中途半端な形になり大阪府立図書館本系統と併存し、テキストの分化という結果を招くことになる。

（4）　岳小琴本『昇平宝筏』にのみ見られる物語

『昇平宝筏』には小説『西遊記』にない物語も多いが、その中でも岳小琴本のみにあって、後の大阪府立図書館本や故宮博物院本など主要な別テキストには収められない物語がある。以下にその二三例を掲げよう。

その一つは、三蔵法師が法明の下を離れて遊行する中で、官兵に身ぐるみ剝がされる「歴間関路阻兵戈」（第一本第二十三齣）の物語である。次に、頡利可汗の将軍に登用される東西渾が無頼の輩であった時、村の貞婦李寡婦に手を出し、そのため貞婦が入水する「軟沙河貞女亡身」（第四本第十六齣）の物語、皇帝の命で王羲之蘭亭序を子孫の智永から騙し取り、太宗のもとに届けるといった、帝室の威信を貶める感のある「蘭亭重建集遊人」（第七本第二十一齣）から始まり「蕭翼計賺蘭亭序」（第十本第六齣）に到る物語、或は、太宗皇帝の徳政を暗示するための「魏徴擬撰醴泉銘」（同第五齣）などの物語であり、これらは、大阪府立図書館本や故宮博物院本などにはないものも多い。このような岳小琴本での創作、もしくは先行の「原本」から継承した内容が、後行のテキスト編纂の段階で省略された理由を考える時、宮廷劇の役割や観客に配慮したことがその背景にあったと思われる。例えば、唐僧が官兵から所持品を強奪される場面は、治安を重んじる為政者としては許されず、治政を汚すことにもなる。後のテキストでは、取経物語の展開にいささかの影響も無いこともあって編集時に省き、代わりにおもしろ味を持つ他の物語を入れるための余白としたのであろう。

東西渾が李寡婦にストーカーをする場面も礼教の立場から相い容れない内容である。弱い婦女が貞節を守って自殺せざるを得ない場面が強調されることは、観劇する皇太后や后妃の立場からすれば、演劇を楽しむ気持ちにはそぐわない。皇太后に孝をささげる立場の皇帝にとっても不都合である。そのため、東西渾が頡利可汗のもとへ赴く伏線とした設定ではあったが、この話を省き、むしろ他の場面に貞節を象徴する花香潔のような婦人を設定し、貞女顕彰を強調したのであろう。

王羲之墨蹟を入手する場面は、康熙帝が名筆に心を寄せ、皇帝自身も書を良くしたのを意識したことを反映するのであろう。伝承にもある策略に基づいた場面設定であるが、あたかも唐太宗がペテンをしかけ、智永・弁才から盗み取ったような設定となっている。これは皇帝の振る舞いにはそぐわないと判断されて、最後の山場を提供していたものの、宮廷の品位を慮って省かれたのであろう。つまり、真跡のありかが判明したところで勅命が下れば、献上されることは当然であり、隠匿して帝意にそむくことは、智永や弁才を罪人に陥れることにもつながり、それでは話がつまらないし、わざわざ策を立てて遺墨を手に入れる展開にはならないからである。

醴泉銘の場面も、文を旨とする士大夫の行動を通して唐太宗の帝徳を暗示するものであるが、文章を作った魏徴や欧陽詢書『九成宮醴泉銘』の方が有名であり、しかもこの話は貞観六年の夏のことなので、玄奘取経とは関係がない上に、時代設定にも矛盾がある。そのため、玄奘取経後に置くのは不都合と考えて省いたのだろう。

このほかにも、皇帝の仁政を称える類似した場面など、整理されて踏襲されない齣も見られる。このように、本来取経物語とかけ離れた場面の齣は、新たな場面の投入によって代替、或は、分解して他齣に吸収されて消えて行く。曲詞や白の改変、或は、物語順序の入れ換えによって、大阪府立図書館本や故宮博物院本が新しい姿を形成するのである。

（三）乾隆帝玉璽と宮廷戯曲本

『昇平宝筏』に関連して新たに生じた問題は、安殿本をめぐる乾隆帝玉璽の有無である。大阪府立図書館本のテキストの性格について考える際、大阪府立図書館本には乾隆帝の「太上皇帝之宝」などの宝璽がない点は、上海図書館本『江流記』・『進瓜記』との比較上、検討すべき問題である。なぜならば、大阪府立図書館本『昇平宝筏』には、上海図書館本『江流記』と同『進瓜記』にある「太上皇帝之宝」など三印が捺されていないため、同じ安殿本であっても、その由来の反映が玉璽の有無に現われているのではないか、という点に帰着するからである。つまり、この玉璽の有無は、内府写本である大阪府立図書館本と『江流記』及び『進瓜記』とでは、扱い方、あるいは、伝来のあり方に違いがあったのか、誰が戯曲テキストに太上皇帝の宝璽を捺印させたのか、などの点が検討すべき事項として浮び出て来る。

後者二種の上海図書館蔵戯曲写本には、乾隆帝玉璽の「太上皇帝之宝」等が捺される。これより、乾隆帝が退位をした乾隆六十年より四年間の上皇時代に用いられた安殿本に比定される。一見、上皇としてなお君臨していた乾隆帝が、「太上皇帝之宝」印をすべての賞玩していた書籍や書画に、かつての「古稀天子」印に重ねて使用したようにも見える。

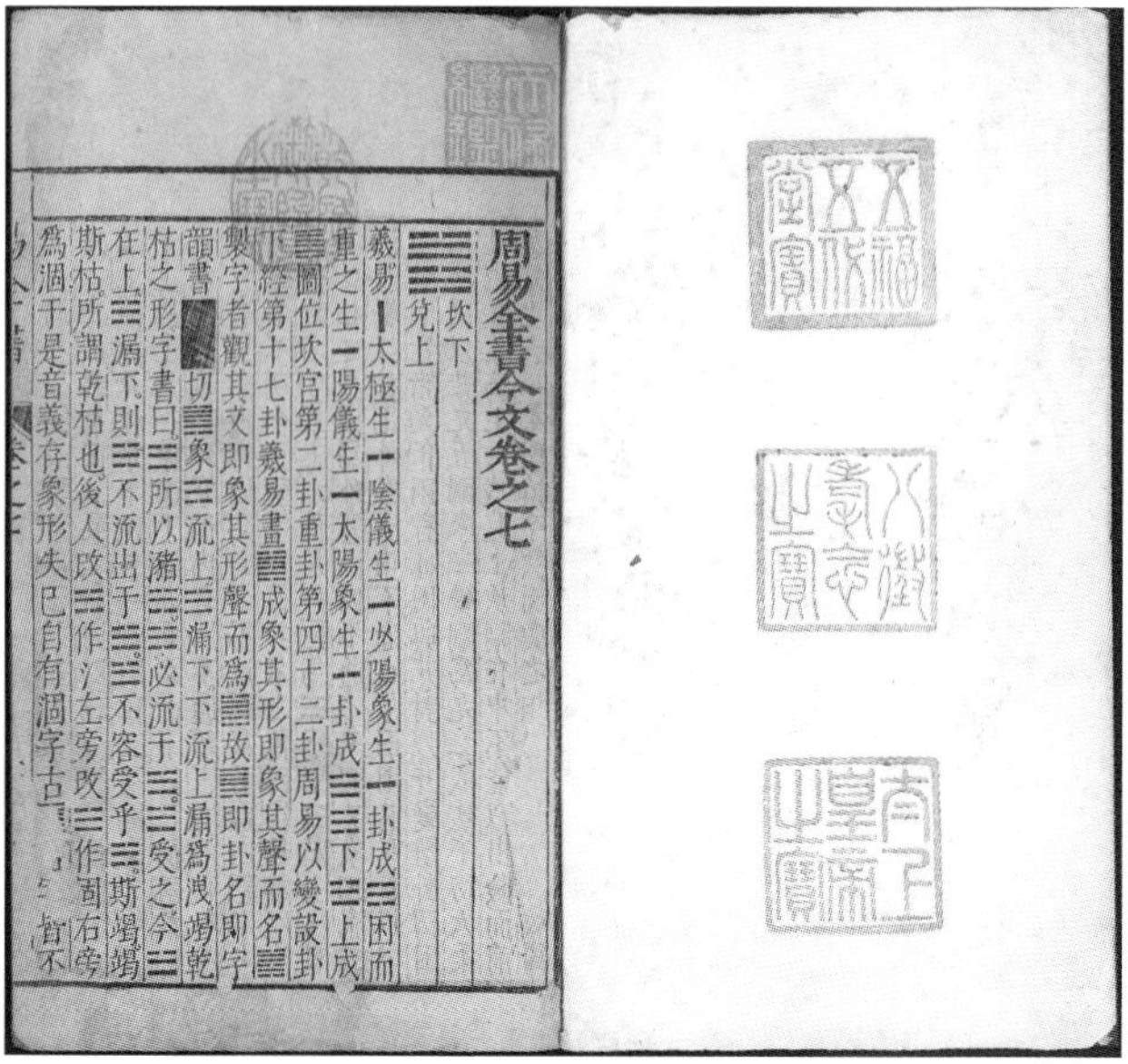

⑦『周易全書』（東北大学附属図書館蔵）見返し「今文」巻七巻首・乾隆上皇玉璽

これ等の玉璽がある遺品を見ると、「乾隆御覧之宝」・「天禄琳琅印」がある旧版善本や書画が目に入る。例えば、金刻本『南豊曽子固先生集[12]』などの古版本、或は、『女史箴図』のような名画である。さらに、書では、王羲之の『快晴帖』という古筆を挙げることができる。これらは宋金版以下の稀覯書、歴朝の名宝とするのにふさわしい品々である。

これに対し、演劇鑑賞用の四色鈔本である『江流記』と『進瓜記』二写本に限って、何故にわざわざ捺させたか。この点に素朴な疑問が湧くのは、当然のことであろう。それには、次の三つの可能性が考えられる。

第一は、退位した乾隆上皇の所有品を明示するために、新たに皇帝となった嘉慶帝が、上皇に代わってその品々を離宮などで保存するための印章を捺させた可能性である。

第二は、乾隆帝在位の時、或は、上皇の時に観劇に用いた安殿本であり、上皇の命令で南府もしくは離宮に別置すべく、玉装の宝箱に入れて保存する折に捺させた可能性である。これに対し、大阪府立図書館本は上演に備えて南府もしくは紫禁城内に置かれていて、上皇以外の観劇になお使用されていたために宝璽はなかった可能性である。東北大学所蔵安殿本『如是観等四種』も同様の理由で宝璽がないのではないか、とも考えられる。

第三の可能性として、『進瓜記』や『江流記』にある乾隆上皇玉璽は、民国になって宮廷の外へ持ち出される時、記念に捺したとも考えられる。焼失した円明園などから略奪されたものであれば玉璽があってもその捺印に疑問は生じないが、辛亥革命後の流失品の場合に考えられることである。昇平署がその機能を維持して清末まで残り安殿本等を保存していたこと、当時なお上皇玉璽が複数印残っていたことから、規律のなくなっていた民国初期では捺印もありえよう。もともと安殿本といっても、四部の古い版本とは異なり、戯曲写本は乾隆帝が自らの意思で玉璽を捺させるほどの善本とは考えにくく、むしろ大阪府立図書館本のように、安殿本と雖も戯曲テキスト類には玉璽を捺すことはなかったのが通常のことではないか。

宮廷演劇本は、当時、すべて南府にあり、その後、昇平署に組織体制が移る中、内府外で保存されていたのかもしれない。今日、『進瓜記』などは帙入りで保存されていた上に玉石であしらった木匣に収められているが、旧時のそのままの保存状態を示すかは判然としない。或は、宮廷外に持ち出される時に、別の用途の箱に入れて取り合わせの形で納め、一体化し持ち出されたかもしれない。他方、大阪府立図書館本は大阪府立中之島図書館に大正二年に寄贈されている。これは、民国に入ってすぐ流出し、俳優らの介在を受けることなく日本へもたらされたという、散逸した際の有り様を伝えるが、それには玉璽はない。今日伝わる清朝由来の善本の多くには、上皇玉璽を捺すものも多く、上皇の命、或は、嘉慶帝の敕命により捺した「実印」であろう。清滅亡以前、円明園などの離宮や昇平署には、戯曲安殿本、その原稿本、旧写本など様々あったと思われる。英仏連合軍の侵攻や北清事変の時の略奪を除けば、宣統廃帝が紫禁城から伝家の名宝を持ち出したように、その多くが清滅亡時、外へ持ち出されたのだろう。そのような中で、乾隆朝の時に作られた四色、五色安殿本は相対的に乏しい数で、嘉慶以降の宮廷戯曲本は多く実演用のテキストであった。そのため、宮廷内にあった内府本戯曲テキストの由来を示すのは、黄色の表紙、或は、昇平署由来の文書に含まれていた、といった点に過ぎず、名宝には程遠いものがある。そこで、昇平署の解体時、署員や内廷俳優らの一部が備品を持ち出す折、安殿本の箔づけに玉璽を勝手に捺した可能性も否定できないのである。この点を考慮しつつ、上海図書館本の玉璽印、大阪府立図書館本の無印状況を考える必要がある。

嘉慶帝が即位し、乾隆帝由来の絵画に自身の鑑賞印を捺す例は往々みられるが、乾隆帝に比べれば少なく、宣統帝の代になって多くの書画にその鑑賞玉璽印が捺された。それ以外は、道光帝から光緒帝まで、劇本を含む多くの書画類に玉璽を捺させる事は、管見の限りあまりなかったような印象を懐いている。この観点から安殿本の基準を考えたとき、本論に戻れば、乾隆玉璽の有無を基準として、安殿本か否かというテキストの性格を見るのは妥当ではない。むしろ、時に四色套印、時に紺絹表紙四色写本などの書誌的体裁が重要であり、玉璽の有無は傍証に過ぎないとすべきである。つまり、乾隆上皇が『江流記』や『進瓜記』を生前格別に愛玩した場合を除けば、大阪府立図書館本のような戯曲安殿本には玉璽は捺されず、清滅亡時に宮廷外に持ち出される際、その由来を示すために捺印された可能性が高いのではないか。儒教文化から考えて、四庫全書などに玉璽印が見えても、戯曲・小説テキストに玉璽が捺されることはなかったのではないか(13)。四色写本、五色刊本（皇帝用は写本であったと思われる）といった劇本は、清朝内府本であり、康熙帝及び乾隆帝在位中に作られた。その一部は、皇帝用の安殿本であった場合もあろう。上海図書館本や大阪府立図書館本は、乾隆帝専用の安殿本で、同時に、その清書のもとになった底本も南府に別にあったと指摘することができる。

安殿本の戯曲テキストは、相対的に数は乏しい。これに対し南府・昇平署由来の黄表紙テキストは今日でも多く残っている。このような資料状況の下で、わずかな例から証拠立てることは難しいが、ここでは乾隆帝玉璽をめぐる一つの問題提起に留めたい。

（四）岳小琴本に見る宮廷演劇テキスト――まとめを兼ねて

岳小琴本の特徴についてまとめれば、以下の点が指摘できよう。

第一に当今皇帝が唐皇とは別に設定され、時に重なり合う形とする点が挙げられる。

第二には、聖人や皇恩を称える場面が多く作られる。第十本では、そのための場面が設定されているが、『西遊記』との関連性は乏しい。

第三は、陳光蕊江流和尚物語を、康熙帝の徳政を損なわないように、改変する点にある。従来の物語を更に改め、殷氏が出産し、赤子を匣に収めて流す過程は極めて不自然な形をとる。その背後には、意図的に劉洪の犯罪を省こうとする点が看取出来る。結末では簡単な処理をして、陳氏夫婦が成仏することで物語を終えている。他のテキストとは少し異なり、陰魂になった宿命は世の因縁とするのみで、表面には示されない。注目すべきは、前半に「光蕊」、後半は「光蕋」と表記する点である。清刊『西遊証道書』等の小説は「陳光蕋」とするため、編者は小説と「原本」戯曲双方の物語を参照した可能性が窺える。

第四は、現存の岳小琴本では、基本的には雍正・乾隆両帝の諱の忌避をしていないため、皇帝に見せるべきテキストではなく、いわば、個人が秘蔵した性格のテキストで後世の転写本と言える点である。文字の忌避からは、岳小琴本及びそれ以降のテキストの性格もわかる点で貴重である。

乾隆以後のテキスト、とりわけ大阪府立図書館本で目立つのは、字音による文字の訂正回避である。雍正帝諱の「禛」字音は、「診」字や「胗」字、「真」字と同音ゆえに、大阪府立図書館本はすべて削除して改める。岳小琴本・故宮博物院本の「立」「利」を大阪府立図書館本は「站」「通」に改め、岳小琴本「苦歴」を、大阪府立図書館本では切り取り補写し「(苦)遍」字に改める。音に注意を払う聴戯を考慮した表われであろう。これは、大阪府立図書館本が観劇時のテキストとして、見ても聴いても乾隆帝の咎めを受けない配慮から出たものであろう。岳小琴本は康熙時代のテキストを転写しているので、一部の齣での欠筆を除けば字音上の問題はない。その一方、故宮博物院本は、岳小琴本と同じように「立」「力」「真」「歴」字を使用する部分がある。これから、故宮博物院本が乾隆帝の御前での上演用テキストではないことがわかる。ただ、岳小琴本「針」字を大阪府立図書館本は「檽」に、故宮博物院本は「鍼」とする例外もある。

注

(1) 知識産権出版社、二〇一二年四月。

(2) 後者は、『岳小琴本『昇平宝筏』の基礎的研究』(汲古書院、二〇二四年十月出版予定)。

(3) 磯部　彰「大阪府立中之島図書館本『昇平宝筏』とその特色について」(磯部彰編『清朝宮廷演劇文化の研究』勉誠出版、二〇一四)。

(4) 『大清聖祖合天弘運文武睿哲恭倹寛裕孝敬誠信中和功徳大成仁皇帝実録』(以下、大清聖祖実録と略称)巻之一百七十五
康熙三十五年丙子八月。
「甲午。以蕩平噶爾丹、王以下、文武各官、行慶賀礼…………議政大臣等議奏郎中満都、密報降人回回国王阿卜都里什特

言、昔年為噶爾丹所誘、被執十四年。今噶爾丹敗、始得脱身来帰。近聞噶爾丹在古爾班塔米爾台庫魯地方。度其困窮不能久居、必往青海。往青海有哈密・吐魯番・葉爾欽三路。而哈密与嘉峪関相近、有天朝大兵葉爾欽有我回回兵二万許在彼。皆未必敢往。恐当往吐魯番我願留子於此、親往吐魯番、以聖上威徳、宣諭属下衆回子。又策妄阿喇布坦、所居博羅塔喇、与吐魯番相近。往与合謀、擒噶爾丹、以報受辱之讐。応令理藩院、遣官往召阿卜都里什特至京加之恩賜。再遣官送出嘉峪関得旨著遣官召阿卜都里什特及其子額爾克蘇爾唐赴京。可伝諭云来京之後倶一同遣帰。」

『大清聖祖実録』巻之一百七十六　康熙三十五年

「○回回国王阿卜都里什特奏言、臣被噶爾丹所擒受辱十有四年、仗聖上天威滅噶爾丹、臣得出降合家蒙高厚之恩。今又使送臣帰国。臣到吐魯番探信或誅噶爾丹或擒解噶爾丹。俟得実音、帰臣旧居葉爾欽地方、再来進貢請安但往葉爾欽、必過策妄阿喇布坦地方恐厄魯特之心無常、伏乞皇上勅旨開明臣已帰降勿得虐害。上命大学士与議政大臣集議。尋議覆、応勅該部。檄知策妄阿喇布坦。阿卜都里什特等、已帰降本朝、今送帰故土、勿致虐害嗣後厄魯特与回子当永相和好従之。（丙辰）……初回回国王阿卜都里什特与其子額爾克蘇爾唐、久被噶爾丹拘執。及噶爾丹敗後、伊等始脱身来帰。上憐其拘久困阨、特賜銀幣。遣候補主事回子楊国琳馳駅送還伊本処。命領侍衛内大臣索額図尚書馬斉一等侍衛馬武送至蘆溝橋。」

（5）『清史稿』巻七・本紀七　聖祖本紀二　聖祖三十八年己卯「春正月辛卯、詔、朕将南巡察閲河工、一切供億、由京備辦。預飭官吏、勿累閭閻。

（二月）癸卯、上奉皇太后南巡啓鑾。……

三月庚午、上次清口、奉皇太后渡河。辛未、上御小舟、臨閲高家堰、帰仁隄、爛泥浅等工。截漕糧十万石、発高郵、宝応等十二州県平糶。壬申、上閲黄河隄。丙子、車駕駐揚州。諭随従兵士勿践麦禾。壬午、詔免山東、河南逋賦、曲赦死罪以下。癸未、車駕次蘇州。辛卯、車駕駐杭州。丙申、上閲兵較射。戊戌、上奉皇太后廻鑾。

夏四月庚子朔、迴次蘇州。詔免塩課、関税加増銀両、特広江・浙二省学額。乙巳、以丹岱為杭州将軍。己酉、車駕次江寧。上閲兵。庚申、次揚州。辛酉、以彭鵬為広西巡撫。丙寅、渡黄河、上乗小舟閲新埽。

五月辛未、次仲家閘、書「聖門之哲」額、懸先賢子路祠。乙酉、上奉皇太后還宮。

三十九年二月甲戌、上乗舟閲郎城、柳岔諸水道、水浅、易艇而前、指示修河方略。夏四月庚辰、上閲永定河。命八旗兵丁協助開河、以直郡王胤禔領之、僖郡王岳希等五人偕往。壬午、上閲子牙河。壬辰、還京。」

（6）『清史稿』巻七・本紀七　聖祖本紀二　聖祖三十九年「冬十月辛酉、皇太后六旬万寿節、上製万寿無疆賦、親書囲屏進献。癸酉、上巡閲永定河。戊寅、上還京。」

『大清聖祖実録』巻之二百一　康熙三十九年

「冬十月。庚申朔、享太廟。上親詣行礼。遣官祭永陵・福陵・昭陵・暫安奉殿・孝陵・仁孝皇后・孝昭皇后・孝懿皇后陵。頒康熙四十年時憲暦。上詣皇太后宮、問安。辛酉。先是、上以皇太后六袠聖寿。命皇四子胤禛整備進献礼物。至是、恭進仏三尊、御製万寿無疆賦囲屏一架、御製万寿如意太平花一枝、御製亀鶴遐齢花一対、珊瑚進貢一千四百四十分、自鳴鐘一架、寿山石群仙拱寿一堂、千秋洋鏡一架、百花洋鏡一架、東珠・珊瑚・金珀・禦風石等念珠、一九。皮裘一九、雨緞一九、哆囉呢一九、璧機緞一九、沉香一九、白檀一九、絳香一九、雲香一九、通天犀・珍珠・漢玉・瑪瑙・雕漆・官窯等古玩、九九。宋元明画冊巻、九九。攢香九九、大号手帕九九、小号手帕九九、金九九、銀九九、緞九九、連鞍馬六匹、並令膳房数米一万粒、作万国玉粒飯、及肴饌果品等物、進献。免浙江江山県、本年分旱災額賦有差。壬戌。皇太后聖寿節。上率王以下、文武大臣、侍衛等、詣皇太后宮行礼。遵懿旨、停止筵宴。癸亥、策試天下中式武挙、於太和殿前。甲子。上御瀛台紫光閣。親閲中式武挙等騎歩射技勇。試畢、命侍衛等開勁弓、倶満彀。上親射二次、発矢皆中的。」

（7）大塚秀高氏「『鉄旗陣』と『昭代簫韶』」（磯部彰編『清朝宮廷演劇文化の研究』勉誠出版、二〇一四）：古本戯曲叢刊九集本『鉄旗陣』には先行する原『鉄旗陣』があったことを示す。論考「6　原型『鉄旗陣』にみる楊家将父子征戦南唐故事」では、原型『鉄旗陣』から原『鉄旗陣』、そして九集本『鉄旗陣』に到る楊家将父子の征南唐物語の変遷を考察する。その際、昇平署旧蔵残鈔本の二字名齣の劇を原型『鉄旗陣』と想定している。「7　題綱、串頭からみた『鉄旗陣』」では、『鉄旗陣』には三段階のテキストがあった証拠として、題綱と串頭各本を補足する。「10　原『鉄旗陣』と原型『鉄旗陣』の成立した時代」では、原型は康熙二十八年ネルチンスク条約締結後に作られ、原『鉄旗陣』は康熙帝の在位中に作られたと推測する。

これからも、外征と皇帝賛美が宮廷劇の特色の一つと言える。

(8) 筆者は、その一部を見たに過ぎない。

(9) 小松謙氏「『鼎峙春秋』について――清朝宮廷における三国志劇――」(『清朝宮廷演劇文化の研究』):古本戯曲叢刊九集本のテキストが出来るまで、劇全体は一時で完成したものではないと考え、(5)では、劉備の死後の場面が取り上げられ、この付録とも言うべき部分に『鼎峙春秋』の本質があると指摘する。つまり、小説とは同じ内容でありながら、異なる文辞の南蛮征討の話が付け加えられたのは、乾隆帝の外征事業に重ね合わせて創作された部分と見る。そして、曹操の地獄巡りの話の導入は、正当な皇帝としての劉備に従わなかった結果とし、皇帝権威の寓話化のためであったと言う。同時に、南蛮征討の物語は、乾隆十四年(一七四九)の大金川の征討と符合することから、それより少し後に制作され、上演されたのではないかと推測する。乾隆朝の指摘ではあるが、『昇平宝筏』が、康熙から乾隆朝に改変される過程を考える点で示唆に富む。

(10) 磯部祐子氏「東北大学所蔵乾隆内府劇「如是観」等四種と乾隆帝の戯曲観」(『清朝宮廷演劇文化の研究』):東北大学附属図書館所蔵安殿本『如是観等三種』の紹介、およびその四種「如是観」「滑子拾金」「冥判到任」「大尉賞雪」の内容から、乾隆帝の戯曲観を考察し、「1　如是観について」では、東北大学安殿本と古本戯曲叢刊三集の張大復『如是観』三十出本、『昆曲粋存初集』の四齣が対比に用いられ、安殿本では清朝に憚った改変部分があり、それを裏付ける上奏文、そして乾隆帝の見解についてが、史料に基づいて示される。乾隆帝の見解は、戯曲に異民族への罵詞が書き込まれていたとしても、作品上必要なものであれば、「娯楽」を目的にしている場合には、過度の反応をしなくてもよい、との寛容性を見せた点が指摘される。

(11) 小松謙氏「『勧善金科』について――清朝宮廷の目連戯」(『清朝宮廷演劇文化の研究』):「4　『勧善全科』の時代設定」では、時代設定が唐末とされるのは、中唐期を舞台とした『曇花記』と『明珠記』を借用したことにより、作品は因果応報と忠孝を宣揚するために作られていて、中元の亡魂救済儀礼のための目連劇とは性格を異にしている、と見る。「5　張照改作の意図」では、康熙旧本と叢刊九集本の差異は、最後の第十本にあると言う。そして、地獄へ陥ることがいかに恐ろしいか、と説く第九本までの根底を否定する内容が加えられたのは、康熙二十年十二月の大赦を宣揚する場面を舞台上に載せるためで、天界と人間界・地獄がすべて極楽になり、それが現在の皇帝賛美に連なる物語とするのが張照の目論見であると指摘される。

(12) 百度百科（https://baike.baidu.com/item/天禄琳琅/69432）「天禄琳琅・清代皇家蔵書楼」。

「到了清代時、乾隆九年（一七四四）、乾隆帝命内臣検閲宮廷秘蔵、選択善本進呈禦覧、列於昭仁殿、賜名「天禄琳琅」、並親書匾額及対聯、「天禄」一詞取漢朝天禄閣蔵書、「琳琅」為美玉之称、意謂内府蔵書琳琅満目。此後、昭仁殿成為清廷収蔵善本珍籍的専門書庫。

因此「天禄琳琅」成為清代皇室典蔵珍籍的代称、其文物価値和収蔵価値極大。「天禄琳琅」是乾隆皇帝蔵書菁華、也是至今仍存的清代皇世蔵書。乾隆四十年（一七七五）、大臣於敏中・王際華・彭元瑞等十人受命整理入蔵昭仁殿的善本書籍、「詳其年代・刊印・流伝・蔵棄・鑒賞家采択之由」、編成『天禄琳琅書目』、即『書目前編』。該書目共十巻、按経史子集四部詳記天禄琳琅蔵書情況、毎部又以宋・金・元・明本及影印本時間先後為序、計有宋版七十一部・金版一部・影宋抄本二十部・元版八十五部・明版二五二部、総共著録善本書四二九部。

嘉慶二年（一七九七）、昭仁殿蔵書更加豊富、彭元瑞受命仿前編体例、編成『天禄琳琅書目続編』。該書目「遍理珠嚢、詳験楮墨、旁稽互証、各有源流、而其規模析而弥精、恢而愈富」。該書目共二十巻、収録宋遼金元明五朝善本書六六三部、其中宋版二四一部、一七八種、「皆宛委琅函、螂嬛宝簡、前人評跋、名家印記、確有可証、絶無翻雕贋刻、為坊肆書賈及好事家所偽托者」。書目前後編共収善本一〇九二部・一二二五八部、其中宋版及影宋即達三三二部、確実是集中了我国歴代善本的精華。

嘉慶二年、紫禁城内昭仁殿所蔵四二九部典籍因失火全部焚毀、当時身為太上皇的乾隆詔令重建昭仁殿、「天禄琳琅」重匯善本六六四部。然而至一九二五年清宮善後委員会査点故宮物品時、原本六六四部的「天禄琳琅」蔵書隻剰下三一一部、後来這批書幾経輾転主要流向「台湾故宮博物院」。另外不知去向的三五三部、有一七七部被溥儀通過賞賜溥傑的方式而流出皇宮。一九四五年、溥儀逃離長春時、這一七七部蔵書又開始散出、近半数先後帰入遼寧省図書館和国家図書館、尚有近半数流散在社会上。這批珍籍由十三冊装幀精細的線装書組成、封面為黄色、糸線装訂、書的前後和首頁末頁上分別鈐有「五福五代堂宝」・「八徴耄念之宝」・「太上皇帝之宝」・「乾隆御覧之宝」・「天禄継鑑」和「天禄琳琅」六方印記。這六方印記是清宮「天禄琳琅」

的蔵書標誌、它們中除「天禄継鑒」是嘉慶皇帝的印記外、其余五印都是乾隆皇帝的、又称「天子五璽」。「五福五代堂古稀天子宝」・「八徴耄念之宝」・「太上皇帝之宝」・「乾隆御覧之宝」等属於乾隆帝的璽印。及至『後編』既成、毎部書另鈐「天禄継鑑」。此外、亦有許多書目未列、而存在此類鈐印特征的目外書籍」

「乾隆鈐印」

「乾隆帝好大喜功、号称「武功十全」、乾隆自称「文治武功」為古今第一人。晩年乾隆印中有「古稀天子之宝」・「八徴耄念之宝」・「十全老人」等。

「古稀天子之宝」璽、在統治社会天子就是指皇帝、他享有至高無上的統治権力。乾隆帝在『古稀説』曰、「古稀之六帝元明二祖為創業之君……其余四帝予所不足為法。」乾隆帝借此誇耀自己是古稀全人。他還刻製了「古稀天子之宝」印、乾隆四十五年（一七八〇年）、乾隆皇帝七十聖寿時、乾隆帝把自己看成是千古之中唯一年登古稀的英明君主、為此他特撰写『古稀説』、曰、「余以今年登七秩、因用杜甫句刻〔古稀天子之宝〕、其次章而即継之曰〔猶日孜孜〕、蓋予宿政有年、至八旬有六即帰政而頤志於寧寿宮、其未帰政以前、不敢馳乾惕。猶日孜孜、所以答天庥而励己躬也。」表明乾隆帝雖然自負但不自満。另刻「猶日孜孜」璽、作為「古稀天子之宝」的副章相配使用。

「八徴耄念之宝」於乾隆五十五年（一七九〇年）乾隆八十聖寿之時製作。同時又鐫刻「自強不息」璽作為「八徴耄念之宝」的副章、進一歩表明了他的用意。「十全老人之宝」的「十全」是指乾隆在位期間、十次遠征辺疆、全部取得的重大勝利。此璽既是乾隆自己的功勲紀念之物、也是他的自励之璽。「五福五代堂古稀天子之宝」、其含義是、〔頌祝乾隆皇帝八十聖寿、享受五代同堂的天倫之楽〕。「太上皇帝之宝」璽、刻於乾隆帰政之後。乾隆六十年（一七九五年）九月初三、在乾隆即位周甲之年、宣布立皇十五子顒琰為皇太子、待第二年新正時挙行授受大典。乾隆成為清代僅有的太上皇帝、並刻製了「太上皇帝之宝」璽、但乾隆退位仍訓政、直到嘉慶三年十一月他去世為止。

「五福五代堂古稀天子之宝」的「五福」指『尚書・洪範篇』中第九疇之第九「向用五福」、即、一日寿、二日富、三日康寧、四日好徳、五日考終命。乾隆帝在七十四歳時已是五代同堂、但当時並没有題堂、到了乾隆五十二年（一七八七年）才在紫禁城内景福宮増書「五福五代堂」之額、同時刻制了「五福五代堂古稀天子之宝」璽。其含義是、〔頌祝乾隆皇帝八十聖寿、享受五代同堂的天倫之楽」。在天禄琳琅『通鑑総類』等書上鈐有「五福五代堂古稀天子之宝」「八徴耄念之宝」「太上皇帝之宝」璽。

（13）咸豊帝用の『三国志演義』写本には、複印本を見る限り皇帝の玉璽は見られない。その一方、明刊『周易全書』（東北大学附属図書館蔵）には乾隆上皇の玉璽が表紙裏に捺されている。これは、江戸前期の島原藩主高力隆長旧蔵本で、その蔵書印がある。高力隆長は寛文八年（一六六八）に改易され、仙台藩預りの流人となって延宝四年（一六七七）に終わった。つまり、乾隆上皇玉璽のある見返し部分は、後世の商賈が別本の玉璽紙料を高力旧蔵本『周易全書』に添えた小細工であり、書籍に付加価値を加えようと意図したのであろう。

第二章　『昇平宝筏』における才子佳人劇

（一）『西遊記』諸作品と『昇平宝筏』に登場する女性

『西遊記』では、女性を扱う場面は煙粉小説ほど多くはないが、観音をはじめとする菩薩や女性神、そして妖怪が女性の姿を借りて唐僧を誘惑しようとする二つのパターンの女性が登場する。後者の妖怪変化の場合、白骨夫人僵尸や蜘蛛精、蝎子精、金毛鼠、白兎などがその正体で、女性そのものではなく妖怪であるがゆえに、佳人の姿ながらも腕前はめっぽう強い。

一方、生身の女性で主役を務めるのは、西梁女国の女王ぐらいで、もとより妖怪ではない。唐僧と才子佳人世界を繰り広げるものの、不首尾に終わる。この他、脇役の女性としては、陳光蕊の妻殷氏などがいるが、西天取経物語では文字通り脇役にとどまる。かつては、『楊東来先生批評西游記』など古い西遊記物語では、朱八戒の妻になった女性も描かれてはいたが、やはりあくまで脇役であった。

ところが、清代になり、『西遊記』の枠組みを破った唐三蔵西天取経物語を扱う戯曲、『昇平宝筏』の編纂が行なわれると、生身の男女を主人公とした才子佳人劇とも言える物語が「原本」に拠って拡充もしくは付加され、唐僧師徒と敵役を務める妖怪の物語と並ぶ形で、同等の役割を演じる。その先鞭は、『西遊記』の唐太宗入冥部分を独立させて南曲仕立てにした明末の『釣魚船』にある。しかし、その主人公呂全夫妻、或は、『西遊記』に含まれる陳光蕊夫妻の物語に夫婦愛は認められるものの、双方の一人、呂全の場合は妻陶氏、陳光蕊夫妻の場合は夫である陳光蕊、それぞれはすでにこの世の人ではなく、物語で愛情を追求するのは、この世に残された片方の配偶者一人である。そのため、発想自体は『牡丹亭還魂記』に近いとはいえ、『西遊記』の枠外という独立的な設定ではありながら才子佳人劇とは言い難い。これに対し、『昇平宝筏』では、唐僧の西天取経の旅に才子佳人物語を組み込むものの、それぞれ独立し完結した場面を織りなす。その特徴は、貞婦烈婦を主人公とし、結果はすべて応報の形で団円し、登場する女性のあり方が顕彰されている。(1)

『昇平宝筏』で才子佳人を扱う場面は、この点で最も完備した大阪府立図書館本を底本とするならば、

第四本第三齣以下　聞仁・花氏香潔夫妻の上京

聞仁は儒家、花氏は婦道を守り神明を敬う糟糠の妻、丑は爰々道人、浄は黄袍郎、また百花羞と黄袍郎も佳人才子の設定としつつ、遣り手婆白骨夫人を組み込む。

第六本第五齣　斉福と卓如玉との出会い

正気の君子は斉福、如玉は閨房の才女、丑は陰隲、浄は頼斯文、風教を問題として展開する。

第八本第十一齣　柳逢春と和鸞娘の婚約

武人の柳逢春、女訓により姑に仕える嫁の心得を持つ貞女としての和氏、節婦孝子の柳家母子、浄は三大王、丑は豹艾文、遣り手婆的ではあるが、恋多き妖怪地湧夫人は、白骨夫人とは少し異なる佳人を装う妖怪と言う設定を取る。

第九本第一齣　金聖夫人と朱紫国王の国難

敵役の浄は賽太歳、夫人は閨範を守る賢婦人、才子は国王。

各齣それぞれの場面は、西天取経物語とは直接的な関係性は乏しく、唐僧師徒が道中で遭遇する妖怪と関連づけた地域ごとの愛情物語という色彩が濃い。そのため、相互関係性の薄い単独の才子佳人劇という性格が看取できる。最後の金聖夫人は、賽太歳のもとに連れ去られる佳人であるが、才子は国王とも賽太歳とも見なせるものの、国王は才気が乏しく、後者賽太歳は醜い姿の妖怪とするため、才子佳人の代表的作品『西廂記』になぞらえれば、賽太歳は敵役とも言え、才子のいない才子佳人物語になる。猪八戒の恋の場合に似ている。

一方、才子佳人を装いつつも、いかにも『西遊記』らしい女妖の化けた佳人等が登場する場面もある。

第五本第二齣　玉面姑姑と入り婿牛魔王、本妻羅刹女、遣りて婆の齇阿婆

齇阿婆の口から劇中で過去の才子佳人例として、杜麗娘、小青、閻婆借、李慧娘、陳妙常と潘郎、小尼姑と和尚の話が挙げられる。それらは実際、『昇平宝筏』の編纂時に参照されたのであろう。また、やきもち話を演じる嫉妬深い羅刹女は、妖怪ながらも人間性も豊かな、母子愛に富む家庭を守る夫人として登場し、同時に佳人と描かれる別格的な存在でもある。

本来の才子佳人劇ではあまり登場しない男女間の仲介指南役、或は、遣りて婆も多く登場している。ここでは、齇阿婆に似た存在として、霊感大王の鱖婆、無底洞の灰婆がいる。白骨夫人は取り持ち婆も演じるが、その存在自体が力量のある妖怪であり、準主役を務める異色の演者として、『西遊記』よりも個性豊かに描かれる。この他、佳人というよりは麗人に化けた妖女も多く登場する。

第六本第二齣　蝎子精（琵琶洞）

第七本第十八齣　杏仙（荊棘嶺）

第八本第二齣　月霞仙子（盤絲洞）（敵役は百眼大仙、丑は猪八戒）

第八本第八齣　　地湧夫人（無底洞）

ここでも、媒人役の灰婆が才子佳人の先例として、卓文君と相如、天台採薬故事（劉阮故事）、李薬師、月明和尚と柳翠児の話を紹介する。（第九本第十一齣）

第十本第六齣～十五齣　　天竺国公主と玉兎

以上の女妖の内、玉面姑姑は玉面狸の変化した妖怪ではあるが、唐僧を誘うわけではなく、牛魔王を巡って正妻の羅刹女との争いを描き、吃酢談を演じている。琵琶洞の蝎子精（第六本第二齣）、荊棘嶺の杏仙（第七本第十八齣）、盤絲洞月霞仙子（第八本第二齣）、無底洞地湧夫人（第八本第八齣）それぞれは、美女に変化し、唐僧の精髄を奪う、もしくは唐僧そのものを食べようとする妖怪である。玉兎は、天竺国公主に化身し、唐僧への恋心遂げようとする。しかし、いずれも聖僧の破戒を目指すことになるため、妖怪として退治されてしまう。それらの佳人気取りの妖怪の脇役として登場するのが、白骨夫人、鱖婆、獾阿婆といったやり手婆である。恋の仲立ちをする一方、その口のうまさは物語の展開を際立たせる役柄を担っている。歳の功を誇るかのような役柄は、『金瓶梅』に登場する王婆などの老獪なやり手婆が参考になったと見え、男女の恋、それも望ましい恋愛ではなく、横恋慕、或は、不義を扱う展開には不可欠な老女役であった。『西遊記』にふさわしいとも言える女妖に対し、生身の女性が登場して唐僧に出会い、恋慕の情を示す物語もあり、わずかに第五本第二十二齣の西梁女国の女王のみであるが、一服の清涼な雰囲気を醸し出している。この話は、宋代の西天取経物語に女人国として既に組み込まれているから、昔から人気があったのであろう。(2)

恋愛を意図して登場する佳人とは別に、貞婦として登場する女性もいる。陳光蕊の妻殷氏、或は、岳小琴本『昇平宝筏』にのみ設定される烏鶏鎮の李寡婦（第四巻第十四本）である。

女性の活躍という視点から『昇平宝筏』を見た時、唐僧師徒とは別に、女性を主人公とする煙粉的作品とも言える一面を持つ。『西遊記』では、本来、孫悟空と唐僧、猪八戒と沙和尚があくまでも主役で、随所で登場する妖怪は行く手を阻む敵役であった。しかし、『昇平宝筏』は、上述したように男女の物語を織り込んで、物語の内容を充足させるばかりではなく、本来の西天取経物語と並行して、西方の各地で同時限の独自の空間を展開している。(3)その中核を占める話こそが、ここで言う才子佳人ものであり、『昇平宝筏』の主要な作為は、『西遊記』にはない才子と佳人の話を取経の旅の上にいかに取り込むか、という点に心が砕かれている。そのため、煙粉故事の先例を白に取り込むばかりではなく、実際に、場面設定において清代初期までに作られた様々な才子佳人劇や小説の手法が取り入れられている。(4)

『昇平宝筏』に描かれる才子佳人ものは、単に男女の関係を取り上げるだけではなく、それぞれが儒教の教義、閨範を反映した姿で表現される。以下には、その様相を具体的に物語に沿って見ていきたい。

(二) 才子猪八戒の恋

西天取経物語に取り込まれた才子佳人劇を取り上げる前段として、まず、猪八戒の恋を取り上げてみよう。『西遊記』やその先行する『楊東来先生批評西游記』に見える猪八戒は、妖怪が美男子に化けて、相手の家が拒否するにもかかわらず、入婿しようとし、相手の女性との恋を語ることはない。『昇平宝筏』でも、『西遊記』以来の状況を踏襲しつつ、猪八戒が春の遊行に際し、風流な俊才の書生に変化して外へ出かける場面から始まる。折しも、清明節の拝掃に出かけた高老荘の玉蘭を見かけ、八戒の恋心には火がついてしまう。手下の小妖らが誘拐を勧めれば、風流を解するものは仲介を得て、結納して初めて出会うものだと言い、その居所を突き止めさせる。心の病にかかった八戒は、風雅な自分と嬌愛に満ちた新婦とが交わすはずの言葉を口に出しつつ、時期を待つ。やがて、その良時が来たので、猪八戒は小妖らに楽人や賓相、喜娘などを婚礼時の随員に仕立て、自らは新郎姿で高家を訪れ、文人らしく門をノックさせた。家童が応対すれば、高家の娘婿が結納をかわしに来たと言う。家童はその言葉を玉蘭の父高才に伝えた。高才は結納の品々を受け取ることを強要されるが、相手が妖怪と知り、拒否した。すると、門内に小妖たちが悟能を引き連れてなだれ込み、岳父はこの人だと教えた。悟能は高才に拝礼をしようとするところ、高才はその非礼を咎め、妖怪の岳父になることを拒絶した。すると、賓相が婿殿の素性を紹介し、拒否すれば災いを招くと脅かした。進退窮まった高才が自死しようとすれば、八戒は押しとどめ、自分は高家の名声を高める猪蘭大王だと言って入婿になると伝え、礼品を置いてこの日は引き揚げた。

『西遊記』では、才子佳人劇の手法を借用しつつも、猪八戒収服の場面で滑稽な場面を設定するために用いられたので、主人公のハッピーエンドには到らない。『昇平宝筏』はその根底に『西遊記』が据えられている以上、結末は当然喜劇でしめくくられる。

猪八戒の高家入り婿事件は、才子佳人劇の設定から見ると、八戒はむしろ敵役、玉蘭は佳人に相当しようが、肝心の才子がいない上に、佳人の設定や行動の描写が乏しい。悟空が、本物の玉蘭に代わって偽玉蘭に変身するが、それ以後は才子佳人劇ではなく、八戒と偽玉蘭との間で繰り広げられる喜劇、或は、武闘戯に移行し、恋愛模様は急速に失われていく。黎山老母の家に寄宿する話も、風流才子を装った猪八戒が、寡婦に身をやつした神女との間で喜劇を繰り広げる。ここでも色欲に目がない八戒が、やはり恥をかくという結末を迎える。『昇平宝筏』の黎山老母とのやり取りも、結局は佳人ものをにおわせるに止まる。

唐僧四徒が揃い、西天に旅立てば、一行は西牛賀州の莫家の未亡人賈氏が娘と暮らす荘院にやってくる。賈氏は黎山老母神の化身であり、唐僧の禅心を試すために田舎家を現出したものであった。この場面では、唐僧が仙郎という才子であり、寡婦賈氏は、二人の娘を唐僧に紹介するものの、実際は女神である寡婦賈氏が美貌の佳人にあたる。一方、猪八戒はやはり道化役で、高老荘の時での敵役であったこととさしたる相違は無い。唐僧と賈氏との恋の駆け引きは、菩提般若と『詩経』と言う仏儒の対立軸で展開していき、ついには「不受邪」と人倫という対立に到る。才子と佳人との直接的対立は、才子佳人劇への展開を壊そうという状況になる。この時、返答に窮した唐僧は黙り込み、気まずい空気が漂う中、あたかも三教合一とばかりに割って入り込むのが、丑役である猪八戒であった。

『西遊記』では賈氏の荘園は、唐僧の禅心を試すために、神女が設定した仮想空間である。それ故に、この物語は才子佳人劇を装いつつも、双方が結ばれると言うハッピーエンドに至る事はなく、猪八戒の人倫を乱す行動を通して、「色即是空」という教訓によって収束させられる。つまり、あくまでも、唐僧をめぐる道中の出来事は、修行の一環という位置づけに終始することから、才子佳人劇的展開には到らない。

（三）百花羞の義と花香潔の貞

『昇平宝筏』は、宮廷に所属する観劇者の心情を配慮した作品という点が前面に打ち出されるため、『西遊記』の枠組みを超えて、「原本」に拠りつつ人々の心をひきつける新たな男女の恋愛を取り込む。

才子佳人劇を思わせる最初の設定は、安楽鎮の場面にある。聞仁道泉は、村で爰爰道人によって妖言が流されることに対して、儒家の立場から人々に信を置くことはいけないと忠告する。聞道泉は、科挙及第を目指す儒者として登場し、才子に当たる役を演じる。これに対し、村民に新たな神廟の建設をそそのかす爰爰道人は道化役丑の一人、その神廟の主神たる黄袍郎は敵役の浄、佳人は黄袍郎にさらわれ、妻にさせられる宝象国の大官栢憲の娘百花羞、聞道泉の妻花香潔は糟糠の妻にして貞婦と描き、既婚者であることもあって佳人とは設定しない。他方、白骨夫人は美女や老婆に化身するものの、『金瓶梅詞話』などの煙粉小説になくてはならないやり手婆、つまり敵役と道化役を兼任する性格が強い。白骨夫人は古い取経物語に登場する妖怪であるが、『西遊記』では化身した姿で登場していて、その存在感は意外と淡い。『昇平宝筏』では、黄袍郎と兄妹の契りを結ばせて、場面展開のカギを握る存在と位置付け、小説の印象を手直しして個性豊かな女妖として描く。聞道泉夫妻は『西遊記』には登場しないが、あらたな役柄の投入を通して訴えるのは、三教正宗家以外は旁門の教えであり、聞道泉夫妻は聖学である儒教を守る文人と貞婦であるとする点にある。

しかし、才子である聞道泉は、村落での行動には毅然とした態度を見せていたが、上京以後は存在感そのものが乏しくなる。むしろ、妻である花香潔が見せる貞婦としての姿に視線が注がれる。具体的には、花香潔と百花羞とは長幼の順に従って義理の姉妹の契りを結ぶ。その結果、儒教の五常を引っ括めた義によって黄袍郎をめぐる物語が展開する。二人の真の義に対し、偽の義も相対として設定される。黄袍郎と白骨夫人との間で交わされる兄妹の契りが、それである。『西遊記』では、破門させられた孫悟空を猪八戒が義にて花果山から下山させる場面がある。それ以外は見られないのが「義」の演出であるが、『三国志通俗演義』や『水滸伝』では物語の基本にすえられ、五常を包括した義という観念のもとで、それぞれの英雄らが志を遂げる原動力となっている。『金瓶梅詞話』でも、義を逆手にとった西門慶の偽の「義」が用いられるが、つまるところは、うわべを飾る邪な「任俠」として導入されている。

本来の才子佳人劇では、才子を聞道泉、佳人を百花羞であるならば、男女ふたりの交際話へと導かれるはずであるが、聞道泉の目的は応挙による出世であり、既に糟糠の妻、貞女花香潔がいるため、才子の要素は敵役として登場する黄袍郎にすり替えられている。そのような変則的な立場により、佳人百花羞との間で才子佳人劇を進める。聞道泉は都察院の縄目を受ける災難を経て、百花羞の父栢憲の推薦から都尉の爵位を得る。その結末で、聞道泉は、貞婦の妻花香潔が一品夫人となったばかりではなく、新たに淑徳右夫人となった百花羞を夫人として得て、才子たる結末を迎える。

この物語では、才子に相当する聞道泉は付け足しで、主人公は、実際は先にも述べたように百花羞である。対照的に敵役であり道化役としての黄袍郎、その付き人役白骨夫人が設定され、才子佳人劇に付き物である恋路を妨げて主人公らに災難をもたらす役割を十分に果たしている。注目すべきは、大阪府立図書館本では岳小琴本になかった貞女花香潔が副え役の貞女として加えられ、反対に、東西渾によって死に追い込まれる貞婦の李寡婦の存在が削除された点である。大阪府立図書館本でのこの改変は、儒教の五常を積極的に導入する一方、皇太后などが観劇することへの乾隆帝の配慮が反映されていたのであろう。

百花羞と義理の姉妹になる花香潔の行動は、貞婦の李寡婦を省略した埋め合わせとし、それを補足する貞女による内助の功の物語を作り上げた、とも言える。聞道泉の妻花香潔は、学問は乏しいものの見識ある人であり、常に夫を励ます糟糠の妻として望ましい夫人像に設定されている。夫聞道泉が村民の黄袍神への崇拝を無下に退けたことに対し、花氏は素朴な気持ちで神祇へ捧げられる信仰は、ある程度尊重すべきであると勧告する。花氏が神明への冒瀆を非とすることに対し、道泉は、世の夫人は道理を知らぬ者と言う。しかし、花氏は神明を敬い、神罰を避けるべきとの姿勢を崩さず、なお忠告しつつける。社会規範に従いつつ、家庭を守る善良な夫人像こそが、花香潔なのである。対照的に才子道泉は、儒家の言行に固執し世間を知らない、村人の言う書物馬鹿と描き、功名立身を目指す村学究に設定されている。果たして、京への道中、聞道泉は、自らに降りかかる災難に対して対処するすべを知らず、孫悟空らに助けられる甲斐性なしの姿をさらけ出す。

一方、敵役の黄袍郎と白骨夫人は、ペテン師の爰爰道人の欲を介して結び付き、遺憾なく「偽りの義」を発揮している。その黄袍郎は、一言で表現すれば供物狙いの小悪党、白骨夫人は得体の知れない口のうまい年増である。妖怪三者の演じる冒頭の場面で、爰爰道人が黄袍郎に、白骨夫人が廟宇の落成式には流産で行くことができないと言う返事を告げたところ、夫のない白骨夫人の身では流産などありえず、それが冗談としても、自分自身の名声は保つべき旨の発言をさせる。つまり、小悪党の妖怪黄袍郎にも一分の名誉があると、小悪党なりの道理を言わせ、滑稽場面の挿入によって、観客を楽しませる仕掛けも織り込む。

黄袍郎と白骨夫人がその本領発揮するのは、爰爰道人が聞道泉の聖学に敗れて逃げ戻り、三者が一緒になって宝象国で栢憲の娘百花羞を攫い去る場面からである。

宝象国の元宵で月明和尚と柳翠の風流場面が演じられる中、彩楼から観燈していた栢府の一人娘百花羞は、黄袍郎と白骨夫人に攫われてしまう。栢憲の娘が百花羞と名づけられたのは、佳人としての設定に他ならない。この誘拐事件は白骨夫人の差し金らしく、黄袍郎と兄妹の契りを結ぶ義妹が義兄に示した怪しげな配慮でもあった。ことが成ると、黄袍郎は白骨夫人を「説客」として扱い、自分を拒む仙姫のような百花羞を説得するように求める。才子の顔つきは、凶相で、青黒く牙をむきだしたごつい顔の男として描かれる。一方の白骨夫人は、白面で紅色の唇をした媒酌人と言う、名前とは裏腹な年増盛りの設定がなされる。白骨夫人はもともと、枯れた白骨の僵屍が変化した妖怪であったので、白面に似合う紅の唇の美女としたのであろうが、夫人とする名前からやや年を越した美女、夫人と言うからには夫もあったはずということで、先ほどの流産という白骨夫人の出まかせの冗談も出たのであろう。口達者な年増の白骨夫人は媒人にふさわしい存在で、自らもその役割を知っていて、黄袍郎に招かれると「義」を果たすために三種類の妙計を示し、英雄が女性を扱う方法を教える。

ところが、恋の病に落ちた黄袍郎は、夫人の提示する三種の英雄には当てはまらず、片思いの病すら耐えられないと嘆く。そして、英雄の名声よりも夫婦和諧を求めたが、つい口が滑り、白骨夫人が媒酌人として役立たない事は世の中の媒酌人と同じで、不手際ばかりが目立つ金銭に目がくらんだ強欲者と断じ、社会批判に及ぶ。これを聞いた白骨夫人は、無欲で奉仕する身に暴言をするとは、と怒ったそぶりを見せれば、黄袍郎は悪酔いのための戯言と、英雄気取りから慌てて白骨夫人に謝罪哀願する本来の無様な小悪党に描かれる。白骨夫人が媒酌人の技量を示す一方、恋に狂う妖怪が示す度量の狭さや滑稽なしぐさは、単純な才子佳人劇に妖怪談の妙味を添える。黄袍郎を手玉に取る白骨夫人は、さながら『金瓶梅詞話』で西門慶の媒酌人を務める王婆を超える脇役を務め、この義兄妹二人は才子佳人ではなく、一連の話の展開では、醜悪な敵役と口上手な媒酌人の道化役の任にあることを示す。両者が契る「義」は、盗人にもあるという三分の「理」に相応する形、「偽りの義」気でもあった。

かくて、黄袍郎は、夫婦間にあるべき三つ決まり事を受け入れ、白骨夫人が説得した百花潔との夫婦式に臨む。その一方、手下の妖怪には上京途中の聞道泉夫妻を襲わせ、花香潔を攫って百花羞の下女とした。この事件から、道泉は妖術使いと見なされ、百花羞を誘拐した犯人として帥府に捕らえられる。

百花羞が花香潔と対面すれば、百花羞は花香潔の美しさに、黄袍郎が花香潔を見初めたために攫ったのではないかと疑う。一方の花香潔は、妖府に閉じ込められたことから、貞節が失われることを恐れて自殺しようとする。百花羞は軽率に死を選ぶことを止め、自分自身の境遇を語り、花香潔の心情を知ると、同じ境遇に身を置く者同士であれば姉妹の契りを結び、困難な状況に対処することを提案する。花香潔が自分は村姑、百花羞は名媛という尊卑の隔たりがあり、身分の差があると言えば、百花羞は同じ土俵のもとでは身分の差はなく、それゆえ長幼の順で契りを結ぶことを再度申し出た。その結果、三歳年長の花香潔が義理の姉、年下の百花羞は義理の妹となる。折しも、黄袍郎が三件の新郎がすべき要件を実行しに来たので、百花羞は花香潔の身を案じて下がらせ、挨拶に来た黄袍郎に対し、別の夫人に手を出した浮気者と罵り、自身は偽りの自殺を企てようとする。黄袍郎は、突然の言いがかりで慌てふためくところ、白骨夫人が現われたので、その場のとりなしを頼む。白骨夫人は二人の言い分を聞いて仲裁を取り持つものの、黄袍郎の弁解は聞き流し、黄袍郎が夫婦の契りに背くことがあれば斬罪も受けると言うのに対し、世の婦人がいかに男女関係では厳しく恐ろしい態度をとるか、と諭してひとまずその場を取り繕う。

百花羞の作戦は、世間一般の夫婦関係持ち出すばかりではなく、黄袍郎に姦通の罪を犯した疑いを着せることによって、女性側ばかりではなく、男性側にも姦通に対し相応の処罰が必要である事を匂わせている。当時の法律、或は道徳では、倫理規範を盾に女性にひたすら貞操を強要する傾向にある。この物語では、男女双方に貞節を義務化するような話としている。

複数の男女が交差して心の行き違いが起きることは、未婚の男女ばかりではなく夫婦間にもしばしば起こるし、嫉妬心も愛情もその中に芽生える。現実世界は、一様ではない人々が、また個々の心持でそれぞれの生業に励み、社会という集合体を構成している。優れた才子佳人劇や小説では、主人公は才子と佳人という基本パターンを踏むものの、多様な男女、個性豊かな登場人物によって現前にあたかもあるかのような物語世界を繰り広げ、受け手が作中の主人公と重なるように導く。『昇平宝筏』編者も、一方で才子佳人を意識し、一方で百花羞の動静に焦点を当て、醜男と佳人とが織りなす物語をドタバタ劇にとどまらない展開にした。百花羞が黄袍郎に浮気心の有無を詰問する機転は、花香潔の貞節の保全ばかりではなく、百花羞自身の貞節を暗に示した処置として取り入れたのであろう。

白骨夫人も世間一般の少し知見ある年配の婦人のように描かれるために、妖怪らしさが全く感じられない。これは小説とは全く異なっていて、極めて現実的であり親近感さえ醸し出すまでになっている。宮廷の女性は本劇を観劇し、登場する女性の運命に何を感じていたであろうか。当時、一夫多妻、嫉妬などは身近な題材であり、観劇は娯楽ではあったが、時に、后妃は百花羞に自分を重ね、女官らは花香潔が望まれる姿という想いで見ていたのかもしれない。

他方、妻を失った聞道泉は、衙府で裁判を受ける身となる。都察院の李徳清は聖旨を受けて、栢将軍の娘を探す中で、聞道泉の一件に出遭い、妖犯の疑いをかける。道泉の供述から審議はひとまず継続とし、捕り手を遣わして証拠を探させ、事件の真相が明白になるようにした。この趣向には、公案小説の手法が取り入れられている。後の第六本第五齣以下の才子佳人劇、斉錫純と卓如玉の話にも同じ趣向が見られる。後者斉錫純の事件では、妖怪の話は直接は関係しないので、『水滸伝』や『金瓶梅詞話』にある武松の命を途中で奪い、事件にけりをつける話よろしく、公正な裁判官と悪意がある護送胥吏らが公案ものを演じ、清官が冤罪を雪ぐ展開に力を入れている。そのため、裁判官李徳清によるごく普通の裁判ものとして描かれ、才子佳人劇に公案小説要素を加えた物語という趣向が取られる。

『昇平宝筏』では生身の儒生聞道泉らが登場することによって物語が才子佳人劇となり、『西遊記』から逸脱しそうに見えるが、なおその中にあることを示すべく、再び白骨夫人を登場させる。白骨夫人は、時に白氏の娘、或は、老婆の姿に化身して唐僧をだまそうとするが、結局、孫悟空に撃ち殺される。猪八戒は唐僧に悟空の悪行と唆し、その追放を求める『西遊記』の話に戻るものの、いささかとってつけたような展開となっている。

黄袍郎は白骨夫人が殺されたことを知り、その妹分の死を悼むが、一方で唐僧が錯乱して見当違いの悟空破門をしたことを知り、ここは唐僧を捕らえる絶好の機会と考え、一斉に攻めて捕らえる。唐僧が捕らえられて百花羞と出会う場面は、『西遊記』を踏襲するが、唐僧を助命して家書を託す折、新たに加えた花香潔も夫へ宛てた書信を託す場面も付加されている。この後は、小説と同じ展開をし、黄袍郎が書生に化け、宝象国国王の面前で唐僧を虎の姿に変えてしまう。そのため、白馬が「義俠心」を起こして、黄袍郎に戦いを挑み、猪八戒が「義」心を懐いて悟空の「義憤」を喚起する話を続ける。下山した悟空が宝象国へ赴く途中、新たに取り込んだ物語を組み込み、捕役に連れられてきた聞道泉と出遭う設定をする。ここで、事件の全貌が判明することになり、様々な登場人物の「義」を引き出しつつ、妖洞から百花羞と花香潔を助け出す、と筋立てをする。

聞道泉は、八戒の言葉によれば、書生とは役立たず者で、多少の荷物すら持てないと表現される通り、正義感から安楽鎮で示した毅然とした、いささか偏狭ではあるが、行動以外には活躍する場面は少ない。それにもかかわらず、一品夫人となった花香潔に加えて、百花羞までを淑徳右夫人の身分で夫人とすることとなり、さらに舅である栢将軍のおかげで、都尉の爵位まで手に入れ、才子として輝きだす。それにふさわしく、佳人二人は、才子に爵位ある立場で寄り添う。一度は、黄袍郎の正妻となってしまった百花羞の立場を考え、花香潔と義理の姉妹の契りを結んだ二人の有り様を、穏便な形で決着させる。つまり、百花羞を聞道泉の第二夫人にし、『西遊記』が果たさなかった、貞節への汚点を雪ぐことにしたのであろう。物語から見れば、黄袍郎も敵役、もしくは脇役、聞道泉も脇役で、義を重視した百花羞が主役、貞を重んじた花香潔は副え役という配置で、佳人中心の物語が構成される。

（四）卓如玉の礼と斉錫純の仁

才子佳人劇の第二番目は、第六本第五齣以降に祭賽国で繰り広げられる卓如玉と斉錫純を主人公とする話である。

二人の雅な出会いは、敵役による妨害によって引き裂かれるものの、最後はハッピーエンドなる典型的な才子佳人劇が演じられる。

祭賽国で高官であった家に生まれた斉福、字は錫純が、応挙を目指す中、欲に目がくらんだ友人の陰隲が、高官ながら奸臣である頼忠誠の息子、頼斯文と交際し、うまく世渡りすることを勧めることから始まる。しかし、頼斯文の人品をめぐって、二人は交際するか否かで仲違いをする。この人物設定において、斉福は清純の徳を主張する儒者、これに対し、陰隲は権門に肩入れをし、聖人も富貴の身となることを許容したと言ってはばからない腐儒、と二人を対比させるが、陰隲は脇役に過ぎない。

『昇平宝筏』では、唐僧の西天取経の道中、その地の独立した話を織り込み、内容の拡充を図る。そのために、小説にはないエピソードを「原本」から導入、もしくは創作して、連続する妖怪退治の話に割り込ませて組み入れる。しかも、道中の国々土地ごとの独立した事件や出来事は、順序通りに敷設するのではなく、別の場所で起こる出来事も並行して導入する。これは、妖怪一辺倒の非日常性と日常世界を併せ記載することで物語全体の現実性を持たせる役目を果たした。祭賽国での才子佳人物語も、その効果を狙ったものであった。祭賽国での場合、現実世界が斉福・卓如玉の物語であり、続く火焰山の羅刹女と牛魔王、玉面姑姑のやきもち話は非日常世界、妖怪世界である。前者は才子佳人劇、後者は才子佳人劇に趣向を借りた吃醋談という使い分けもされる。両者の対比的な描写、つまり、愛情や欲望に奸臣の悪意も取り込んだ多様な人間世界を加えることによって、妖怪世界で繰り広げられる才子気取りの妖魔をめぐる正妻と側室との吃醋談が、ここに到って一層コミカルに感じられることになる。

祭賽国で演じられる各種場面設定において、才子佳人劇と牛魔王をめぐる妖怪談との間に関係性を持たせるために、『昇平宝筏』では、一つの仕掛けを設ける。それは、牛魔王が碧波潭の通聖龍王のもとに赴き、玉面姑姑のために、羅刹女に提出する宝物を求める場面を連続させる。その宝物こそが、金光寺の宝塔から光を放つ舎利子と設定する。この宝物の行方と争奪から小説にある車遅国の僧侶の話を思わせる淡然の冤罪、斉福と卓玉の唱和による濡れ衣事件、碧波潭の龍王一家と悟空との戦いそれぞれを一貫した話に結び付ける。

事件の発端は、牛魔王が碧波潭に宝物の借財に赴くことに始まる。龍王は牛魔王の求めに対し、養身珠以外には宝物らしいものはここにないと困惑する。すると、九頭駙馬が登場し、祭賽国の金光寺の塔には、舎利子があるので、それを奪い取ることを提案した。ここに、祭賽国を巡る才子佳人劇と西天取経物語が一体化する。更に、九頭駙馬の妻通聖女が舎利子を包むために西王母の瑤池に乗り込んで、九葉霊芝を奪う話を加え、九頭駙馬の名称の由来や通聖龍王との結びつきを通聖女の存在で明確にする。この付加には、舞台上に色とりどりの衣装つけた女性役を登場させる意図も隠れていて、あたかも、宝塚歌劇団のような舞台演出に心を砕いていたと思われる。

一方、斉福・卓玉側は、金光寺宝塔の見物をめぐって、地に足がついた人と人との関係で話が進められる。斉福は、卓太師家が自分の住む楼房を借りて宝塔の放光見物することを知り、独身の自分が居るのも礼教に背くと考え、物見遊山を兼ねて外出する。金光寺宝塔見物には頼斯文と陰隲も来ていて、卓如玉一行を見つける。頼斯文、陰隲は、卓如玉の美しさに見とれるが、侍女の蘭香にその無礼を罵られる。そのような騒ぎの中に斉福が現われ、陰隲に気付く。陰隲が頼斯文に斉福を紹介するが、斉福が陰隲に権門の子弟に媚びる愚かさを忠告する。卓如玉は、蘭香から頼斯文を面罵した正気の人が斉福であることを知る。ここまでは、完全に、才子斉福と佳人卓如玉との出会い、敵役である浄の頼斯文と幇間陰隲の登場、そして『西廂記』よろしく、才気ある侍女蘭香も組み入れられ、後日の活躍が予想され、才子佳人劇の前段階が整う。もとより、斉福は詩礼伝家の読書人の模範、相手の卓如玉はそれにふさわしく門当戸対の子女、という姿で描かれるのは言うまでもない。傾国の閨女で、しかも文才に富む礼節をわきまえた女性を強調するのは、佳人としては完璧すぎる観もあるが、結末を考えれば望ましい設定であろう。頼斯文による騒動に対する処置から、如玉が謝意を一律に託して吟詠すれば、それに思わず唱和した斉福、折悪しくそれを聞きつけた敵役の頼斯文、この偶然の展開が、如玉と斉福相互による詩会との誤解に発展して行く。その想像の先には、『西廂記』の鶯鶯と張郎との出会い、もしくは、桑間濮上の行為が浮かぶと表現されるから、構想自体が『西廂記』に拠っていて、観劇者の念頭にその情景が浮かぶように仕向けてもいる。宝塔見物を巡る才子と佳人の出会い、敵役との遭遇の場面は、九頭駙馬の宝物の略奪でひとまずその幕が下ろされる。

『昇平宝筏』は、唐僧一行が金光寺へ到着する以前に、祭賽国に起こった二つ事件、一つは才子斉福と佳人卓玉二人の姦通でっちあげ、いま一つは住持の淡然による宝光寺の舎利子盗難という冤罪を設定し、その状況の中に唐僧師徒が事件現場の宝光寺の門を叩くとし、『西遊記』に関係づけて行く。

しかし、二つの話を単純に分けて設定するのではなく、頼斯文の父頼忠誠が奸臣の役割を十分果たす形で、両者を結ぶ。それは、息子の縁談が破談になった事に逆恨みをし、卓太師の失脚をはかるべく朝廷に弾劾文を提出したことで、廷尉司掌刑官の宋廉明の尋問を斉福が受けることになる。また、頼忠誠が淡然に寺宝紛失の濡れ衣をかけて事件化し、それを宋廉明がやはり裁くこととなり、事件双方を知るに至る、という形にして両者に関わり合いを持たせる。両者を結びつける橋渡し役は、頼忠誠であり、その誣告が大きな事件へと展開する。宋廉明は、頼忠誠の上奏のもとで、斉福を配流させて充軍とする判決を下す。事がうまく運んだ頼斯文は、護送役に賄賂を渡し、道中、斉福を途中でこの世から消させようとする企てを進める。(5) かくて、才子は、この段階で危機を迎え、才子佳人物語の最大の山場にいたる。

護送役人の張金と李玉に連れられた斉福は、断魂橋にさしかかったところで、張金に殺されそうになる。李玉はそれを遮り、三者乱れての修羅場を演じる。そこへ孫悟空が現われて斉福を助けた。その結果、金光寺での宝物紛失事件、及び斉福・卓如玉の災難の話は接続し、唐僧らは事件を解決する役を務めることになる。

かくて、唐僧らは、斉福、金光寺住持淡然それぞれの冤罪を知った上で祭賽国に入り、頼忠誠相手に公案小説もどきの物語を繰り広げる。卓家並びに斉福の名誉を回復した後、今度は九頭駙馬から寺宝を取り戻して淡然の冤罪を晴らし、碧波潭をきれいさっぱり空にする。こうして、祭賽国の公案にけりをつけ、才子佳人劇を定型のハッピーエンドに導く。金光寺淡然が被る冤罪のもとになった碧波潭の話も、『西遊記』では、あくまで妖怪退治の話である。しかし、『昇平宝筏』では、新たに加えた才子佳人劇を九頭駙馬の話を融合させることによって、物語の展開が複数の場面から構成されることになり、内容の濃い展開となっている。つまり、斉福と如玉をめぐる才子佳人劇を『西遊記』本来の話に融合させて、物語の空間を広げたとも言えるのではないか。才子佳人劇の結末は、金光寺に舎利子が再び光を発したことで、国王が斉福を卓如玉の婿とする勅命を下す。才子は、苦難を経て佳人と団欒を迎える。斉福と卓如玉を巡る才子佳人劇では、一種の決まり文句のように、浄、つまり頼斯文の活躍が最も眼につき、父親の頼忠誠もその敵役を中途から息子に代わって担うとともに、最後の無様なさまでは、丑の演技も演じる。才子の斉福は、聞道泉とおなじで、そのイメージを大きくは越えず、脇役のような形で描かれる。これに対し、蘭香という侍女の活躍は、『西廂記』の焼き直しとも思えるが、劇情にアクセントを添えるとともに物語の展開上で、歯車の役割を持つ。この他、碧波潭の九頭駙馬と通聖女の関係は夫婦の「人倫」を踏み、強弱の違いはあるものの、黄袍郎と百花羞との関係に相応する設定としてとらえることも出来るかもしれない。

（五）和鸞娘の節と柳逢春の忠

才子佳人劇の第三番目は、第八本第十一齣以下の比邱国の武人柳逢春と和鸞娘との婚約に端を発した妖怪退治による出世と団円の物語である。

比邱国の物語では、『西遊記』で散在する金銭豹、地湧夫人、獅駝嶺三大王の各物語を、新たに創作した柳逢春と和氏との婚約の話にからませてまとめ上げ、前出の宝象国、祭賽国での才子佳人劇に妖怪退治を合体させた物語に優るとも劣らない異彩を放つ内容にしている。また、ここにも妖怪同士の契りを混入させ、金銭豹の妖怪豹艾文と地湧夫人を義兄妹の関係にする。『昇平宝筏』編者の文学的技量を窺うことができる場面の一つとも言えよう。

物語は、陥空山無底洞の美女、地湧夫人の登場から始まる。そこに、灰婆婆という俗世を熟知する灰鼠精が現われ、地湧夫人に男女の秘め事を語る。灰婆婆は、洞府の外には、卓文君と相如、織女と牽牛の世界があり、夫婦となることの良さを説いた上で、その上を行く活仏唐僧とのめぐり逢いがいかに素晴らしいかを語り、地湧夫人の心が唐僧に向くように仕向ける。ここまでは、妖怪が唐僧を捕らえるための発端話であり、『西遊記』の枠内にとどまる。黄袍郎と白骨夫人の話にも相応し、その焼き直しに過ぎない。そこで、地湧夫人と豹艾文を義兄妹ならびに道友と設定するが、ただそれだけでは、単純な妖怪の話なので、豹艾文には地湧夫人の気を惹こうとする才子気取りの役を演じつつ、唐僧の敵役浄兼道化役丑として描く。この二妖怪は、獅駝嶺の三妖怪の力量を知って縁を結びに行き、一同は唐僧を捕らえる算段をする。この後、『西遊記』にはない柳逢春と和氏との婚約を巡る物語を絡ませ、柳逢春が偶然にも豹艾文の手下の妖怪から双剣を手に入れることにより、豹艾文、三大王が才子佳人の物語に介入する契機を設ける。

この一連の物語では才子に当たる柳逢春は、比邱国の将軍であった亡き父と二品夫人の母楊氏という名門の出の設定にする。その逢春には武芸の心得があり、母を養うために狩りをしていた孝子ではあったが、信心深い母楊氏から、日々の殺生を戒められていた。折しも、都で眼にした獅駝嶺の妖怪退治を募る榜文を見て、家門を挙げるために応じる。この野心によって、柳逢春に災難が降りかかる。その伏線は、豹艾文の手下の妖怪から双剣を奪う事件であるが、表面上罪なき妖童子を射殺すこととするのは、場面の構成上必要ではあるものの、いささか強引でもある。

編者は、柳逢春が母楊氏に孝を尽くす息子としても描き、楊氏の崇仏から観音が親子を助ける設定にする。観音は尼僧に化身し、楊氏に柳逢春の功名を予言しつつ、間近に迫った妖怪の災難を警告し、母子に避難するように忠告する。そして、危急の際に用いる法具を与えた。柳逢春・楊氏母子は観音の言葉に従って逃げ、追尾する豹艾文らをかわし、和家を避難先に選んだ。この辺りは、仏教に信仰を厚くする観劇の皇太后を意識しているのであろう。

一方、和氏は、柳家との間で婚約はしたものの、その履行がないことを以前より心配していた。そこに、突然、柳逢春親子がやってくる。男女の仲を描くものの、才子佳人劇の設定を意図する手前、佳人としては礼教を踏む必要もあるため、まず、柳逢春は婚約不履行という柳家の落ち度は、父の急逝後の家門衰退、婚儀は服喪のために延期せざるを得なかったとの弁解を用意し、これに相応すべく、和家でも、婚約を決めた父母、員外夫妻は、既にこの世にはなく、相手方の実用を探るなどできない状況にあったとする。双方が互いの事情を知らない中で、妖怪に追われた柳逢春親子を迎え、ここに初めて主人公が対面するという流れとなる。

和家の設定では、和鸞娘は閨房で父母の取り決めた婚約を守る。しかし、未婚の一人娘のみでは節操についての問題も出るため、兄一人がいて家を継ぐが、詩書の学問に志がない放蕩者とし、兄妹相反する姿を描き、佳人和氏の婦徳を際立たせる。和氏の兄は、言わば人間社会の柳逢春の敵役であり、非日常社会では妖怪の三大王が正面きっての敵役となっている。

その和氏のもとに、突如柳逢春母子が転がり込んでくる。ところが、柳逢春は自分が建策のために京師に行くが、しばらく母楊氏を保護してもらいたいと、かなり強引で虫の良い申し出をする。そこは佳人設定の和氏、亡き父母の取り決めを守る閨女であるから、かつての経緯については何も触れず、迎え入れた楊氏には姑に使える嫁として、女訓を守る閨女という礼儀を尽くした姿で描かれている。相手方の才子であろう柳逢春については、虫の良いことを言う、或は、ほら吹きとの疑念が避けられないので、その容貌や振る舞いを仕女の梅香が調べて和氏に伝える、と補足する。姑になるはずの楊氏は、かつて二品夫人であった高貴な夫人であったものの、老身で寒門の自分を顧みて、相手方に迷惑をかけることに恐縮する礼儀心のある良き姑と描き、観客である后妃の心情を拾い上げる。和氏の兄和友仁はその名前設定に皮肉が込められるが、家門を顧みない遊び人で、礼義に欠ける人物として、和氏と柳逢春の婚姻がスムーズにいかないための役割が与えられる。帰宅した和友仁と柳逢春は、観客の予想通り、婚約をめぐる話で衝突をする。和友仁は、柳逢春が面識もないのに親戚面をする奴と罵れば、柳逢春は先君の取り決めを認めない不孝者、小人と言い返して両人は言い争う。実際、この二人は、互いに似たり寄ったりの人物でもあり、相方の言い分にも一理がある、言わばどっちもどっちという描き方をされる観がある。反対に、女性陣には少しの落ち度もないように描き、和氏と楊氏の婦徳はここでも際立つ。つまり、女性と男性を対比的に描きつつ、『昇平宝筏』では登場する才子らは共通して、才気に乏しく、いささか偏狭な度量の男子と描かれる。反対に、心優しく、困難も受け入れる佳人のイメージには、その姿に自身の心情を重ねる宮廷の女性観衆をひきつけようとする意図も見え隠れする。物語では、結局、柳逢春は『李娃伝』を下地にしたように、路銀を和氏から提供され、京師へ建策に赴く。

都についた柳逢春は、朝廷に赴き建策すれば、兵法に熟達していたことから大将軍に任じられ、別に同時採用された校尉らを率いて陣立てをする。その後、操演をして妖怪退治に出陣する。主人公を才子に仕立てた柳逢春とする以上、禁軍を率いる将帥に柳逢春を充当するのは予定通りであろうが、武功もなく肝心の建策の説明もないため、いささか唐突な筋運びで面白みに欠ける。それにもかかわらず、この場面を設定したのは、観劇する侍衛や将帥らを意識しつつ、皇帝に将兵の雄々しさを誇示した場面であり、軍人、八旗の登場で質実剛健を尊ぶ満洲人の心意気を示し、舞台に彩を添えたものではないか思われる。大阪府立図書館本には頡利可汗征討の話がないため、この場面は特に軍事力を誇示するために重要な場面だったかもしれない。

しかし、勇ましいばかりの柳逢春将軍麾下の精兵部隊も、豹艾文らの妖兵に大敗して逃げ去った。この敗走の有り様は、前段の勇壮な様とは対照的で、滑稽で無様としか言いようがない描き方がされる。柳逢春らの敗軍は、出くわした孫悟空に助けられるが、孫悟空に軽くあしらわれて笑われるのも当然である。唐僧一行が柳逢春に出会う設定は、安楽鎮の儒者閵道泉と出会う場面とまったく同じパターンを踏む。

孫悟空が豹艾文を退治し、獅駝嶺の三大王を打ち負かす物語の流れは、『西遊記』を汲み取って作られる。孫悟空が総鑚風に化けて、獅駝嶺に向かう過程で、小妖怪を騙して脅し、洞中で三大王に大言壮語を吐き、挙句の果てには陰陽二気宝瓶に吸い込まれるなど、滑稽であり見せ場も多い。注意すべき点は、見張り役の小妖に化ける孫悟空が、相手になった小妖が江南人であると言うのに対し、口を合わせて徽州府休寧県人と具体的に示す点である。観劇側、或は、編集側の人に休寧ゆかりの人がいたのだろうか。この点は、『西遊記』からの流れをくむが、安徽商人の活動とも関係があったかもしれない。或は、康熙時代の『昇平宝筏』、或は、その祖本である「原本」の編者の出身地なども関係するのかもしれない。

さて、ここで視点を元に戻せば、物語では、孫悟空が獅子の精の腹中に入り込み、大暴れをして一応の妖怪の帰順を得る。しかし、三大王は唐僧の駕籠を担ぎ、山越えすると偽り、途中で唐僧を捕らえて戻る。その様子は如来仏らの諸仏が見ていて、ついには調伏されて西天竺に戻っていく。これは、『西遊記』と同一である。

『昇平宝筏』は、『西遊記』にはない柳逢春の話を加えているから、孫悟空の手柄で妖怪退治が終わるのではなく、その手柄を柳逢春が譲り受けて、意気揚々と大小三軍を率いて凱旋する後日談を設定する。国王は獅駝嶺の妖魔が取り除かれたことから、聖旨を下し、柳逢春に輔国大将軍および総理軍国政務の官職官位を与え、母楊氏に一品節義夫人、妻の和氏鸞娘には一品夫人の位を与える。唐僧師徒に対しては、その肖像画を描き、廟宇に祀るとともに、送別の宴を催すとの沙汰が下される。これは康熙帝の三藩、台湾、ジューンガル平定時、功臣像を描いて殿閣に掲げ、宮殿で祝宴を開いた史実を反映したのであろう。柳逢春が軍機処に任官し、母と妻がその蔭位の恩典を受けたのも、やはり清朝の恩典になぞらえたのではないか。楊氏に節義夫人の称号が与えられたことは、寡婦に節義、つまり貞節の必要性を示すと思われる。

才子佳人劇の物語として、故郷に残した衣錦還郷する才子を待つ佳人和氏鸞娘と母楊氏の有様を伝える場面も添えられる。和氏は病がちの姑婆楊氏に仕えて婦道を全うしつつ、日々夫の吉報待っている。そこへ、兄和友仁が吉報をもたらし、柳逢春の出世とその帰郷を伝える。和氏はここに到って正式な華燭の典の日を迎える。一家は和気に包まれたところで才子佳人劇としての幕が下りる。柳逢春の相手を和氏としたのは、才子佳人の行く末が和諧を経て婚儀を迎えて、婦道を全うすることになるからである。また、才子で夫となる柳逢春の名称は、『牡丹亭還魂記』の柳夢梅を意識したものとも思える。『昇平宝筏』では、才子たる柳逢春は何も活躍はしないが、他人の手柄で出世をする。これに対して、佳人和氏は相手が没落した家の無一文で転がり込んだ許婚であり、正式な婚姻はないものの、その母にも仕え、婦道の鏡を実践する。ここに隠れた主題、つまり婦女は貞婦を目指すべきであるという主張が窺われる。

同時に東西混から逃れて貞節を全うする李寡婦の存在は不吉でかつ不要となったため、岳小琴本のその物語は削除されたのであろう。唐僧らは、才子佳人劇の中では、柳逢春の忠義と愛国、和氏の貞婦の道を全うさせる助け役であり、『西遊記』にはない役割を演じる。

（六）金聖夫人の烈と朱紫国国王の治

第四の才子佳人劇は、第九本第一齣以下で演じられる、朱紫国王と正室金聖夫人との恩愛に認められる。浄、敵役は賽太歳が該当し、演劇構成は黄袍郎の話と類似している。

物語は『西遊記』を踏襲し、朱紫国王が前因のため、美貌の正室金聖夫人を賽太歳にさらわれる。三年間の音信不通は国王の病を招き、唐僧師徒が通行手形を求め、孫悟空が問診の名医としてこの事件に関わったことから、賽太歳退治をして国王に夫人を再会させるという任務を負うことになる。設定は国王とその妃の恩愛をテーマとし、夫婦との愛をはぐくむところに、邪魔が入り込み、両者の行き来を阻害させるが、才子の代理役の力で再び団円する、と、厳密には才子佳人劇とは言えないかもしれないが、その世界に近い。

冒頭で、編者は、主役たる佳人金聖夫人に貞節を守らせる「護符」を設定する。それは、張紫陽が皇后に鋼鉄の仙衣を着用させることであった。張紫陽は漁夫の姿にその身を改め、他の漁夫らと大河に大船を操りつつ、しばしの時を過ごす。この冒頭での魚を取るあり様は、物語の展開とはほぼ関係がない。『西遊記』とは異なった日常風景を取り入れることで、観客に一幅の水墨画的な風景を見せ、次に展開する事件への期待、或は、妖怪との戦いを描く『西遊記』との対比的な効果を与えようとするために挿入した場面であろう。次の場面では、朱紫国で国王と妃賓らが宴席を楽しむ最中、悪相の賽太歳が群なす妖怪を伴って攻め寄せ、金聖皇后の借用か国王らの命を奪うかという難題を吹きかける。国王は羽林将軍らを出陣させるが、朱紫国の将兵はことごとく陣没する。国王はなすすべを失い、金聖夫人のもとに逃げ戻れば、金聖夫人は国王の身を案じ、前世の罪業の結果と諦めて賽太歳のもとに進んで出立する。そこへ、漁夫に身をやつした張紫陽が五彩仙衣を持参し、観音が配下の賽太歳を収服するまでの期間、皇后の節操を守るべく処置を施す、という展開をたどる。賽太歳が金聖皇后を手に入れるまでには、見せ場が二つ設けられる。一つは国王が妖怪討伐に兵将を続けざまに出陣させ、戦闘を繰り広げる場面、いまひとつは、国王が楊貴妃の故事を想い、嘆き悲しむ場面である。妖怪に立ち向かう兵将は、大言壮語したものの、三度の戦いでことごとく焼殺される。これとは対照的に、金聖皇后は王昭君の故事を描きつつ、万民の犠牲となる決断をし、国王に妖怪の要求を受け入れることを勧める。そのため、物語の焦点は、金聖皇后という佳人に充てられる。一方、才子たる国王は、金聖皇后をすべなく差し出し、悲嘆で卒倒する弱い男性と描く。この描写は、先の聞道泉も然り、斉福も柳逢春もしかりで、同じような才気に乏しい子という描き方をされる。

金聖皇后は、仙衣を通して貞節を守る賢婦たる態度を示す。一度は、やむを得ず賽太歳の懐く洞房華燭の夢に従順するふりをするが、それは国王や朱紫国のためであった。しかし、心中に仙衣の効用に希望を懐きつつ、自ら貞節を守るためには自刃するとも言い切る。金聖皇后を通して、婦道を遵守する女性の姿が観客に示され、社会規範としての閨範が儒教観念に則る大切なものである、と本劇の女性のあり方から明示される。朱紫国自体があたかも朱子の国を思わせる設定である。

朱紫国の国王は皇后を失い、病に伏すところに孫悟空らが到着し、脈診を辿って『西遊記』の世界に誘導される。つまり、朱紫国での賽太歳による災禍の部分は、『西遊記』では伏線的であり簡略な形の出来事であった点を、『昇平宝筏』では説明を加え、経緯を詳しく掘り起こして編集したということになろう。

孫悟空は国王の脈診をし、烏金丸を与えて回復させ、神医とたたえられる。その後、孫悟空は国王と皇后の災難を知り、妖怪退治をすべく、内侍に化けて金聖皇后のもとへ書面を届け、賽太歳が持つ金鈴の威力について説明を受ける。孫悟空は皇后と方策を企て、賽太歳を酔わせて金鈴を偽物とすり替えることとする。金聖皇后と宮女、孫悟空らが設定した酒宴で、計画通り賽太歳は酔いつぶれ、ついには金鈴を奪われて、観音が遣わした善才童子に収服される。孫悟空と賽太歳の滑稽な舌戦なども面白いが、物語内の宴席で繰り広げられる演芸は、民間で流行している清曲や夸調の歌曲や演舞がそのまま織り込まれていたらしい。この部分は、明末清初の鼎革の際、宮廷演劇も衰退していたことから、康熙朝ではその復興を目指し、民間の劇団員を宮廷演劇に登用していた当時の演劇状況が反映されているようにも見える。この点からは、後に宮廷演劇と地方劇が融合して、民国時代に京劇となっていく方向性が、当初から存在したことを窺わせ、中国演劇史の一つの特色としても注目される。朱紫国での出来事では、金聖皇后が主人公で国王との偕老の契りがかなわないことを嘆くが、悟空の企てを知ると夫婦愛を取り戻すべく、仙衣で貞節が守られていることに感謝しつつ、その企てに身をもって参与し実行する。その毅然とした行動からは、貞婦の姿が浮び上がり、結果として、倫理規範を尊重する佳人として賞賛される。この後、国王は金聖皇后と再会を果たすが、才子佳人ものののようには活躍することもほぼなく、演劇は収束する。国王という特別な身分設定のため、いわゆる才子佳人の才子がとる行動はあえて取り込まなかったとも見える。その代わり、孫悟空が敵役賽太歳を相手に、縦横無尽に活躍してその不足分を補った。ここでは、むしろ才子佳人劇を借りて、『西遊記』の話を拡張したと見てもよいのかもしれない。佳人の立場から見た時、朱紫国の一段は、嫁いだ貞婦を顕彰するために再編集されたとも見なせる。

（七）『昇平宝筏』に見る才子佳人劇――まとめ

『昇平宝筏』に見られる才子佳人劇は、朱紫国の話を除けば、初めて加えられたか増改された、と言ってもよい部分である。同時に、『昇平宝筏』には『西遊記』を受けて女妖の思慕、恋慕も描かれている。女妖の唐僧への思慕と邪心、或は、猪八戒のような妖怪による生身の女性に対する恋心、はたまた、牛魔王と玉面姑姑、羅刹女という妖怪同志の三角関係と夫婦の恩愛など多彩な男女関係も見られる。杜麗娘や小青、閻婆惜、李慧娘、陳妙常、小尼姑と和尚といった先行する恋愛ものは、当時の知識人にはよく知られていたので、『昇平宝筏』にも様々な恋愛パターン、セリフの参考となって取り込まれ、作品のふくらみとしたのであろう。例えば、灰婆婆が地湧夫人に対し、世俗の恋愛の代表として、卓文君と司馬相如、天台採薬・劉阮故事、李薬師、月明和尚と柳翠児の故事を説くのは、その作品が念頭に置かれていることを前提とし、いわゆる典故ともなって面白いのである。つまり、『昇平宝筏』の編者は、多くの才子佳人劇を含む歴史的典故を身体にとどめ、『西遊記』を下地に宮廷演劇を編纂する時、観客を意識して多様な才子佳人場面を取り込んだと推測される。同時に、才子佳人劇の形で場面構成を行なう時、実際は、主人公に佳人を当て、才子は表立っては目立たないようにし、代わりに敵役、道化役が活躍する形を採る点に本領発揮がなされている。つまり、『昇平宝筏』に見られる男女の出来事を順次見ると、全体の構成には、一定の方針があって、西天取経一辺倒の物語を避け随所に才子佳人の物語を織り込み、人間社会そのものを描くことに努める点が判明する。才子佳人の登場に注目して全十本の構成を見ると、各本に必ずと言っても良いほど、才子や佳人が描かれ、物語の展開に一役買っている、と指摘できる。

まず、第一本は孫悟空の出自をめぐる物語とその調伏が中心で、西天取経物語との因縁談も付加されている。その中で、主人公である唐僧の父母陳光蕊と新妻殷氏夫婦愛の物語が設定されている。

第二本は、唐僧の仇討ち、魏徴斬龍と太宗の入冥、西天取経の開始が中心となっていて、観音や天妃が登場するものの、一見男女間の話がないように見える。しかし、太宗入冥を借りて、呂全陶氏夫婦の話を織り込み、夫婦の情愛を示している。才子佳人を多く取り込もうとする姿勢が見られる。

第三本には、猪八戒の入婿談があり、その後、黎山老母が化身した賈家での唐僧誘惑と猪八戒の情欲が描かれる。才子を装う道化役の愛欲、それも人倫を無視した妖怪の恋物語で、正式には才子佳人ものではない。

第四本は、聞道泉と花香潔夫婦の話が組み込まれ、才子佳人劇が始まる。

第五本は、牛魔王、玉面姑姑、そして鉄扇公主三者の織りなす嫉妬劇、そして西梁女国の女王が唐僧を慕う真の愛情物語が妖怪世界と西域世界の双方で織りなしている。

第六本では、琵琶洞の蝎子精と唐僧、斉福と如玉の話があるが、後者の物語も比重が大きい。名前から見ると、卓如玉と斉福は卓文君、司馬相如を下地にしたようにも見える。男女の仲を割こうとする敵もまた人間で、典型的な才子佳人劇になっている。

第七本では、荊棘嶺で唐僧と出会った杏の木の妖精、杏仙の恋が描かれている。

第八本では、盤絲洞の月霞仙子と唐僧、そして地湧夫人と唐僧、豹艾文のコミカルな恋もあるが、柳逢春と和鸞娘の婚姻に到る物語が展開し、妖怪や人間が織りなす恋愛、閨範に焦点があてられ、多彩な情愛世界が拡がる。

第九本は、朱紫国の金聖皇后と国王、それを割こうとする妖怪の賽太歳の横恋慕を描き、佳人の貞節が話の中心に据えられる。

そして、最後の第十本では、天竺国公主に化けた玉兎が唐僧を駙馬とすべく、招壻の策を立てる話が置かれ、『西遊記』本来の姿である妖怪の思慕と野心を描く。この段階では、おもしろいことに猪八戒は公主の真贋を問わず、その存在へ関心を示すことはなく、既に悟りの境地に近づいた様を見せる。

各本では、時には、女妖の姿を借りつつも、唐僧への恋慕、或は、生身の女性に対する横恋慕など男女間の様々な形の恋模様や思慕の情が設定され、妖怪中心の西天取経物語に絡める。この点から『昇平宝筏』に込められた主要なテーマを考える時、その一つは、西天取経の長い道のりに沿って、男女間に日常的に起こる各種の愛情や情欲を描くことが、編者らの方針の一つであったと思われる。岳小琴本から大阪府立図書館本、岳小琴本・大阪府立図書館本から故宮博物院本への改編過程では、そのような才子佳人もの重視が尊重されて作品に組み込まれ、物語、或は登場人物が増加していくように見える。しかし、単に才子佳人劇を作り上げるのではなく、佳人に相当する女性には、『閨範』などに描かれる貞婦・節婦のような婦人像が投影されている。

『昇平宝筏』には、男女の情愛を描く場面が多く取り込まれる。しかも、その一部を取り出した単品ともいえる『江流記』、『進瓜記』の主題も、才子佳人劇のパターンを踏む。それらは、あたかも『西遊記』に才子佳人劇を巧妙に組み込んだ様相を呈し、単に旧来の小説を演劇仕立てにしたものではないこともわかる。つまり、『昇平宝筏』のテキスト変遷から窺えば、康煕時代にまず「原本」の才子佳人劇のいくつかを取り込む、或は、創作して織り込み、後に乾隆時代、その数を増やしつつ、曲詞やセリフの白を雅調に改めて行ったという、テキストの増訂改編の流れを知ることができる。

乾隆朝廷では、大阪府立図書館本や故宮博物院本のように、上演場所、時期、或は、用途に応じて複数のパターンに分かれた『昇平宝筏』が作成されている。それらは、宮廷の観客を満足させるための台本であって、作品の完成度を求めるものではない。従って、『昇平宝筏』のテキストは、上演の過程で多くの台本が生まれ写本が作られる結果となった。その改変時には、かつて作られた台本が使用されて消耗されていったと考えられる。今日残る欠冊あるテキスト、複数の残存本を寄せ集めたテキストなどは、おそらく新たに作られるテキスト作成時に旧本が消費された痕跡を留めるテキストと言ってもよいのではないか。当然、編者らの手控えのテキストも作られていたであろうから、残存本には内府写本という正式なものではないものも残ったであろうし、再度の編集で集められたこともあったであろう。そして、残ったものが、清朝壊後、民間に流失し再度集められて現在のテキストとなっているのであろう。岳小琴本は、康熙本を転写したテキストであるが、その間にはいくつもの転写が介在していたかもしれない。清朝を通して宮廷演劇の戯曲テキスト改編は絶えず行なわれていて、『昇平宝筏』においても、岳小琴本から大阪府立図書館本、そして故宮博物院本、旧北平図書館本などへと細部で内容の異なるテキストが生まれる。

『昇平宝筏』のテキストの改変、再編集は、取り込まれた才子佳人劇にも変化を与えることになる。その中で、『昇平宝筏』の完備した一形態、安殿本である大阪府立図書館本の才子佳人のイメージとその特徴を挙げれば、以下の点を指摘できる。

登場する才子佳人は、従来の才子佳人劇を継承しつつも、忠孝礼智信を踏まえた人物設定がなされ、とりわけ女性の役割、貞女が重視される。そこには、正に対する偽りの妖怪同士の契りを借りて、清濁相反する男女の恋愛を描くことによって、人倫社会でのありうべき陰陽を体現した夫婦像、長幼の順の姿が示されている。『昇平宝筏』に取り込まれた才子佳人劇には、儒教倫理感に基づく男女の姿、とりわけ当時の士大夫社会での望ましい女性像が示され、従来の望ましい才子佳人像がより一層強調される。同時に、観客が、皇太后、或は、その歓心を願う皇帝であったから、才子は凡人に等しい有様に描いてもさしさわりはなく、佳人がより際立つ貞淑な女性と描くことも、一つの特徴といえよう。『昇平宝筏』は、当初は、康熙帝が皇太后の祝典の出し物を意識した内廷向きの演劇であったが、後に、乾隆朝廷になると公私の区別なく広く見せることを意図する宮廷演劇となった。実際は、全幕を通して演じる機会は少なく、上演場面、上演場所などで、用いる台本は異なることもあったであろう。内府での上演の場合、康熙時代、観客の中心は皇太后や妃嬪であったことから、皇太后の意向を反映するような内容で演じられたのであろう。康熙帝にしろ、乾隆帝にしろ、孝行心からそれぞれの皇太后を満足させたいという点に心を砕いたとも思われるから、『昇平宝筏』に登場する女性のイメージ演出には、特別な思い入れがあったのかもしれない。それを観劇した皇太后、或は、後の外国使節らの感想は定かではないが、儒学を旨とする朝鮮使節は、わずかに、そして、ひそかにその思いを燕行記類に吐露している。

注

（1）『才子佳人小説述林』（春風文芸出版社、一九八五）。林辰氏『明末清初小説述録』（春風文芸出版社、一九八八）、女性が社会でその身を処すべき態度については、山崎純一氏『女四書・新婦譜三部書全釈』（明治書院、二〇〇二）「序章　『女四書』と『新婦譜』の世界」三五～四九頁、「第四章　伝王節婦撰『女範捷録』第五　貞烈篇」二六六～二七八頁、「第五章　侯莫陳邈妻鄭氏『女孝経』」三五四頁、「第六章　陸圻『新婦譜』」三九六・四二二頁、「第七章　陳確・査嗣琪両『新婦譜補』」四七四～四七六頁、四九〇～四九三頁にある格言等が参考になる。
『大清聖祖実録』巻之一百七十八　康熙三十五年。「旌表八旗節婦、満洲温査妻査氏等九十四人、蒙古班第妻趙氏等二十三人、漢軍孫兆竜妻曹氏等十一人、直隷各省節婦王英妻田氏等九人、各給銀建坊如例。」など。

（2）『西遊記』に拠りつつも、『昇平宝筏』から生まれたとも言える『江流記』では、殷氏が貞婦として主人公を務める佳人劇、それと対応的に、漁夫呂全が主役である『進瓜記』では、仁と義のある隠者として登場し、亡き妻の陶氏に対する夫婦愛を描く才子劇作品になっている。一方は貞婦が主役、一方は仁義ある男が主役で対をなすが、いずれも生身の男女の物語となっている。

（3） 小松謙氏「『鼎峙春秋』について――清朝宮廷における三国志劇――」（磯部彰編『清朝宮廷演劇文化の研究』勉誠出版、二〇一四）：宮廷大戯という性格から、女性の登場場面や崑山腔系統の場面を挿入するために、三兄弟以外の蔡文姫の物語が取り入れられたと見る。

（4） 大塚秀高氏「『楚漢春秋』について」（磯部彰編『清朝宮廷演劇文化の研究』勉誠出版、二〇一四）：劇の情節は、歴史通俗演義で語るというよりは、男女のさまざまの愛の形を示す意図があったのではないかと考える。「4　『楚漢春秋』に見る男女の関係――呂雉と虞美人を中心に」では、劉邦の妻である呂雉と虞美人を対比的に描くと指摘したうえで、楚の懐王の家族に焦点を当て歴史上無名の女性を物語に登場させ、その人物を物語上で一定の役割を与えたところに特徴があると記す。「5　韓信と張良の物語」では、『楚漢春秋』第三本以下になると、脇役であるはずの韓信と張良が主人公となる話が目立ち、しかも彼らの妻や家族まで登場してくる点を指摘する。大塚氏は、ここにこそ作品の意図があり、大志を抱く夫を支え、妻のあるべき姿、つまり、孤閨を護る女性の姿を織り込んでいる点に作品の意味が込められると言う。大塚氏は、韓信の妻の高氏や張良の妻に趙静蛾という架空の人物を設定した背後には、手本としての妻女を描くという意識があったと考える。

（5） この方向から考えると、宋廉明とは、明らかに『水滸伝』の宋公明に借りた名前であろう。

第三章　朝鮮朝赴燕使節と宮廷大戯『昇平宝筏』

（一）清朝宮廷演劇の役割

東アジアの交流は、長い歴史を持ち、その中心地は、近世では北京であり、漢族や周辺諸国の知識人にとってはあこがれの大都市であった。清代の北京には、東アジアの使節が定期的に参集し、清朝宮廷文化のみならず、書籍の購入、或は、外国使節同士の情報交換など、様々な活動が行われていた。清朝は外国使節を歓待するとともに、満洲帝国に服属させる様々な方策もとった。その一つは清朝宮廷演劇で、北京などに参集した東アジアの使節団に満洲王朝の威光を示すために行なわれた。

筆者は、かつて朝鮮使節の観劇資料を通して、『昇平宝筏』の分析や『西遊記』との比較などを行ったことがある。その後、『昇平宝筏』には多様なテキストがあることにより再検討した結果、その前後関係、上演に際しての内容には更に複雑な問題があることも判明した。しかも、そのことは乾隆帝の万寿節に上演された『昇平宝筏』と残存テキストとの関係にも及ぶ問題であることが認識され、改めて考える必要性も出てきた。

近年、岳小琴本のテキスト研究の進展から、『昇平宝筏』は、康熙帝の時代に既に存在したという見方が有力になった。筆者も、再検討を経て、旧来の見解を改めることにもなった。従来より知られていた懋勤殿蔵聖祖諭旨に「西遊記原有両三本、甚是俗気、近日海清覓人收拾、已有八本、皆系各旧本内套的曲子、也不甚好。爾都収去、共成十本、趕九月内全進呈。」とあるように、宮廷戯の旧本八本に新増二本を加えて十本としたことは、岳小琴本が「原本」に拠りつつ改訂を加え、更に新増の部分を加えて十本としたことと一致する。この点からも、康熙時代に岳小琴本が成立していたことが窺える。同時に、テキストの内容の相違という視点からは、康熙・乾隆二人の皇帝の戯曲観、政治情勢の反映との関係も、改めて見直すことにもつながった。

本章では、旧稿に依りつつ、康熙時代と乾隆時代の『昇平宝筏』のテキスト問題を改めて取り上げ、外国使節が見た『昇平宝筏』について私見の補充を述べたい。

（一）朝鮮燕行使節と万寿節の宮廷演劇「唐僧三蔵西遊記」

朝鮮朝の両班を中心とする文人が、明清時代の戯曲小説に精通していたことはよく知られる。とりわけ、入燕使節は、直接、首都北京に往き、清代では熱河の離宮にも行ったので、当時の文芸作品に触れる機会も自然と多かった。明代の社会では、演劇は体制から権力支配の強化に用いられたし、また、清代では王朝側は演劇の役割を十分心得ていたし、民衆も演劇を利用して、「抗糧」闘争に利用したなど、社会全体でそれぞれの立場での接し方があった。(1)

清代の宮廷演劇の様相、或は民間の演劇などは、朝鮮の燕行使が関心を払ったこともあって、様々な両班の筆記に留められる。康熙時代、金昌業が記録する永平府での岳飛の魂に秦檜が倒される場面を見て、『三国志演義』の曹操を思い出す（『老稼斎燕行日記』康熙五十二年二月二十一日）記事、或は、呉載純が北京（隆福寺）にて『三国志演義』と『水滸伝』による劇を見て明の滅亡を悲しむ記事がよく知られる。(2)

乾隆時代の洪大容（一七三一―一七八三）の『湛軒燕記』では、一連の燕行録の中でも、北京の民間芸能の様相を具体的に伝える。

清の乾隆三十年十二月二十八日に正陽門から礼部に赴いた朝鮮使節の一人、洪大容は職責の傍ら、北京の隅々まで訪ね、華俗を克明に記録した。その一節、「燕行雑記四」には、見聞した劇場の有様や演目を詳しく伝える記事がある。その一つ「場戯」では、

至于今、戯台遍天下、嘗見西直門外有戯具数車、皆蔵以紅漆櫃子、使人問之、答云、自円明園罷戯來、蓋皇帝所玩娯也。……正月初四日、観于正陽門外楼台、器物、布置雄麗、程度巧密、雖其淫褻游戯之中、而節制之整厳、無異将門師律、大地風采、真不可及也。其屋上爲十三樑、倚北壁築、数尺之台、囲以雕檻、即戯台也。……

と、正陽門外にあった戯台のこと、離宮の円明園でいかに盛大に演劇が行われていたか、宮廷演劇の一端を伝える。

乾隆四十五年（一七八〇〔正祖四年〕）六月、正使朴明源らは北京に赴いた。北京に入城した後、朝鮮の正使らは、

進賀兼謝恩正使朴明源・副使鄭元始状啓言、臣等一行、八月初一日到北京、十二日、皇帝御戯台設戯、使文武三品以上入観、朝鮮三使臣亦令観戯、十三日、臣等随班参賀礼、又入戯場、又有壺茶之賜。（『朝鮮朝実録・正宗実録』巻十の正祖四年九月壬辰）

と紫禁城の中で宮廷演劇を見ることになる。随行した朴趾源は、『熱河日記』「戯本名目記」に、内府劇の演目について八十種ほどを挙げている。(3)

朴趾源の紹介する内府劇目は、いずれも吉祥劇に属す承応戯と思われ、康熙帝の万寿盛典以来の宮廷演劇の性格をよく示す作品である。しかし、清朝治下の大衆にはなじみが薄く、朝鮮の使節にとっても目新しく感じる内容であったかもしれない。

乾隆五十五年（一七九〇〔正祖十四年〕）には乾隆帝の八旬万寿節が盛大に開かれて、『八旬万寿盛典』の編纂が行わ

れた。朝鮮でも慶賀の使節を派遣したが、その時の有様を使節の一人、徐浩修は『燕行記』に、熱河離宮や北京円明園で観劇した演目を細かく記録している。

徐浩修らは、七月十五日に熱河の避暑山荘に到着し、十七日には皇帝の出御に合わせて、清音閣で上演された「稲穂麥秀」「河圖洛書」などを観劇し、翌十八日、翌々日の十九日にも承応戯を観劇した。朝鮮の進賀使が、熱河の避暑山荘で観劇した折、モンゴル諸王やベトナム王、ビルマ、台湾などの使節と同席していた(4)。

『燕行記』によれば、二十一日には灤河を渡り、二十五日に北京に入り、二十六日には円明園に赴いた。そして、八月一日、円明園の三層戯台である清音閣で上演された宮廷戯曲「唐僧三蔵西遊記」を卯の時から未の時まで観劇したという。

八月一日己酉晴、留円明園。……東北有観戯殿閣、而制度與熱河一段、正殿二層、……皇上自内殿御常服乗肩輿、出由西序北夾門、入戯殿、参宴、諸臣出跪西序南夾門外迎駕、殿南爲戯閣三層、上層曰清音閣、中層曰蓬閬咸韺、下層曰春□宣豫、作楽扮戯於閣中、卯時始戯、未時止戯。而皆演唐僧三蔵西遊記。……(『燕行記』巻三)

西遊記劇は、次の八月二日にも行われたが(5)、さらに三・四・五・六日まで連続して上演されたと記録される。七日と九日は太祖皇帝の忌辰斎による斎戒のために演劇はなく、明けた十日には「八洞神仙」などが上演された(『燕行記』巻三)。

ここで、円明園の清音閣で上演された宮廷戯曲「唐僧三蔵西遊記」が、いかなる作品であったかを再検討してみたい。

朝鮮進賀使が清の宗室や朝官、諸外国の使節らとともに円明園で観劇した「唐僧三蔵西遊記」は、宮廷演劇であることから、南府の『昇平宝筏』と見なすことができる。それも、数日に亙って上演されたので単折戯ではなかったことが知られる。熱河離宮の清音閣で上演された宮廷戯曲「唐僧三蔵西遊記」が『西遊記』であったという認識は、朝鮮の燕行使の一員、柳得恭が明確に指摘している。

柳得恭は乾隆四十三年（一七七八、〔正祖二年〕）、燕行使蔡済恭に従って清に赴き、『冷斎集』巻四「古今体詩」・「円明園扮戯」では、

督撫分供結綵銭、中堂献祝万斯年、一旬演出西遊記、完了昇平宝筏筵。

と、上演された「昇平宝筏」は「西遊記」による戯目と注記している。(6) しかし、用いられたテキストについては、柳得恭や徐浩修の記載からは、各朝鮮使節が観劇した『昇平宝筏』が同じ内容であったかはわからない。(7) それは、岳小琴本からもわかるように、当時南府が所蔵して上演に用いたテキストは多く、その内容が一様ではないからである。

（三）『昇平宝筏』の上演と岳小琴本

『昇平宝筏』の研究で、最も重要な課題は、様々な写本の成立時期である。従来、『嘯亭続録』巻一「大戯節戯」の記載から、『昇平宝筏』は乾隆朝の成立であるとされた。また、上演に際しては、三層の戯台を使うことが前提のテキストもあり、燕行使らは、実際に乾隆帝の万寿節の折に、熱河や北京にあった清音閣で観劇している。当時、存在していたであろうテキストは、岳小琴本、大阪府立中之島図書館蔵『昇平宝筏』、その一部分を編集した上海図書館蔵『進瓜記』・『江流記』の安殿本である。他方、大阪府立図書館本の後のテキストと見られる故宮博物院本などには、三層戯台の記載があり、いかにも外国使節が観劇時のテキストのようにも見える。しかし、故宮博物院本は乾隆帝の諱字の音に通じる文字が使われるため、その御前では用いられなかったと推測される。筆者は、かつてテキストの相

違を区別することなく、朝鮮使節が『昇平宝筏』を観劇していたとしたが、岳小琴本の検討を通して、観劇当時のテキストを絞り込む必要があると考えるに到った。

大阪府立図書館本や故宮博物院本は、康熙帝・雍正帝・乾隆帝の諱を避けているので、乾隆時代かそれ以後の鈔本となる。これに対して、岳小琴本では、主に、康熙帝の避諱がなされる。そのため、張浄秋氏が指摘するように、岳小琴本が『昇平宝筏』の祖本ということになるわけである。しかし、現存の岳小琴本では、セリフの発言者が簡略に記入されるところも多く、略字や誤記、改変訂正などが見られるから、正式な宮廷テキストではない。そのため、必ずや清書に到った康熙帝御覧本があったはずである。

岳小琴本の内容や構成等について、その特徴には次のような点がある。

第一に、宮廷の大戯らしく、朝廷や皇帝の治世を讃える美辞麗句が随所に織り込まれるとともに、清朝の特色とも言うべき当今の皇帝が文殊菩薩の化身とされる。また、皇太后六旬の盛典が意識されるとともに皇太子への賛美を通して、その存在に言及がある。

第二には、ガルダン（准噶爾汗国大汗、噶爾丹 Galdan）もしくはジューンガル（准噶爾部）平定を反映した頡利可汗征討の場面が前半に取り込まれ、後半には投降した西域の番兵らが、聖恩の下で豊かな生活をしている有様が描かれている。これは、故宮博物院本などにはないものであり、この場面を見る限り全体の構成は比較的に整っていて、岳小琴本の内容構成が首尾一貫していることを示す点でもある。

第三は、故宮博物院本には見られないが、大阪府立図書館本にある物語が岳小琴本にもいくつか含まれている。しかもその内容は、『西遊記』にある題材と重なることから、小説との親しい関係が窺われる。

第四として、齣名の下にある「新増」「原本改」などの文字から、依拠本の存在やその状況、当該テキストでの編集状況が、おぼろげながらも推測される点が挙げられる。

第五に、小説では処理に苦心した陳光蕊江流和尚物語をきわめて簡略化して、治世に傷なく処理をしている点も注目される。

第六として、太宗の貞観の治に相応する故事を創作して取り込み、唐僧取経故事とは関係がない場面設定をしている。王羲之蘭亭序の奪取話や醴泉銘などの挿入であり、いかにも康熙帝、或は、乾隆帝の嗜好を反映している。これは、『西遊記』の展開史から見れば、創作であり新境地を拓く行為であったものの、宮廷演劇の内容にはそぐわない蛇足に近い場面とも見なし得る。

岳小琴本は康熙時代に作られ、その後に大阪府立図書館本や故宮博物院本が改訂を加えた。これと類似した関係は、康熙時代の旧本『勧善金科』とその後に出た五色套印本『勧善金科』との関係にも見られる。従って岳小琴本が康熙時代のテキストとするのは合理的ではある。基本的には「真」「弘」の避諱はなく、雍正朝での「丘」字忌避（比丘国）もなく、そのまま使われていることも当然である。しかし、康熙時代に朝鮮使節が岳小琴本『昇平宝筏』を観劇したかといえば、その可能性は低い。もともと、そのテキストの作成が康熙三十九年九月に終わり、康熙帝が最終認可を下した十二月以降で、しかも皇太后の華甲や聖寿節に合わせた作品ゆえに、内廷向けの性格が強く、外国使節が見ることができたとしても、乾隆朝のように全本の観劇があったのかはわからない。康熙帝の大典の際、北京に作られた様々な戯台で上演されても不思議はないが、それは『昇平宝筏』の折子戯、もしくは吉祥劇であったであろう。康熙当時、宮廷の連台大戯は『昇平宝筏』のみではなく、『勧善金科』などもあり、また、明朝以来の演目などもあった。また、岳小琴本の内容に先述したような諸問題、つまり、皇太子制度の存在、或は、王羲之蘭亭序真跡の奪取、はたまた九成宮醴泉銘制作の時代齟齬などが含まれていたために外国使節に披露するのは不都合な面もあったからである。

(四)乾隆時代の朝鮮燕行使と『昇平宝筏』の上演

『昇平宝筏』の上演は、岳小琴本が編集された康熙三十九年の翌年、皇太后華甲の時、そして康熙帝六旬の康熙五十二年万寿慶典、翌年華甲に全本が上演されたであろうと推測される。雍正時代は不明で、乾隆朝に入ると、乾隆十六年皇太后慈寿六旬に上演された。これは、趙翼が『檐曝雑記』「慶典」、「大戯」で詳細に留め、熱河離宮での『西遊記』劇上演が万寿節に行われたとも伝える。参列の外国人は蒙古諸王とする。『西遊記』劇とするからには、宮廷演劇の『昇平宝筏』を指すが、用いられたテキストは岳小琴本ではなく、それを改訂した大阪府立図書館本が用いられた可能性がある。岳小琴本の特徴である皇太子への言及や蘭亭序奪取、醴泉銘など不都合な面、そしてまだ十全武功の前で頡利可汗の物語を蒙古諸部の王らに見せるのを避けたとも思われる。乾隆二十六年の崇慶皇太后の七旬万寿慶典はやや縮小されて行なわれたらしいが、その時の演目は不明である。清朝側の記録が乏しい。これとは対照的に、『昇平宝筏』と燕行使との関係を見た時、資料から乾隆時代以降の状況が比較的明確である。

乾隆五十五年の万寿節の折、朝鮮使節らが『昇平宝筏』を観劇したことは、徐浩修の証言からも明白である。当時、『昇平宝筏』の上演は、岳小琴本系統、大阪府立図書館本系統などの『昇平宝筏』のテキストが存在し、上演は可能であったが、その内容、つまり使用された底本については、明確ではない。

宮廷演劇を儀礼としてとらえる時、外国の使節にとっては、観劇は皇帝からの恩典であり、受け身的に見るものであった。そのために、内容までは詳しく記す必要性は乏しかった。これに対し、宮廷演劇を実施する側にとっては、皇帝の意向と帝国の威厳を示しつつ、観劇者の興味を注ぐ必要もあったので、その演出には神経を使ったことであろう。従って、台本たるテキストの選定は最も重要であった。しかし、南府にある台本には固定ということがないため、上演内容を推測するのは難しい。康熙時代、皇帝の意向を反映した岳小琴本が用いられたとしても、それほどの違和感はない。岳小琴本を外国の使節が見たとした時、内容には東アジアに君臨する満蒙中華帝国の主人の主催する儀礼を反映するという合理性が含まれるからである。そのいくつかを列記してみよう。

①清朝皇帝を文殊菩薩の化身とし、唐の太宗皇帝と並んで仏法の保護者として示す。
②頡利可汗征討と服属した番兵の豊かな生業の話を持ち、東アジアの盟主としての立場を鮮明にしている。
③万国来朝の場面を持ち、琉球国や荷蘭国の使節までもが登場し、アジア帝国としての立場が鮮明に示される。
④官民が登場して、聖恩を讃える場面において、必ず西天取経との関係も含まれていて唐突感が少ない。
⑤唐代の文化事業や著名な人物が描きこまれている。とりわけ、王羲之の書や蘭亭、聖教序記などの中華帝国の伝統文化を取り入れた場面は、東アジアからの使節にはなじみ深いものであったであろうし、康熙帝の嗜好に十分こたえるものであったであろう。

その反面、東アジアの使節にはなじみ深い蘭亭の再建、王右軍の書をめぐる話、取経によって李斯らが成仏する話は、牽強付会の面も強く、物語の取り様では、唐の太宗皇帝、すなわち清の康熙帝を貶める内容でもあった。『西遊記』と関係性に乏しい逸話は、むしろ別の戯曲にした方が自然であったかもしれない。李斯らの成仏は、『西遊記』にある涇河龍王の成仏を置き換えたような話であり、唐の太宗が入冥したことを避けるために設定されたのであろう。

乾隆朝に入ると、岳小琴本全体は大きく改められる。『嘯亭続録』巻一「大戯節戯」では、『昇平宝筏』が乾隆初期に勅命で制作された、と伝える。実際は、撰述ではなく旧本の改編を新作と見たのであろう。この段階で誕生したと考えられる大阪府立図書館本は、内容的には『西遊記』に最も近い。聞道泉、斉錫純、柳逢春本人の各話そのものは、『西遊記』には見えないが、それぞれの話が、宝象国、祭賽国、比丘（邱）国に登場する妖怪と関係づけられ、唐僧取経の西天路での出来事として設定されている。その反面、岳小琴本や故宮博物院本にある頡利可汗征討の話は、全く取り込まれてはいない。岳小琴本では、頡利可汗征討の話と唐僧取経との関連は、その帰国時に宝典を奪い取ろうと頡利可汗が述べるにすぎない。「昇平への宝筏」という満洲帝国の安寧の枠組みからすれば、『昇平宝筏』の中に含むこともおかしくはないが、『西遊記』という枠組みからすれば全く逸脱する話である。それは、孫悟空が登場すれば、すぐにも決着する話にもなりうるからである。実際、比丘（邱）国の柳逢春がかなわなかった妖怪群を壊滅させている。

もともと、頡利可汗征討の話は、清朝皇帝の英断を讃えるための内容であり、唐の太宗のイメージに清朝の康熙帝を重ね、ガルダンもしくはジューンガル平定を記念した重要な要素であったと思われる。その内容は、『唐書志通俗演義』の延長上にあるいわば後「唐書志演義」の一節のような性格を持ち、主役は唐の太宗であるから、『西遊記』とは全く別の物語世界である。従って、その物語がある場合、主人公が二極化することにもなり、『昇平宝筏』の構成を左右しかねない。大阪府立図書館本は、岳小琴本に見られる不統一や贅言にも見える場面を削除し、極力、『西遊記』に沿う形で主人公の一元化を図った。大阪府立図書館本における岳小琴本の大幅な改編で、頡利可汗征討の物語は雍正帝の内治による安定した平和な時代を継承した乾隆帝にとっては、当初、必要性に乏しかったのではないか。十大武功を遂げる以前は、むしろ文治に意を用いていて、対外征討は二の次の課題であったであろう。頡利可汗征討の物語を重視する岳小琴本を採用せず、全面改訂した点にもそれを窺うことが出来る。

乾隆五十五年の八旬万寿節で行われたという『昇平宝筏』を考えた時、朝鮮使節の徐浩修は、「唐僧三蔵西遊記」

⑧北京頤和園三層戯台

を観劇したとする。徐浩修が『昇平宝筏』とはいわず、「唐僧三蔵西遊記」としたのは、彼がもともと『西遊記』を熟知し、その名前が脳裏にあったからであろう。清側から演目が『昇平宝筏』と伝えられていたであろうが、あえて『西遊記』の名前を使ったのは、その上演内容が、一貫して唐僧と孫悟空らを主人公としていたためであろう。このように考えるならば、乾隆当初から、そして乾隆五十五年の万寿節での『昇平宝筏』上演は、大阪府立図書館本系統のテキストが台本として使用されたのではないかとの推測が出来る。しかも、大阪府立図書館本は四色鈔本の安殿本であり、その『昇平宝筏』と密接な関係にある上海図書館蔵『進瓜記』・『江流記』も四色鈔本の安殿本である。これらの写本は、八旬万寿盛典にも使用されたと見るのがふさわしいが、後者二本は内府での限られた人々への観賞用であろう。実際、大礼時の上演には、全てを完備した『昇平宝筏』総本が使用されたであろう。

大阪府立図書館本は『進瓜記』・『江流記』の物語である魏徴斬龍太宗入冥・陳光蕊江流和尚を含む一方、滅法国や鳳仙郡の旱の話などが取り込まれている。乾隆時代、朝鮮では両班・中人に『西遊記』は広く受容されていた。それゆえ、大阪府立図書館本『昇平宝筏』であれば、徐浩修に限らず、その内容は「唐僧三蔵西遊記」、つまり『西遊記』だと発言して記録したとしても決して的外れではなかったであろう。柳得恭が「円明園扮戯」注に「帝方与番王蛮客、扮孫悟空・猪八戒不経之事而観之、未知其何如也。」と記すことから推測すれば、康熙帝・乾隆帝の武功を宣伝するための頡利反乱と太宗の征討の話はなかった、或は、その存在は薄かったと言えるのであろう。故宮博物院本は乾隆帝の諱の「暦」字と同じ字音の文字が使用されること、旧北平図書館本が故宮博物院本に拠るテキストで、いずれも嘉慶時代以降の鈔本と見られることから、乾隆五十五年の八旬万寿節の際、乾隆帝の御前で上演された『昇平宝筏』のテキストは、現存本から考えれば、大阪府立図書館本かその系統の総本であったとしてもおかしくはない。

嘉慶以前、康熙帝、雍正帝、乾隆帝それぞれの万寿節で、承応戯のほか、いかなる宮廷演劇が上演されたかは、関連する檔案、史料に乏しく推測し難い。その中で、朝鮮の燕行使の記録から乾隆四十三・五十五年に『昇平宝筏』、しかも大阪府立図書館本系統の大戯が行われたことを推察できる点は、清朝宮廷演劇史の研究に大きな意義を持つのではないか。

注

（1）相田洋氏「清代における演劇と民衆運動」（『中国中世の民衆文化』中国書店、一九九四）

（2）相田氏注（1）二六三〜二六四頁『老稼斎燕行日記』・呉載純『燕行日記』の演劇の記事から、清朝に対する民衆の抵抗の様を見出している。

（3）「九如歌頌　光被四表　福禄天長
　仙子効霊　海屋添籌　瑞呈花舞
　万喜千祥　山霊応瑞　羅漢渡海
　勧農官　………　万寿無疆。
八月十三日、乃皇帝万寿節、前三日、後三日、皆設戯、千官五更赴闕候駕、卯正入班聴戯、未正播罷出戯本、皆朝臣献頌詩賦、若詞而演、而為戯也。另立戯台於行宮東楼閣、皆重簷高可。……」

（4）『朝鮮王朝実録・正宗実録』巻三十一の正祖十四年九月甲辰の条に次のように言う。
「進賀正使黄仁点・副使徐浩修状啓言、……臣等仍就宴班、班位則諸王・貝勒・閣部大臣坐東序、重行、西向北上。蒙古四十八部王・回回・安南国王、朝鮮・安南・緬甸・南掌使臣・台湾生番坐西序、重行、東向北上。作楽設戯於殿前三層閣、皆迓慶祝寿之辞。宣饌凡三度、……而卯時始宴、未時止宴。」

（5）二日庚戌晴、留円明園、……
有観戯殿閣而制度与熱河一段。正殿二層、東西五間、下層正中一間、為御座。左右各二間、皆嵌琉璃窓。妃嬪観光於窓内。

太監供給於窓外。東西序各数十間。宗室・諸王・貝勒・閣部大臣、坐於東序重行。西向北上。蒙古回部・諸王・貝勒・安南王、朝鮮・安南・南掌・緬甸使台湾生番、坐於西序重行。東向北上。皇上自内殿、御常服、乗肩輿出。由西序北夾門、入戯殿。参宴諸臣、出跪西序南夾門外迎駕。殿南為戯閣三層。上層曰清音閣、中層曰蓬閬咸韺、下層曰春台宣豫。作楽扮戯於閣中。卯時始戯、未時止戯。而皆演唐僧三蔵西遊記。

（6）『灤陽録』巻二では詳しい註釈が加えられていて、「督撫分供結綵銭、中堂祝献万斯年、一旬演出西遊記、完了昇平宝筏筵。」の注に、「八月十三日皇帝万寿節、各省督撫献結綵鋸屢鉅万両、和中堂珅管料辦内務府……皇帝七月二十日、到円明園、自八月初一日至十一日、所扮之戯、西遊記一部也。戯目謂之昇平宝筏。……」とある。

（7）小松謙氏「『鼎峙春秋』古本戯曲叢刊九集本と北平図書館本の関係について」（磯部彰編『清朝宮廷演劇文化の研究』勉誠出版、二〇一四）：内容の異なる叢刊九集本と旧北平図書館本双方の『鼎峙春秋』について、内容の対比が行われ、叢刊九集本は外国使節に見せるためのものであったのに対し、旧北平図書館本は小説愛好家の多い国内向けのテキストの可能性を指摘する。

（拙論旧稿「朝鮮国における『西遊記』の受容」、『青丘学術論集』第五号、一九九四、他）

第四章　清代演劇文化へのアプローチ

（一）中国の人形劇――皮影戯と傀儡劇

（1）紹興県南山頭村の草台における「越劇」の上演

旧時、中国人の好んだ芸能を挙げる時、まずその筆頭に演劇を置いても、おそらく異論はないであろう。近年、映画、そしてテレビジョンに押され、演劇には往時ほどの勢いはないと言われる。しかし、北京や上海などの大都市を別とすれば、演劇文化は中国人の日常生活になお深く浸透し、一定の意義・力量を持っている。また、上海など大都市であっても、有名俳優が集まれば連日に亙って満員御礼となるし、テレビジョンの放送内容にも演劇番組があって、やはり芸能・娯楽の主座を占めている。

筆者は、かつて天安門事件の数年前から、中国の演劇文化・出版文化などの研究を、現地調査を踏まえつつ行なって来た[1]。その後、一九九一年、紹興市・紹興県で演劇文化の実地調査を行なった際、紹興県南山頭村で当地の地方劇、つまりひらたく言えば、田舎芝居を見る機会を持った。以下に、その時の体験を簡便にまとめ、中国人と演劇との係り合いについて触れ、本論のテーマたる影絵人形芝居の口火としよう。

魯迅は、かつて、紹興の地方劇はさわがしくてあまりいただけるものではないと言い、弟の周作人は、紹興劇は烏蓬船に乗って見物するのが最も良い方法だと言った。しかし、筆者は、魯迅の言とも、周作人の言とも異なって、紹興市外の紹興県南山頭村へ好んで「越劇」参観のために、雨降る中を三輪自転車にゆられて見に行った。

⑨紹興市趙城区越劇団草台（仮設舞台）演目「玉龍公子」上演・観劇風景

南山頭村は紹興市のはずれ、旧紹興市街の南門から自転車に乗れば約三十分の地点の紹興県にある。その場所は、クリークで囲まれた人口七百人余の比較的小さな村である。紹興市文化局員が、国慶節を祝ってここで演劇が徹夜で行なわれると言うので、その言葉に従ったのであった。

午後から降り始めた雨が夕方になっても止まず、果たして演劇が行なわれるかどうか心配しつつ、文化局員謝氏と三輪自転車のタクシー二台を連ねて出発した。水田が拡がる中を行くこと三十分、夕闇の六時半には村の入口につく。クリークと家並みの間を通る小道から村内を行けば、堤防上に竹で作った仮設舞台、草台が設けられていた。江南では、水上戯台が設けられることも多く、また、郷鎮に戯台を置いて演劇を行なうことは明代以来の伝統行事でもあった。現代でも、草台を設けて演劇を楽しむことは紹興も例外ではない。草台の上では、紹興市趙城区の越劇団の団員たちが、本日の演目「玉龍公子」の演出準備に余念がない。越劇団は総員約十数名で、いずれも市内の工場労働者であるという。つまり業余劇団である。楽員もわずか二名で、専業劇団とはかなり異なる。演員も、主人公の貴公子や妹役を務める俳優ですら四十歳余のご婦人で、他の人は軽く五十歳を越えるように見える。しかし、中国劇の臉譜化粧のおかげで、いずれも妙齢の佳人と才子に見えた。

一方、観劇側の村人は、老人から子供づれの若い婦人、少年少女まですべてが参集し、舞台の前へ長椅子を持ち出して坐わり、演劇開始時には三百人余の盛況ぶりを見せていた。舞台の反対側の人家では、遠客をもてなす接庁が開かれ、にぎやかに歓談が行なわれている。その隣の家の入口には、祭壇が設けられて供物が供えられるとともに、壁に神名を書き連ねた「神牌」の赤い紙が貼られていた。それには、「東岳大帝」、「眼光娘娘・華陀」、「財神」など、村人の生命・財産を護持すると考えられた道教神名が多数見られる。

夜七時、開演のにぎやかな、そして哀切を帯びた越劇の音楽が流れはじめると、舞台正面とその左手に陣取った人垣はおしゃべりを止め、台上の演員に視線を注ぐようになった。また、いつのまにか、舞台正面右側のクリークには、船がやって来て、村の船着場に停まり、船上から観劇をしている。村の老人たちも、停船している他の船に坐り、演劇を楽しんでいる。確かに、クリーク側水辺からは、草台全体がよく見える。

暗闇に裸電球一個で浮かび上がる越劇の草台、そして、それを取り囲む人の黒いシルエット、にぎやかなメロディー。神棚と燈明、こう見ると、一見、民国以前の江南の村落社会が眼前にあるようであるが、やはりここ南山頭村も社会の変動と無縁ではない。若者は都市部に労働者として行き、村の近くには、アパート群が出現して「売マンション」も出ている。ある村人が、才覚に恵まれた人、ことに二十代後半の若者が「十万元」ほどの三ＬＤＫを買って両親にプレゼントしている、と言う。聞けば、英語教師から通訳に転身して、深圳方面で活躍しているとか。村も江南の豊かな場所にあり、テレビ普及率八〇％以上で、筆者が芸人調査で赴いた新村のアパート住人の家には、大型冷蔵庫、ラジカセ、扇風機などがそろっていた。ここに到るまでには、人民共和国革命による社会体制の変革、そして「大躍進運動」、「文化大革命」、と思想変革の波があり、最近では改革開放と全く以前とは真逆な上層の指導が村の隅々に及んだことがその背景にある。そして、今日なお、名目上の社会主義体制が堅持されるこの国でも、昔ながらの芝居と多神信仰が並在する。これが民国時代に生まれた老人層での出来事ならばさほどあやしむに足りないが、激動社会に生き、新しい教育を画一的に受けた十代、二十代の若者や子供たちも当然のごとく受け止めている。そこで、社会の変革が、かつては封建的陋習の代表として見られていた芝居・土俗信仰に影響を与えなかったのか、と観劇していた婦人に問えば、婦人は、この村でも他所へ働きに出る者が多く、地域社会としてのまとまりがなくなって来た、家にテレビはあって世の中のことはわかるが、やはりこの地に生き、村としてのまとまりを考える時、昔ながらの芝居の上演が一番適切な方法だ、と答え、舞台上の俳優に「おひねり」を投げていた。その婦人の返答のごとく、やはり、南山頭村も時代の波を受けていたのである。そこで、かつては、廟会に行なっていた村芝居を村民の紐帯とすべく村の広場に草台を設け、国民の祝日である国慶節の日に、村民と帰郷民とが一緒になって徹夜で観劇することによって、一共同体の成員としてのつながりを相互で確認し、かろうじて地域社会としてのまとまりを維持して行く、という道を選んだのである。神明を祀るのは、信仰心も勿論あるが、旧時の演劇は祭祀演劇色が濃厚であり、神位がないと舞台のおさまりがつかない、という伝統的形式を踏んだためでもある。民国以前は、村芝居は地主層によって維持され、村民を擬制的血縁制度によってつなぎとめる一手段として用いられていた。劇団（戯班）も世襲的人員が組織し、賤業ながら地域に定着していた。ところが、今日では、村芝居は村の有志が醵金によって企画し、村人や旧村民の意志交流の場を提供する一つの「契機」の役割を果たしていた。演じる劇団も、同郷の人が副業に、或は、自発的好意で営み、同じ地区の人々と交流を持ったために興行を打つという風に、かつての容器は同じでも中身は全く変質していたのが、今日の村芝居であった。従って、村芝居の復活は、単なる伝統芸能の復活ではなく、中国社会をとりまく世界情況の激変に応じた新たなる再生であり、微妙な点に「伝統」文化の断絶があると見るべきなのであろう。この現象は、物質に恵まれた江南農村に限定されたものなのであろうか。はたして、華北・西川などの地方でも、同様の現象が見られるのであろうか。

上記の報告を執筆してからはや四十年近くがたち、二〇二〇年代の中国には、また新しい波が押し寄せ、郷村の風景も一変したようである。監視カメラのもとに富裕層というブルジョワジーがあふれる中華人民共和国には、この項目を語るのは、もはや必要ないことかもしれない。しかし、変革期の中国地方社会をいささかなりとも知る立場から、かつての記憶を留め置こうと思った次第である。

（2）　皮影戯をめぐる研究

1　民国年間の皮影戯研究

一口に中国の演劇と言っても、地域によって差が濃厚で、それぞれ特色を持っている。現在、各地域の演劇、つまり地方劇の発掘、整理、そして保護といったことが国家レベルで進行している。(2) その生身の俳優が行なう地方劇の影に隠れてしまっているのが、傀儡戯、本章で取り上げる皮影戯、つまり影絵人形芝居である。

傀儡戯は昼でも夜でも、また、どこでも演じられるので、なお生命力を持つ。傀儡戯、その代表格である木偶劇は泉州でも健在で、筆者はかつて泉州人形劇団の演目「西遊記」の一段『火炎山』を紹介したことがある。(3)

人形の頭は、名工のものが著名であるが、泉州旧市街では劇団用と思われる糸操り人形が売られていたし、家庭用指人形の形でも売られていた。田中謙二氏は、旧社会の児童の塾生活を詳しく紹介した中で、木偶劇、指人形がかつ

⑩影絵人形(皮偶)の
大(灤州・北京西城系)小(陝西省)

て学塾に通う児童の遊び道具になっていたと触れられている[4]。ただし、指人形と言っても、両手の親指に顔を描くものだと言う。児童教育上の傀儡劇の役割を意図したことのある筆者にとって、それは思惑通りの答えではないが、かつての中国の子供たちの学習生活の中で、それはしばしの楽しみ、息抜きであったことが知られた。

国会図書館一般考査部が出した『中国人形史研究覚書』(一九四九年十月)は、「人形文化資料展覧会」開催に合わせて中国人形史を紹介した研究であるが、「文献上よりみたるシナ人形史研究覚書き――本館所蔵の人形展に寄せて――」とあるように、その淵源を紹介し、先秦から六朝、そして唐宋時代までが中心的に、先行研究と文献資料によって紹介される興味深い内容である。明清以降の木偶戯、皮影戯などの指摘はないが、敗戦直後の中国文化研究としては丁寧な内容であり、手書きのガリ版印刷に当時の研究環境も偲ばれる。

一方、皮影戯は、旧時では夜間に限られた演劇という性格を持ったので、比較的に時代の影響を受け易く、民国年間になると既にその衰退期に入った。皮影戯という表現が外国人にとって耳慣れない言葉であるが、それに象徴されるように、実体が中国伝統文化の中ではあまり知られない芸能である、ということが出来るかもしれない。しかし、旧中国を訪れた外国人は、その人形には魅せられたらしく、多くの人々が訪中の土産にその人形を持ち帰った。日本人も例外ではなく、かなりの人形を持ち帰っている。

皮影戯を影絵人形芝居と和訳するのは、厳密には誤りかもしれないが、広義・巨視的な芸能用語として、よく知られた影絵人形芝居（影絵芝居）の語を並用して、以下に論じて行きたい。

一九八八年当時、中国大陸で影絵人形芝居を行っている地域は、筆者には、陝西省西安市内ぐらいしか知らなかった。しかし、後述するように、旧時は、ほぼ全中国に存在していた。

今日、地方劇は奨励されて盛んに行われている反面、影絵人形芝居の上演という機会には、西安での一回、それも停電でその機会を逸した唯一の「経験」以外、恵まれたことはない。この背景には、民国年間、影絵人形芝居は滅び行く大衆古典芸能という情況にあり、熱心にそれを保存・研究しようというりねりが一向に起きなかったからであるらしい。事実、中国の影絵人形芝居について、本格的な研究というものは若干の例を除いてほとんどないという情況が、その芸能の置かれた位置を明確に示す。

筆者が影絵人形芝居に懐く関心は、一つには、先学が関心を持った芸能形態としての演劇文化という点にある。そして、いま一つは、文学作品を伴うその演出にもある。つまり、文化史的な芸能という側面に、文学的作品という側面を合体させ、影絵人形芝居が中国社会で果たした役割、特に童蒙教育との関わり合いというものを明らかにしたい、というのが筆者の願望である。しかし、基礎的な研究に乏しく、かつ影詞や芸人不在に近い情況では、なかなか核心に迫り難い。

そのような情況ではあるが、民国年間に若干の研究がある他、近年地方劇の整理の過程で、かつての影絵人形芝居についての言及、或は、紹介がなされるようになった点は、いささかの手懸りを与えてくれる。

中国の影絵人形芝居について、最初にまとまった紹介を行なったのは、おそらく顧頡剛氏ではないか。

顧頡剛氏の「灤州の影戯」と題する研究(5)は、平東・玉田県の人である李脱塵という人物の調査に拠る成果であるが、民国当時にあって影絵人形芝居の本拠地である河北省灤州の情況などを克明に伝え、今日にあっては貴重な文献である。そのため、以下に顧頡剛氏の研究の要旨をまとめ、灤州などの影戯研究の状況を把握してみたい。

(一)　顧頡剛氏が灤州の影絵人形芝居について紹介を思い立ったのは、その芸能が危機的状況にあったことからであった。影絵人形芝居は長い歴史と広い地域での分布を持つ芸能であるにもかかわらず、民国当時の農村の荒廃化、或は、映画の進出によって影戯の存在自体が危うく、影戯を行なう芸人もその由来を知らないなどといった情況に直面していた。そのため、将来、研究できなくなる恐れを顧頡剛氏が懐いたからだと言う。そして、自身の布教活動の傍ら、華北各省の影戯を研究して来た李脱塵に研究成果があることを示して論を始める。

(二)　「傀儡戯と影戯」では、『夢粱録』などの記事から、影戯の歴史は宋代に遡ることを知るが、傀儡戯と影戯とは別記されているために、一般に両者が混同されるような今日的傾向は見出されないとする。そして、民国当時、北京城内で行なわれた「宮戯」は、内廷で上演していた傀儡戯の系統のものであり、農村でもやはり傀儡戯が行なわれている、と指摘する。

(三)　「灤州影戯の始まり」では、当時の灤州に勢力を置く影戯の歴史について述べる。顧氏は、李脱塵の成果を引用して、影戯の歴史を次のように言う。

灤州影戯の起源についていては、実証する文献がないので、伝説に拠るしか方法はないが、李君の言うには、明の万暦年間に当地の生員黄素志が科挙に及第せず、恥じて出関して瀋陽へ行き、その土地の子供たちを教える中で影戯を創作したという。

黄先生は、文才の持ち主で、芸術方面にも秀でた人物であった。当初、紙で人形を作って染めていたが、すぐにこわれてしまうため、研究を重ねて裴姓の学生の助言を得たこともあって、羊皮で影戯人形を作り出すことに成功した。その頃、楽器はなく、木魚を使い、唱影戯の曲白を語るのではなく、宣巻を行なう時の宝巻に拠っていた、とのことであった。

（四）「灤州影戯の時期区分」では、灤州影戯の盛衰を三区分し、それぞれの時期の特徴を述べる。

①草創・発展期（万暦中～道光末・咸豊初期）

当初は木魚に拠る宣巻形式であったが、雍正末期に笛を用い、腔調も弋腔から崑腔に近づいた。乾隆末には四絃琴が加わった。

②全盛期期（咸豊初期～光緒庚子年）

この時の特色は、影戯自体の改善ではなく、その流布範囲が拡大した点にある。

③衰退期（光緒庚子年～現在：民国、筆者注）

民生の不安定、及び農村の破産、土匪の横行、映画の進出などで、片すみに追いやられる。

（五）「灤州影戯の流派」では、灤州影戯が道光年間に分派し、東・西両派となった結果、二大派閥、西派と東派となった点を指摘する。

○西派：北京外城西部、琢州・良郷・易州・淶水。山西省・河南省・陝西省・湖北省。旧時のテキスト、或は、口伝による。牛皮で影人を作り、サイズは二十英寸。「涿州派」ともいう。

○東派：北京外城東部、灤州・楽亭・昌黎・遷安・豊潤・玉田・撫寧・薊州・遵化・三河・平谷・通州・順義・大興県。遼寧省・吉林省・熱河省。旧本に拠らず、新たに詞本を作ってそれを用いる。口伝できないので、みな文字を知る。影人はろば皮で西派より小さく長さ十二寸。

この二派以外、「大影」と称する老派がある点も添えられる。

(六)「灤州影戯の観衆」では、影戯が何故に好まれ、広く流伝して行ったのかという点を分析し、四つの理由を挙げる。

①宣巻に見られるような懺悔的心情による快感があった。

②王妃貴婦人らの閨房の寂しさを慰めることが出来た。

③大衆層の労働後の疲労回復を兼ねた娯楽的要素があった。

④影戯の上に、各人の行方定まらぬ人生を心情的に投影し、共感を得ていた。

(七)「灤州影戯の内容」では、①影戯人形の製作、②劇本、③音楽、④道具、⑤演出について説明し、次の⑥「戯社の組織」では、演員はおよそ全社六〜七人で、使われる用具は簡単、経済的にはあまり恵まれない（低賃金）ものの、影絵人形の製作は専門の工師が行なっている、と具体的に述べる。

(八)「灤州影戯と旧戯及び映画」では、劇本は影戯も旧劇も取材源は同じ小説であり、相違点は体裁にあるが、表面的にはほとんど差異は見られないとし、服装・臉譜・佈景・動作・音楽、影戯と映画の区分などが示される。

(九) 最後に、「今後の灤州影戯」で結論が述べられ、影戯が衰退した原因はそれ自身にあって、

①劇本の内容が時代遅れ

②腔調が既に陳腐

という二点に集約されるが、この欠点が克服されれば、影戯にも将来があろう、と指摘する。

李家瑞氏は、『北平俗曲略』（民国二十二年初版、民国六十三年文史哲出版社再版）「戯劇之属」で〈燈影戯〉というタイトルで影戯について紹介した。まず、漢武帝の時にその起源を求めるという俗説は認められず、宋代にあったとすべ

きであるとして、『事物起原』や『夢粱録』、『東京夢華録』といった史料を引いて証明し、北平の影絵人形芝居が影戯と通称され、演唱者はすべて灤州唐山一帯の人であることを指摘する。そして、嘉慶『灤州志』の演唱情況が現在のものと全く変わったのではないと指摘した後、影戯抄本には、道光年間の「毓秀班」本（五十余種）、蒙古車王府曲本（十八種）、或は、兗州府天主教の編纂した「燕影劇」（六十種）などが伝わっていると言い、百本張抄本の「当箱」の一段をその例として挙げる。

顧頡剛・李家瑞両氏が清・民国期の灤州影戯を中心に紹介を行なったのに対し、孫楷第氏は中国戯曲史を扱う一環として、影戯を傀儡戯とともに取り上げた。

孫楷第氏「近世戯曲的唱演形式出自傀儡戯影戯考」(6)で傀儡戯への深い考察をする一方、影戯について、その起源や敦煌変文、俗講との関係から口火が切られる。そして、宋代の影戯や傀儡戯は、宋元戯文・雑劇といかなる関係にあったのかについて、宋元及び明清各時代の豊富な資料を用いて論じられる。その後に出されたと思われる「傀儡戯影戯補載」(7)は、前掲論文には取り入れられなかった『旧唐書』以下の歴代資料を補充するものであるが、傀儡戯資料にまじって『夷堅三志』・『三朝北盟会編』・『日下新謳』に見える影戯関係資料が示される。

孫楷第氏の研究は、その当時なお大衆芸能であった灤州影戯そのものの研究と言うよりも、文学史的見地に立った演劇研究の立場からの考察と言うことが出来る。同様なことは、中国戯曲研究の大家、斉如山氏の「中国戯劇与傀儡戯影戯」(8)についても言える。その副題、「対孫楷第先生《傀儡戯考原》一書之商榷」に示されるように、孫楷第氏の「傀儡戯考原」に対する斉氏の見解であり、まず傀儡戯について「(一) 傀儡的起源」・「(二) 宋代以前的傀儡」・「(三) 宋代的雑劇戯文与傀儡戯」と論じ、続いて、「(四) 宋代的影戯」で宋代の影戯がやや概略的に論じられ、ついで傀儡戯や影戯と南北曲との関係が論じられる。しかし、その一方で、斉如山氏は「談皮人影戯」で陝西の皮影戯の組織や劇本（乾隆時の挙人李秋厓の十大本）、人形などを紹介し、当地の盌盌燈影・臥弓燈影・道情燈影・線板燈影・二簧燈影について概述する。また、「談皮簧与皮人影的関係」、或は、「談皮人影戯出国」では、アメリカ人の女性が北京で人形を求めて、アメリカで上演したことを伝える。(9) 当時の中国人にとっては、自国の文化が海外に渡ることは、とりわけうれしいことだったのであろう。

2　戦前日本の影絵人形芝居の研究

中国においては、現今の灤州影戯をめぐる状況、及び中国戯曲史における宋代の影戯の位置づけと言う二大潮流の研究が進められている頃、日本でも中国の大衆芸能である影絵芝居が注目を集めるようになった。青木正児氏は、北京で親しく見た風物を大正十五年（一九二六）『北京風俗図譜』という形で保存された。その「伎芸」の中に「傀儡戯」とともに「灤州影戯」と題する影絵人形芝居上演と観劇場面を描かせてそれに収めた。(10) 掲載画像から、影戯の様相、その観客筋が窺え、人形劇全般の研究にとって資料的価値を持つ。

長沢規矩也氏も智原喜太郎氏との共編で「現代北支那の見世物」（『東亜研究講座』第三十一輯、昭和五年）で、「影戯」を取り上げ、北平での上演場所、演出方法、観劇人や料金などを簡便に紹介し、自ら所蔵する「影戯」台本二種、益勝班鈔本「瓊林宴四巻」及び楽班鈔本「断橋」を紹介した（『書誌学』第四巻四号、昭和十年）。(11) この他、満洲の満鉄鉄道総局営業局旅客課の観光叢書第10輯に『影絵芝居の話』が収められ、「影絵芝居の話」「諸国の影絵」「影絵の起り」「楽屋及用具」「演技」「楽器」「照明」「人形及特徴」「背景、大道具、小道具」「人形の造り方」「座員の生活状態」「どんなところで演じられるか」「影絵の盛んな地方」「影絵の将来」「附、影絵人形玩具」の順でその実情が示される。本書では、当時の状況説明が中心である。書中、影絵劇『黄巣反乱』あらすじと上演場面や楽屋の写真が入れられ、外国人が中国の伝統芸能をいかに見ていたかを窺い知る上で参考となる。楽器や照明の図解、影絵人形の特徴としてその部位の説明、或は、奉天城内の「久青茶社」影絵劇団の入口写真という資料も影絵芝居の環境を知る上で参考となる。中丸平一郎氏は「支那の影絵芝居」[12]で影絵人形芝居の概略をまとめ、まず影戯「金山寺」の白氏・許仙・蟹の精以下の影戯人形譜、「二進宮」の李艶妃・楊四郎のカラー人形譜、そして「裕慶班」の台本及び李崑老人の演出風景、「金山寺」・「過会」などの上演場面、影戯「蟠桃会」（「八仙献寿」）の主人公の人形譜、影戯「過会」の代表的人形譜を掲載し、中国影絵人形劇の実態を示した。本文では、中国の影絵人形芝居とジャワなどの影絵との関係性について論じ、それは明確ではないと保留にする一方、中国宋以降の影戯史をごく簡単にまとめた。次に、現在の影絵芝居について、特に北京にある東・西二城派の紹介をした後、慶民生班の李崑老人のこと、人形について、演出の有様、影戯のテキストについて、それぞれを簡単にまとめる。

小沢愛圀氏『世界各国の人形劇』（慶応出版社、昭和十八年）「支那」では、傀儡戯や新人形劇を紹介しつつ、「灯影戯」にも言及する。その中で、顧頡剛・李家瑞両氏による灤州影戯の紹介、王国維氏の『宋元戯曲史』に影戯の源流への言及がされる旨を紹介し、中丸平一郎氏「支那の影絵」（『工芸』昭和十三年九月）に対しては、実見による記述と資料の豊富な点を評価する。小沢氏の灤州影戯の記述は、顧頡剛氏「灤州影戯考」に基づく。「満洲・台湾」の影戯に関する状況も、写真入りで触れる一方、巻末の「特別附録」である「支那の傀儡と影絵」（大正八年）は、当時としてはかなり早い時期の紹介ではあるが、いずれの記述も詳しいものではない。むしろ、「仏蘭西の影絵」など、西洋の人形劇や影絵人形芝居の研究の方が詳しい。

以上の日本での研究は、紹介を中心とした比較的短いものであるが、昭和十九年（一九四四）に玄光社から刊行された印南高一氏の『支那の影絵芝居』は、一百三十四頁全体が影戯をテーマとしてまとめ上げられ、本格的な影戯研究書と言える。

本書巻頭には、灤州影戯の豊富な影絵人形譜が掲載され、劇状の一例として「黄巣叛乱」の幾つかの舞台場面が掲示される。そして、中国以外のジャワ・泰国・古代エジプト・ドイツなどの影絵人形・シルエット劇などが例示される。本文は、全六章から成る。

第一章「影絵芝居の概説」では、影戯の定義、そして影絵人形についてジャワの人形と比較しつつ述べ、更に、舞台装置・大小道具・伴奏音器が具体的に説明される。上演場所では、小屋に池座と散座の区別があり、料金に差があること、また、冠婚の際には招かれて座敷で行なわれる場合もあると指摘する。「映写幕と楽屋」では、中丸平一郎氏の見解（「支那の影戯」、『工藝』九十）を引いて、演出当日に用いられない人形たちは、戯箱と呼ばれる十二種の包、つまり、①文女包、②武女包、③文生員外包、④武生包、⑤沙帽相雕包、⑥将包、⑦帝王包、⑧反王包、⑨神鬼怪包、⑩吉祥包、⑪下手包、⑫卓椅包、に分けられた戯箱に収める、と言う。

「流派と流布状態」では、東城・西城二派の区分、「脚本と其の内容」では、影絵芝居の台本は百五十種ほどあり、支那劇と共通するものが多いが、「青雲剣」などは影戯のみのものになったと指摘し、劇本は文・武・文武戯の三種に区分できると紹介する。脚本については、宝巻との関係を、ウィムサット著『支那の影絵芝居』や呉暁鈴「〈影戯〉と〈宝巻〉及び〈灤州影戯〉の名称に関して」の一節を引いて紹介の代用する。

第二章「支那に於ける影絵芝居の歴史」では、漢武帝時代起源説など幾つかの発生時期が紹介され、宋代の諸文献に見られる記事が人形芝居と影絵芝居の様相をよく伝えるとし、顧頡剛氏の「灤州影戯」を引いて灤州の影絵芝居の歴史が示される。次いで、中国影戯が諸外国の影戯芝居のもとになったという「輸出説」を紹介する。

第三章「各国の影絵芝居」では、日本・ジャワ・バリ・タイ・マライ・トルコ・中央西方アジア・欧米それぞれの影絵芝居について述べられるが、とりわけ、ジャワの場合が詳細である。

第四章「人形遣い李氏との対話」は、ウィムサット著『支那の影絵芝居』の一節を飜訳転記し、慶民生班の李氏の語りを通して、清末の影絵人形芝居の世界を具体的に描き出そうとする。

第五章「光と影の芸術」では、中国の戯曲・人形劇及び影絵芝居の相互関係への言及を中心に、かつての散楽、現今の街頭演芸が紹介される。そして、影絵芝居に代わって進出して来た映画のこと、坪内逍遙の企画したシルエット映画のこと、或は、影絵芝居の特徴を生かした将来への影像文化の展望が呈示される。

第六章「脚本と梗概」では、まず脚本の好例として、ウィムサットの『支那の影絵芝居』に紹介される慶民生班本「蓮華寺」の第一景から第八景までが訳出される。次いで、「支那影絵芝居の梗概三十番」として、白蛇伝の「断橋」から明代の故事「鬧楼」まで、三十種の作品が梗概の形でまとめられる。書末に掲げられる「参考書目」は、中国・日本の中国影絵芝居研究ばかりではなく欧米などの研究も含むので、大いに参考になる。

沢田瑞穂氏「灤州影戯の芸術」[13]は、沢田氏が北京で見た勝友軒による灤州影戯体験談から口火が切られ、影戯の略史及び灤州影戯などの分布についてまとめた後、具体的に影戯の説明に入る。常設館の楽屋・影人・大小道具について説明され、つづいて勝友軒の場合はどのようなものか、時に影戯と京劇を比較するなどし、一座の組織、影戯の役柄が呈示される。役柄は、大別して次の六種に分けられる、と言う。

生：男役、文生・武生・小生など

旦：女形、文旦・武旦・小旦など

髯：仮髯（つけひげ）の男役　文髯・武髯の二種

浄：敵役

外：老生・小生以外の老人役
丑：道化役

影戯芸術は影人の美しさと役柄に応じた動作のみではなく、歌唱声調も重要な要素であり、「聴」と「看」の比率は半々ずつであろうと指摘する。そして、影戯には「凄絶悲壮のパンヅ調」がふさわしいと言い、中国大衆芸能に通じた沢田氏らしく、その「パンヅ調」の由来・性格について分析する。影戯の腔調の説明につづいて台本たる影巻の紹介では、自身が隆福寺などで入手した『蕉葉扇』等の筆写情況が述べられる。影巻の作者はほとんど不明であり、題材は有名な小説・戯曲に基づく傾向にあり影戯独特の作品はごく少数である、と指摘する。影戯の劇目につづいて、影巻本文の文辞の構成が『水漫金山寺』の一段を援用しつつ説明される一方、「卜書」にない演出が影戯上演の醍醐味である旨が述べられ、再び沢田氏の過去の追憶によって論がしめくくられる。

3　現代の皮影戯紹介とその目的

日本敗戦後、日本人は中国大陸へ行く機会を失ったばかりか、自らの食糧にこと欠く日々となったので、中国影絵芝居などに注意を払う人はいなくなった。これに対し、国土を回復し、政治権力の表面に躍り出た中国の老百姓は、眼光に輝きを添えて自国の民間芸能に注目し、「社会主義」建設の一助として影戯研究に取り組むようになる。

虞哲光氏編著の『皮影戯藝術』(14)は、従来の影絵人形芝居研究を大きく超えた成果であった。本書は全七章から成るが、冒頭に「挿図」として、陝西省・河北省・湖南省の古典を題材とした皮影戯図、陝西省・黒龍江省・湖南省の工農を主人公とする新皮影戯図を八種掲げる。本文では次のように述べる。

第一章「皮影戯的藝術価値」：皮影戯は労働人民の中から生まれた芸術で、民間の雰囲気と民族の風格を伝える性格を持ちながらも、社会情況の変転でほとんど滅びそうになった、と言う。その後、人民共和国政府の「百花斉放・推陳出新」という方針で再び息を吹き返し、人民の文化的生活に一定の役割を演じた、と当時の「時代性」を反映する評価がされる。そして、皮影戯は簡単な道具仕立てであるがゆえに、どこにでも行くことが出来、かつ「灯火に真実の景を反映し、影中に生々とした表現がある」ゆえに、あらゆることを演出できるし、また、昼の仕事とも両立し、素人でも台本に従って行なうことができるなど、と皮影戯の持つ優点が併せて指摘される。同時に、皮影戯は映画と違った特徴を持ち、音楽説唱に見るべきものがある、と言う。その影戯の内容は、人間が演じる戯劇を超える部分もあるなど皮影戯の将来をたたえ、児童教育にも有意義である点も添えられる。

第二章「皮影戯的起源和発展」：唐五代の俗講での影人戯が宋代の皮影戯に影響を及ぼしたこと、或は、モンゴル軍の遠征で中東やヨーロッパ方面に影戯が派及したという見解などが、証拠が乏しいながらも簡単に述べられる。次いで、清代、官府によって皮影戯の芸人たちは「玄灯匪」と呼ばれて弾圧されたことが具体例を伴って示される。清代のことに触れたことから、皮影戯で著名な灤州の楽亭影に焦点をあてて、その歴史と性格が示される。そして、日中戦争時の皮影戯の様相、人民共和国後の北京中央文化部主催による全国木偶戯・皮影戯会演の開催のもと、八省の皮影戯代表隊の中で、湖南省の改良皮影戯が児童教育の教材になり得ることが認識された、と述べる。

第三章「各地皮影戯概況」：①陝西省・②湖南省・③河北省・④黒龍江省・⑤浙江省・⑥江蘇省・⑦山東省・⑧青海省・⑨山西省・⑩広東省と福建省、各省の主に一九五〇年代当時のそれぞれの特徴が指摘される。従来の研究にはない詳しい全国的情況の紹介がされているが、これらに関しては、本論とも関係するので、後で紹介する。

第四章「皮影戯的製作方法」：冒頭、皮影戯に用いられる人物・道具はおおよそ八種類に分けられる、と八区分する。

①人物　生・旦・浄・丑・神仙など
②動物　青獅・白虎・犬・魚など
③植物　蒼松・垂柳など
④建築　金殿宝帳・神仙洞府など
⑤山水　山嶽・橋梁など
⑥器具　車輦龍舟・龍鳳扇・手推車・卓椅机凳など
⑦特技　上馬下馬・破臉血倒など
⑧雑類　清中期から民国初期に作り出された用具、生み出された人物など

次に、皮影戯の人形の作り方、操作方法、布景の様子、表演方法などが図解をまじえて説明される。

第五章「皮影戯的舞台技術」:旧時の「舞台」には「紙窗」と「紗窗」の二種があったが、今日は「紗窗」が多く用いられると示した後、影窗の見取り図などを添えつつ、人員・道具器具の配置、表演時の注意事項、皮影戯の操作方法、演奏と説唱について解説する。

第六章「新皮影戯的創作道路」:いかなる芸術も時代精神を反映しているから、皮影戯も旧態然ではいけない、と批判精神を投げかける。その対応は、過去の技術的基礎の上に立って、新しい現実主義による題材を創作し、工農兵の生活及び児童教育に供するべきで、封建迷信的・色情的・宿命論的な部分は排除して「新皮影戯」を確立すべき、と力説する。そして、当時としては新鮮でかつやむを得ないことではあったが、皮影戯に対する熱意を教条主義的言説に含みながら、

①劇本の題材

②人物道具の製作
③動作訓練に求められること
④音楽と演唱
⑤舞台技術の改良

という諸点に関して、新たに要求される点、改めるべき点などの具体的提言がされる。

第七章「新皮影戯造型設計（詹同渲）」：新しい影人、つまり「工農兵造型」、或は、新『西遊記』人物像、或は、「大きなかぶ」の祖父母と孫、赤ずきんなどのデッサンが例示されて、本書のしめくくりとなる。

虞哲光氏『皮影戯藝術』が出された翌一九五九年には、関俊哲氏の『北京皮影戯』（北京出版社刊）が出された。書題が示す通り、北京の皮影戯に中心を置いて、皮影戯全体について論じた書であるが、両書重複するところが少なくない。本書の目次（章・節の部分のみ）を紹介して内容の道しるべとし、次に関俊哲氏が特に詳しく触れた方面を取り上げてみよう。

第一章　皮影戯の発展
（1）皮影戯の特徴と歴史
（2）北京皮影戯
第二章　北京皮影戯の伝統劇目
第三章　皮影戯の音楽伴奏と影詞
（1）唱腔と楽器
（2）影詞の格式と唱文

（3）上下場詩と叙事
第四章　北京皮影戯人物の造型
（1）影戯人物の各種の役柄
（2）影戯人物の構図角度
第五章　皮影戯人物の雕鏤
（1）雕製方法
（2）影戯人物の寸法
（3）鏃鏤芸術
第六章　皮影戯人物の色彩
第七章　影幕
第八章　動作と場面
第九章　効果（老芸人路景達撰、「前言」）
第十章　新式影戯人物の設計
第十一章　如何に組織して演唱するか

第一章：北京皮影戯には、「観世音」を祖神とする伝統があって、観世音を演唱する演員は必ず班主であったという「しきたり」の存在が指摘される。灤州から北京に入った皮影戯は、北京東四牌楼一帯で活動し、北京東派影戯と呼ばれるに到った。北京の皮影戯戯班は二十余家、慶民升（李峻峰・李脱塵）・同楽（趙海源）・知盛合（劉寛）・楽春台（陳旭）・魁盛合（楊季広）などが著名な影戯班であった。

一方、涿州影が北京西四一帯に入って西派を形成し、南永盛・北永盛といった皮影戯戯班が有名であったが、いまは徳順皮影戯社が残るにすぎない。東西両派の最大の区別点は、腔韵上の相違にあり、影詞の格式や影人の造型は基本的には同類である。人民共和国以前、徳順皮影戯社は悲惨な境遇にあったが、共和国成立後、政府の戯劇芸術重視のもと、心機一転して新たな組織を編成して息を吹き返した。朝鮮戦争に際しては、慰問団として「芭蕉扇」・「火雲洞」・「金山寺」などの演目を戦地で行なった。一方で、影人の改良をし、雕琢を凝らし、伝統劇目の整理、創作を行なった。例えば、「孫悟空游新世界」・「艾克的煩悩」といった創作作品では、ソビエトのロケットや人工衛星打ち上げ成功、アメリカ大統領アイゼンハワーの嫉妬などを織り込み、「社会主義」の優秀性を示した。一九五九年になると、北京徳順皮影戯社には木偶戯演出隊が組織され、「火焔山」などが演出されたと、時代性を感じる発言の中で当時の近況を伝える。

第二章「北京皮影戯的伝統劇目」：北京伝統皮影戯は文・武両戯に分かれ、内容は基本的には神話劇、歴史民間故事、滑稽戯の三種に区分される。「成本大套」では、『西游記』・『封神榜』・『白蛇伝』・『混元盒』・『楊家将』・『馬潜龍走国』・『飛虎夢』・『征東』・『征西』・『反唐』などがあった。北京東派の著名影戯班である「慶民升」などでは、一九二八年頃には、

本戯：『五風剣』・『青雲剣』（馬潜龍走国）・『五虎平西』・『望夫山』・『三賢伝』

武戯：『棋盤会』・『無底洞』・『太平橋』・『黄巣搶長安』『珍珠烈火旗』・『火焼余洪』・『二龍戯珠』

旦角戯：『三娘教子』・『状元祭塔』・『夜宿花亭』・『走鼓粘綿』・『雪梅吊孝訓子』・『千張紙』

滑稽戯：『揣禿子過会』・『双怕婆』・『老師謀館』・『打面缸』・『偸羅卜』

などを演じていたが、一九三八年頃「慶民升」李峻峰・李脱塵父子は、東四の隆福寺社交堂で『出埃及』・『耶蘇降

生』などのキリスト教関係影戯も行なっていた。

他方、北京西派の伝統劇目には「京八本」と称する得意の出し物、つまり『白蛇伝』・『混元盒』・『西游記』・『小開山』・『楊家将』・『下南唐』・『背解紅羅』『香蓮帕』があり、他には『粉妝楼』『英烈春秋』などもあった。

第四章「北京皮影戯人物的造型」…影戯人物の各種の役柄が詳しく分類されるが、その第二節「影戯人物的構図角度」の、(1)「影人頭」で、影人の臉譜が図入りで示され、構図及びその特徴が、更に「盔頭」、衣装などが説明され、今日伝存する影戯人形の分類・名称を知る上で、この記述は大きな手懸りを与えてくれる。

第五章「皮影戯人物的雕鏤」…影戯人形の作り方とその寸法などが細かく記される。臉譜の雕鏃では、各種役柄の臉譜が役柄名を伴った図解で示されているので、前章と併せて伝存する影戯人形の分類に役立つ。

第十章「新式影戯人物的設計」…現代劇に即応した影人頭の例とその特徴づけ、或は、児童向けの動物像の例などが説明及び図解される。

第十一章「如何組織演唱」…実際に影戯に携わろうとする初心者に、その要領を伝えるためにまとめられた章である。

全体的に見て、関俊哲氏の『北京皮影戯』は、先の虞哲光氏の『皮影戯藝術』をより詳しく説明した内容であると言え、往時の皮影戯の全体像を知り得る専著と称することが出来よう。虞・関両氏の研究書とは別に、一九五九年三月には上海人民美術出版社から『皮影』という大型図録が出された。陝西皮影戯「白蛇伝故事」・「西遊記故事」などを中心に青海・河北・山東・湖北・山西・寧夏回族自治区銀川市の影人、つまり影絵人形が図示される。沈之瑜氏の「序言」から、これも「百花斉放」運動のもとで出されたものであることがわかる。当時のはつらつとした芸術世界の一端が、皮影戯研究書からも知られる。

一九六〇年代に入って、中国は大きな政治的動乱、文革の時代に入る。皮影戯もその影響を受けたことは当然であるが、いかなる情況になったかは、目下判然としない。しかし、その「本場」の混乱をしりめに、経済的に発展し、軍政から民政に転じた台湾では、皮影戯が滅び行く民間芸能という危機感が高まり、その再生への機運が盛り上がってきた。

一九八一年（民国七十年）に出された『民俗曲藝』(15)第三号・四号は、「皮影戯専号」（上）・（下）と銘を打った影絵人形芝居の専号であった。

「皮影戯専号（上）」（第三号）は、まず邱坤良氏「台湾の皮影戯」を掲げ、林柏樑氏の写真を取り入れつつ、清の嘉慶年間には台湾に皮影戯が流入していた、と指摘する。その根拠として、台南市普済殿にある嘉慶二十四年「重興碑記」に皮影戯の禁令に関する条項の存在、或は、一九六八・六九年に高雄でフランスのシッペール氏が捜集した皮影戯抄本の中に嘉慶二十三年のものがあることによる。台湾の皮影戯は、その抄本や芸人が潮州地区の「潮調」を用いることから、潮州の皮影戯、つまり皮猴戯の系統にある、とする。清代では、台南方面の台南・高雄・屏東などが盛行した地域であり、地域によっては一ヶ所に三四十余の戯班があったが、多くの芸人は他の職業と兼業であったと言う。日本時代には、日本の童話的色彩を帯びた「皇民劇」が強制されて生き残ったが、日本の敗戦後は再び旧時の姿を回復し、当時、百団ほどの戯班があった。その後、一九六〇年の『高雄県志』「藝文志」の公式調査では、大社郷の張徳成が率いる東華皮戯団以下、わずか九団の名称が残るにすぎず、更に近年、他の地域も含めて幾つかの戯団は解散した、とその近況を添える。「台湾皮影戯の表演型式」では、①影偶・②影窗・③燈光について概述がなされ、「皮影戯の内幕」と題する演出舞台裏の写真が呈示される。そのあと、「皮影戯の劇本及び音楽」において、劇本は前代より伝授された手抄本が用いられ、文戯（『蔡伯喈』『蘇雲』等）・武戯（『西遊記』・『孫臏下山』等）の区別があること、

⑪『合興皮影戯団発展紀要・暨図録研究影音 DVD』カバー

「皮影芸人の生活と信仰」では、演出報酬は場所と日時によって異なること、閩・粤・台湾の各種戯班で信仰されている田都元帥が戯神であったことなどが指摘される。最後に「現存の皮影戯団」で、東華皮戯団・合興皮戯団・弥陀郷復興閣皮戯団・永楽興皮戯団各戯班の組織の紹介がある。

　邱坤良論文の次は、Jo Humphrey 氏の「中国皮影戯」（詹百翔氏訳）で、主に中国各地の影戯人形の特徴が図解を伴って簡便に記される。例示されたものは（A）漢口皮偶、（B）成都皮偶、（C）台湾皮偶、（D）陝西皮偶、（E）華南皮偶、（F）杭州皮偶、（G）四川皮偶、（H）北京（灤州）皮偶であるが、転載写真であるため影戯人形が明瞭ではないのは惜しまれる。

「施博爾手蔵台湾皮影戯抄本」は、クリストファー・シッペール氏が高雄県で捜集した一九八種の十九世紀末から二十世紀初頭にかけての皮影戯の劇本（影詞）目録（一九七九年）を転載したもので、おそらく最も完備した皮影戯の影詞目録（齣題などの提要も伴う）ではないかと思われ、極めて注目すべきものである。「皮影戯専号（上）」の最後には、顧頡剛氏の「灤州影戯」（『文学』第二巻六号、一九三四年初刊）論文が転載される。

「皮影戯専号（下）」（第四号）は、主に皮影戯実践に関する報告・体験記である。呉亜梅氏の「弄影記談台湾皮影戯的製作与操作」は影戯人形の材料と作り方、その操作方法について、方朱憲氏「漫談児童皮影与皮影教学研究」は皮影戯の製作と演出を小学校教育に取り入れた内容であり、皮影戯を通して美術教育と遊び、伝統文化への理解など、多角的な要素を体得させる実践教育の方法をめぐる記録である。陳光華氏の「絹印皮影戯偶製作」は、皮影戯の影戯人形に対する新しい素材の開発の実験記録である。このあと、幼梅・劉宗銘・趙文藝・雷驤各氏の短論が続く。

日本では最近、井口淳子氏が灤南県を訪れ、「楽亭皮影」の演出の実地体験を報告している（「中国北方農村の口承文化」、『日中文化研究』第2、一九九一年）が、それ以外、皮影戯についての専論は、まだこの段階では新しい研究はないように見える。その後、日本でも皮影戯は新たな研究テーマとして取り上げられるようになるが、この点は後述する。

中国では、一九九二年二月、江玉祥氏の『中国影戯』が四川人民出版社から刊行され、中国戯曲研究に新たな展開をもたらした。

二〇〇七年に、魏力群氏『中国皮影芸術史』（文物出版社）は、皮影戯研究者として、二十五省市を歴訪して、皮影芸人などと交流した成果である。その内容は、緒論にて、河北省冀東灤州皮影、冀中涿州皮影、冀南牛皮影、北京東城・西城皮影、山西省晋北皮影、晋中皮影、晋南皮影などから広東、福建、中国内外各地、台湾の皮影戯の分布を示す。

第一章は影絵の起源を扱い、『荘子』『史記』『漢書』以下の記載、諸研究者の意見から、その起こりと発生場所を説く。

第二章は北宋・南宋代の影絵と木偶戯の状況を、『東京夢華録』『清明上河図』『百子嬉春図』などから説くが、これは従来の研究をなぞる内容である。宋代の影戯の種類として、『武林旧事』『殺狗記』などの資料から、①紙影戯、②羊皮影戯、③手影戯、④大影戯、⑤喬影戯がある、と五区分する。

第三章では、金元時代の影絵と山西省の壁画資料を挙げるが、簡単な記述にとどまる。わずかに山西省繁峙岩山寺に残る金大定年間の「児童弄影戯図」「山西省孝義金代影人頭像壁画」など四点が、先人の研究から引かれて紹介される。ただし、孝義金代影人頭像が皮影戯の人形の頭かは疑問が残る。その保存先に孝義木偶皮影藝術博物館を挙げ、その存在を知ることができる。

第四章は明代の影絵が扱われる。主要な内容は、顧頡剛氏、常任俠氏、翁偶紅氏などの近現代の研究家の成果に基づき、皮影戯は北方皮影、西部皮影、中南部皮影の三大地域の流派が起こったと指摘する。注目すべきは、河北省の観音廟山門外に立つ明代の遺構という蔚県留荘鎮白中堡村古影偶戯台、蔚県苑家荘古灯影戯台の写真である。皮影戯木偶戯の専用の戯台とは興味深いが、明代の遺構とするのは信じがたい点もある。

第五章は清代の影絵芝居を扱い、これ以下が本書の中心となる。最初に清の王府が影戯と関係を持ったことを、斉如山の研究を引いて述べ、次に将官も任地に京城の影戯班を連れて行き、これが全国に広まったという李脱塵の研究成果を示す。次に節を改め、清代康熙三十五年の李振声「百戯竹枝詞」に影戯を詠う詩があること、乾隆『永平府志』の「風俗」に見える影戯などの史料、黄釗「潮居雑詩」などの史料から、当時の流行状況を示す。そして、各地の民間影戯の個別紹介に入る。

最初に、清代に盛況を迎える灤州影戯を扱い、影戯班、芸人、唱法などに焦点を当てて紹介し、次に北から西へと河北省冀東灤州皮影、冀中涿州皮影、冀南牛皮影、北京東城・西城皮影、東北、山西省晋北皮影、晋中皮影、晋南皮影、陝西省、四川省、そして海峡を越えて台湾皮猴戯までを紹介する。その一方で、皮影戯は乾隆・嘉慶の白蓮教との関係性が疑われ、懸灯匪とみなされて弾圧の対象となり、そのとばっちりを受けた影戯を取り締まる清朝の禁令が出された、と関連資料が示される。次に、清代民間影戯班社の紹介があり、清代冀東灤州影戯班に属す楊寡婦班、崔家大班、京東劉家班、中興堂班、翠蔭堂班、清代京城影戯班から湖北影戯班、台湾影戯班まで記される。ただし、灤州や北京など若干の地域以外は概略を記すだけで具体例がなく、その根拠が乏しい。影戯の台詞たる劇本では、その俗称が「影巻」や「経巻本」と呼ばれ、別に「朝本」とも言われ、毛筆写本が一般的である、とテキストの解説が加えられる。その文芸的特徴を指摘した箇所では、楽亭県では満洲旗人に属す秀才が影巻作者にその名を連ねたと言い、陝西など三箇所の皮影戯本の写真を掲げる。その後、影巻が宝巻と近く、演目が重なること、そして隴東道情皮影戯の伝統劇目が、宝巻や変文にある故事に取材していると『白狗巻』『薬王巻』などの名を挙げる一方、『解神星宝巻』や『天官賜福』のそれぞれの一文を引いて比較し、両者の関係性を示す。影巻の文体では、その韻、詞格において、七言五言体や脚韻が変文の体裁に一致し、また三字頭、四字句、十字錦などの格式などが用いられている、と具体例で説明する。その後、影巻の演唱時、如何に進行の指示をするのか、民間芸人の文字対応の限界などが述べられる。

第七節では、影絵芝居の代表的伝統作品のあらすじと場面の紹介が行われる。始めに冀東灤州伝統影戯の代表作とそのあらすじを、『天官賜福』『五鋒会』『二度梅』から『天縁配』までの二十種を提示する。続けて、河北冀中伝統影戯の『混元盒』など八種、陝西伝統影戯『春秋配』など五十六種、浙江伝統影戯『二度梅』など五十九種を掲げる。そして、河北伝統影戯劇目を、灤州伝統大巻、つまり連本戯から、冀中、東北、北京陝西、甘粛、青海、山西、河南、山東、湖北、湖南、四川、雲南、浙江、上海、広東、閩南に及ぶ各地方の広範囲の伝統劇目を列挙する。

第六章は、近代における影絵芝居の状況が扱われる。冒頭に近代冀東の皮影戯、つまり灤州皮影が楽亭から青龍各県に広がるばかりではなく、北京の東、三河から薊州各県、熱河省まで及ぶ地域に驢皮影が広がっていたと示す。民国初期には、影戯芸人で著名な芸人が輩出し、演唱やリズムなどに新たな境地を開いたが、やがて、冀東と東北の各皮影戯は、商売などを通して交流を持つに到った、と言う。近代では、日本の侵略のため、この地方の皮影戯には、芸人を含めて悲惨な影響がもたらされた、と特に強調する。その点は、日本側としては耳を傾ける必要がある。この後、近代の冀中、冀南皮影戯の牛皮影、冀西灯影戯の紹介がされ、近代北京影戯の説明に入る。

北京の影戯は、一九二一年前後に最盛期を迎えた。民国以後、西城派涿州影戯班は二班が残り、東城派灤州影は、光緒以来の四班が残るのみであったが、民国になって新たに楽春台などの三班が成立した。楽春台班は四牌楼あたりにあり、その班主は陳熏と言い、その影絵人形は粛王府の旧蔵品であった、と由来を示す。

演戯形態と演目については、北京影戯では二人が人形を操り、五〜六人の芸人が生、旦、浄、丑の役柄を分担して歌い話したとする。また、翁偶虹の『北京影戯』を引用してその特色や故事の逸話を記す。例えば、清末民国の京劇の役者は家で常に影戯を行ない、その良いところを自分の演技に生かしたと言い、著名な京劇の武生を創始した兪菊笙は、京劇『混元盒』の初演に際し、昇平署の太監を買収して南府（昇平署）所蔵の『闡道除邪』を盗み出してもらい、上演の劇本とした。しかし、第三本の上演に到って事が発覚し、やむを得ず第三本の後半は、皮影戯の『封神榜』を襲用して補った、逸話を掲げる。当時の京劇の演員は、みな影戯『混元盒』を見ていたことから、そのような始末になった、とも伝える。次に、李脱塵を北京の影戯と切っても切れない人と紹介し、その出身は河北玉田の田舎の人で、幼い時より灤州影に魅かれたことから各地を回り、影戯研究に打ち込み、『灤州影劇小史』を著した、と紹介する。

以上の記述は、多くは既存の研究書の引用及び紹介ではあるが、北京の影戯を知る上ではよくまとめられていると言えよう。本書の最後に、北京の路家班影戯は、もとは西城派であることから、民国以後、東城影戯班が北京からいなくなった後も、なお唯一残った、と影戯班の残存状況を記す。その後、節を改め、近代の東北三省の影戯、山西の近代三晋影戯と続き、孝義や曲沃の影戯、陝西の老腔皮影戯から八歩景皮影戯まで八種の形態、甘粛、四川、雲南、河南、そして山東は済南泉城皮影戯など四形態、浙江・上海・江蘇、湖北、湖南、福建・広東、台湾までの広範囲に及ぶ地域の形態をそれぞれ概述する。また、代表的影戯班社と名芸人、影絵人形制作に携わった彫刻名人について詳しく紹介する。この部分は、本書の独自色が色濃く、他の研究や紹介には見られない優点であり、皮影戯を知る上で大変に有益である。その後、皮影戯の舞台などの上演環境や備品、演出では表演技術・人形の操作、影絵人形の地域的特徴が説明される。影戯でも戯曲同様に重視する唱腔、つまりメロディーの特徴について、地方劇の声腔との関係で詳しく論じる。終わりに、皮影戯が各地では如何なる状況、習俗で行われたものなのか、例えば甘粛の敬神影戯、河南の神戯、浙江蚕花影戯などを通して民間習俗との関わり合いに言及する。戯班が祀る影戯祖師では、河南の桐柏皮影芸人が唐太宗を祀ったこと、華北では観音菩薩が祀られていたことから、宗教との関連性を示し、改めて白蓮教と懸灯匪との関係が取り上げられる。また、影戯班の禁忌事項や隠語についても宗教文化との関連性が呈示される。影詞の紹介では、石印本影詞、そして楽亭皮影レコードの存在も指摘される。影詞は、従来の研究が十分ではない分野であるため、短文ながら興味深い内容である。この後、革命戦争時期の皮影戯が取り上げられ、戦争と皮影戯の関係、その時代ならではの人形の頭などが紹介される。影戯唱腔や皮影人形の造形、その制作方法をめぐってはとりわけ詳しく、造形例も写真で掲げられるのでその特徴が理解しやすい。

第七章は、現代社会における影絵芝居の改革、河北から台湾に到る影戯班と芸人の紹介で締めくくられる。文革以前の記述は詳しいが、文革中の皮影戯についてはわずか数ページで済まされることから、暗示的にその時代の学術等の置かれた状況を知ることができる。文革後の有様は、一九八〇年代以後が扱われ、皮影戯は世界に広がる中国芸術の一つ、と言うお決まりの落ちを迎える。附録に、皮影戯の年表や関係資料が添えられる。

本書は、過去の研究を引用してまとめ上げた形で成り立つ反面、著者のフィールド調査や文献研究にも基づき、皮影戯研究に必要な基礎知識、或は中国各地の皮影戯に関する研究成果が細かにまとめられていることから、皮影戯研究にとって有用な専著と言える。今後の皮影戯研究は、本書の記述に基づき、深めることができるとも言えよう。

以上、日中の皮影戯の研究について概観して来た。その研究の主体は、皮影戯の生成史、影戯人形譜・道具、音楽と楽器、演出方法、或は影詞の形式といった点に置かれているように見える。文学の立場から見ると、演目の題名は一応知ることが出来るものの、演目の内容については一部を除いて、ほとんどが視野の外に置かれていると言える。また、皮影戯の受容という問題にも、多くは大衆層の戯劇の一形態とするに止まり、その文芸史的意義などは十分解明されているとは言い難い。筆者としては、文学史及び作品受容、児童教育史の立場から、中国の影絵人形芝居の役割を掘り下げる必要があると考える。しかし、その全容解明には、蒐集文献の不足、実地調査の未着手などがあり、なお道遠しの情況であるので、以下には、中国側の最新成果に依拠し、地方劇研究と同様な視点で、その分布情況や性格についてまとめ、将来の研究につなげたい。

（3）皮影戯の分布情況

一九八八年当時、『中国戯曲志』編纂は、湖南省・天津市・山西省各巻などが刊行され、共和国の戯曲展開の様相が明らかにされた。皮影戯も着目されて一定の成果が出されて二〇二〇年代を迎えている。しかし、本章は既出論文の増改再録であるため、以下には、執筆時の状況からあまり進展はないものの、各地で出された皮影戯に関する一次的論述、或は戯曲関係辞典などから摘出した資料を用いて、知り得る皮影戯の分布情況などについて列記した。

A　河北省　灤州影戯

皮影戯と言えば、灤州影戯の名称が出るほど著名なもので、影絵人形芝居の代表格と言える。これについては、顧頡剛氏ら灤州影戯研究者の紹介をする中で引用によって詳しく説明したので、ここでは重複を避けることとする。一言付け加えれば、二〇〇〇年初頭、影絵人形が、北京の潘家園古玩市場や琉璃廠の老舗で商品となっているのを眼にした。かつては多く作られ、上演されたようすがをそれより知ることが出来るが、影詞はあまり見かけられなかった。それでも、若干の影詞を入手したが、いずれも写本で、年代的にも比較的新しいものであった。果たして灤州影戯の影詞であるか否かは、筆者には不明である。

B　山西省

①晋南北路・南路皮影

晋南両路の影戯については、行楽賢氏が「晋南皮影藝術雑談(16)」で詳しく紹介されている。そのため、行楽賢氏の成果を要約して以下に示したい。

晋南皮影は、旧時、油灯を用いて照明としていたので、日中は演出するすべがなかった。そこで、掌頭木偶の副えものとしていたが、主役は皮影であった。そのため、民間では、日中は木偶で楽しみ、夜中はやはり皮影の「火焔山」と言われるまでに到った。

晋南皮影は、声腔の特徴から南北二路に分けることが出来る。北路は、新絳・曲沃二県が中心で、唱腔は碗碗腔に属す。一方、南路は夏県などが中心で、唱腔は比較的雑然とし、蒲州梆子などが用いられる。以上の二路の皮影の源流は、一説には、陝西省の韓城・朝邑から起こったと言われる。また一説では、本地の民間芸術から掘り出されたとも言う。劇目上、南北両路は大同小異で、日常生活や神怪・武打ものが中心である。日常のものは「桃花計」・「五花馬」・木偶「釘缸」など。神怪・武打には、「火焰山」・「蝎子山」・「大変化」及び「快活林」など[17]。北路碗碗腔の唱腔には、「二六」・「慢板」・「滾白」・「介板」・「小流水」・「大流水」・「二八板」・「散板」などがあり、その腔調の名称は蒲州梆子と同じである。楽器は板胡、二股弦、笛、月琴それぞれ一つずつ用いられる。打楽器には、鼓板・堂鼓・馬鑼・手鑼・鐃鈸・鉸子（小鈸）・字板などがある。表演の配置には、「説戯」（工唱・念）・「掌簽子」（工表演）・「帮簽子」（一名、遞簽子）の三人がいる。全班の人員構成は、俗に「七緊八慢九消停」といい、最も多くとも、九人を超えることはない。そのため、楽器の伴奏は、常に一人で幾つかの楽器を兼奏する。月琴は「説戯」弾奏に属し、「懐抱月琴」と言い慣らわされ、全劇の演奏の雰囲気を主導している。

皮影芸術は人数が少人数によるため、一か所で演出する際、戯価は比較的安く、貧窮の農村であっても、普段の迎神賽社の折、往々にして皮影戯を借りて興を添えることができた。

皮影戯戯班の敬奉する「祖師爺」は、伝説中の李少伯・李少翁（漢武帝の時の人）、或は、五代後唐の荘宗李存勗を祖師爺とする。人は異なるものの、俗に「小唐王」と呼び、梨木で小人像を作り、身丈八寸、普通の服装をさせる。

伝説では、李存勗はねずみの妖怪が転生した者と言われる。戯班では「灰八爺」と呼び慣わし、平素、猫を忌み、猫を「小老虎」と呼ぶ。

「祖師爺」の祭祀時期は、通常、毎年旧暦正月開台の時と八月十五日の二回で、全班員の焼香・叩頭による祭祀が行なわれる。新たに舞台を建てて最初に演出する時にも祭祀をする必要があり、廟内の祭神とともに祖師の祭祀も同時に挙行される。

皮影戯の戯班は、義俠心を重んじ、とりわけ江河渡行については、ある種の民俗風習を形成している。戯班の人員と戯箱を船に乗せて渡河する際、船頭らはおおむね船賃を受け取ることはない。その代わり、戯班は、毎年六月十五日に、その地の渡し場で演劇を三日間行なう。名づけて、これを（河神への）「敬神戯」といい、演劇が終わると、渡し場で気持ちばかりの礼金を受けるが、額の多少は気にかけない。伝説に拠れば、ある夏の日、江河が氾濫した時、戯班の乗った船が渡河を試み、中央まで来た時、突然、船が浸水しはじめた。船員も戯班も危地に陥ったが、この時、戯班は自分の「字板」（打楽器で二つの板から成る）を捨てて船の穴をうめ、船全体を救った。これより、両者は生死の交わりを結ぶに到った。それ以後、渡し場に新しい船を備える時、必ず船底に一つの「字板」程の縫口を彫りこみ、再び木片でそれを埋め、記念とするようになったとのことである。

皮影戯と当地の大劇種とは、「公賛戯」を演唱する時、類似する点と類似しない点の双方がある。互いに類似する点は、敬神戯を均しく「公賛戯」と称する点で、払暁前、戯班は廟会を主催する者の鳴炮を聞いて演戯を始める。異なる点は、正戯を演出する以前、掌杆人が、三体の木偶、頭に瓦檐帽、身には官服をつけ、三仙と称されるものをくり出す点にある。その時、口中で、

　階々高、階々高、階々高上搭天橋、世人都従天橋過、不知天橋牢不牢。

という詞を称える。敬神が終わると、廟会より戯班四人に「犒盤」が支給されるが、班主と「説戯」、「掌簽」の三人が食用する資格を持つ。

戯班には、また「三忌」と避邪のきまりがある。いわゆる「三忌」とは、第一に婦人が登台することを許さない、第二に用のない者らが「字板」にやたらにさわったりたたいたりするのを許さない、第三にいかなる人といえども戯箱の上に坐ること許さない、の三点である。もしも違反すれば、戯班には不祥の災難が発生することがありうるという。戯班には一つの避邪のおきてがあることは、蒲州梆子の戯班と同じである。すなわち、西向き、或は、南向きの

戯台は、それが神規に違反していることから、演出前に後台の壁に一つの赤ひげ（判官を代表する可能性がある）をかけ、避邪を示す必要があった。それがなければ、戯班は村内でもめごとを起こしやすかった。

皮影戯戯班には、一般には知られない各種の「諺子話」があるが、それは当時の芸人の身分、すなわち下賤な身分と関係がある。例えば、雨降りを「擺緊」と呼び、戯班が演戯する時、たまたま雨降りに遇うと、演出時間を短縮し、廟会の主催者をだまし、その仕事の手ぬきをとがめられないようにする。つまり、班主は「説戯」人に対して「擺緊」二字を示すと、「説戯」人はすぐさま演劇を短縮することになる。「饅頭」を「老供子」と呼び、食事を「作息里」と称する。それは、戯班では、その当時、食事を廟会より供給されたためであり、ごはんの良し悪しをおっぴらに言い出すわけにもいかないので、この言葉で表現したのである。小戯を「簡蔓」、大戯を「太蔓」、金銭を「連火」、油を「潤子」、麵粉を「灰塵子」、人間を「滲儿」と称するのはいずれも隠蔽する意図があって、他人の耳目を避けたためである。

かつての戯班で、工賃や村内で与えられる食事は、享受する時、各種の異なった順序があった。食事を例に言えば、真先に与えられるのを「頭份飯」といい、「説戯」人から食べる。次を「二份飯」と呼び、「掌簽」人から食べる。その次は「三份飯」と呼び、「帮簽」・奏楽人員が食べる。工賃の等級も、これによって処理される。目下のところ、晋南の皮影芸人は、知る限りでは、わずかに新絳県北王馬の老芸人文徐丁一が健在である、とのことである。

②山西省・孝義県皮腔

孝義県皮影戯の紹介は、『中国戯曲志・山西巻』にもあるが、詳述という点からみると張思聡・王万万両氏の研究が重要なので、以下に張・王両氏の専論に拠ってその要旨をまとめてみる。(18)

山西省の孝義県は、歴代「戯郷」の美称をもつ。孝河義水のほとりに生活していた人々は、芝居見物を習慣とし、その風潮から村社には戯班が集まり、「戯子」が多く出て、歴代絶えることがなかった。この一県の狭い土地に、郷間の民歌や汾孝秧歌以外、長期に亘って流伝した芸術的に異なる三つの劇種――晋劇・碗碗腔・皮腔――がある。孝義皮腔は、もとは孝義民間に流布した一種の皮影説唱芸能である。その演出時、白紙で窗とし、光を借りて影を映し出すので、当時の人々は「紙窗腔」と言い慣わしている。また、その演唱の時、主に吹奏楽器で伴奏を行なったので、「孝義吹腔」の別名もある。

碗碗腔の皮影芸人に拠れば、碗碗腔が孝義に入る前、清の咸豊年間、孝義県王馬村に皮影人形を雕刻する道士がいた。道号を隆慶と言い、学識に富み、また絵も出来た。彼のつくる影戯人形は、身体が大きく輪郭も単純であったが、厚みはうすく色あざやかであったので、影絵はっきりと影窗に映し出されたと言われる。

一九八〇年の夏、孝義新城の東北側で道路修繕の際、北宋末期の古墓が発見された。墓中、両幅の壁画は完全に残り、色もあせておらず、そこには当時の民間芸術が生々と、そして人々の日常生活もありありと描かれている。画中、男のある者は鉄を鍛え、ある者は田を耕し、女たちは綿をつむぎ織るなどしている。その中で、数人の子供が哨吶を吹いたり、影絵人形をあやつったりして、草の上で遊ぶ情景がみられる。この壁画から考えると、孝義での皮腔皮影芸能は、当時、民間に一定の流行をし、当地の人々全般に喜ばれる一つの文化となっていて、北宋以前にそれが生まれていたと考えられる。

中国の影戯研究者洛景達・王遜両氏の研究に依ると「影戯の発生は、現存の文献からは、主に北宋初期にある」(『中国皮影戯劇発展史略』)ということであるが、その指摘は孝義皮腔の発生時期と基本的に近い。

老芸人が伝える伝説に拠ると、清末の同治以後、碗碗腔皮影戯が陝西より孝義に流入したので、皮腔影戯はその競争の過程で衰退して行った、とのことである。特に民国以後、上演範囲が狭くなり、演出場所もますます少なくなった。そのため、影班は解散し、芸人はくら替えをし、人民共和国成立直前には、全県で「半个皮腔影班」（皮腔を歌い、また碗碗腔も歌うゆえに、人々は「半个皮腔班」と称した）が残るにすぎなかった。芸人の李正有・郝如山が言うには、残った半个影班は、上演中、即興的なつまらない低俗な笑いを折り込み、観衆の一時的興味をかきたて、生計維持に努めねばならなかった。共和国後、皮腔影戯は久しく「敬神戯」の名をもっていたので、孝義山区では、たまに演出活動を行なったが、数年後、封建的迷信活動の逐次廃止、そして禁止により、皮腔影戯は活動を停止したのであった。しかし、一九五八年以後の百花斉放政策のもと、皮影戯の調査やその改良によって、多少の「現代化」により余命を保っている。

皮腔劇目は現在は三十余本（老芸人はもともと五十余本あったと言う）で、その他に数本の「打台」小戯があった。これらの劇目を内容から見ると、大体二つに分類できる。

一つは、神魔故事戯で、周武王・姜尚が軍を率いて紂王を伐つ「八大陣」――「朱仙陣」・「万仙陣」・「黄河陣」・「風沙陣」――などがある。いま一つは道教伝説で、「馬当山」・「真武出家」・「森羅陣」などがある中で、勧善戯「真武出家」・「馬当山」は迷信思想にこりかたまった作品と言える。神霊に災厄免除を祈求する「打台」、小戯の「大変化」・「滅五毒」などもある。

皮腔影戯は、劇目は陳腐であったが、孝義民間で消亡していった時も、皮腔音楽そのものは孝義の人々に喜び尊ばれていた。とりわけ、民間の吹奏芸人（俗に「吹鼓手」という）の演奏する節目で、皮腔音楽は終始重要な位置を占めていたと言われる。

③曲沃碗碗腔

山西省曲沃県で行なわれるが、もともとは陝西省東部の華陰・華川一帯の皮影戯が明清時代に曲沃県に伝入して起こった。急速に広まった理由としては、戯班が小規模で費用がかからない、舞台が小さく人々の財布をいためない、表演が紗幕で自由に行なわれ、影絵人形が変幻自在に動くことか出来た、といった点が挙げられる。一九六〇年、曲沃碗碗腔が舞台に上った時、影絵人形も同時にその丈が高くなって、七八寸から尺余の丈となり、同時に劇目も増やされた。楽器は小銅碗碗・月琴・二股弦・節子及び胡胡、別に板鼓・鈸鑼・鼓・嗩吶などを用いる。演戯中、楽器は三五人で演奏され、文武場の区分はない(19)。

C　陝西省

陝西省も皮影戯の盛地であって、今日なお、西安などで定期興演を催している。台湾の雑誌、『漢聲』第44号は陝西東路華県皮影の特集号で、表紙から皮影戯の頭を形取るという凝った造りで、フィールド調査による舞台、音楽、演唱、影絵人形、演出、演劇状況、皮影戯人形の作成など、当時として最高の解説書になっていて、今日なお色鮮やかな書籍である(20)。上記書籍とは別に、陝西省の状況については『中国戯曲曲藝詞典』に拠って紹介を続けたい。

①遏工腔

「阿宮腔」とも呼ばれ、陝西省の涇陽・三原・乾県・礼泉・富平・耀県などの地域で盛んであった。当初は、礼泉県より出現したが、今では富平県にその中心が移っている。作品には、「屎巴牛招親」・「王婆娘叮嘴」・「王彦章観兵書」・「乱点鴛鴦譜」・「双羅衫」・「白先生教字」・「打沙鍋」・「七箭書」・「破金鰲」・「伐董卓」「三気周瑜」など四十余種がある。[21]

②八歩景

「巴不救」とも言い、陝西省南部の安康・旬陽・平利・嵐皐県などで行なわれる。もともと曲芸形式のもので、明代に起こり、わずかに竹片で作った「筋頭板」でリズムをとっていたが、「地攤子」の段階を経てから変化して皮影戯となり、適宜、牙子板・堂鼓・大鑼・大鈸・馬鑼・小鈸・頂鑼や哨吶チャルメラ・喇叭を加えて行った。班社は、父子班、家庭班といった組織が中心である。[22]

③老腔

「柏板灯影」とも言い、陝西省潼関・華陰県一帯で行なわれた。現地の人々は、「老腔灯影」と呼び、「碗碗腔」を「時腔」と名づける。「碗碗腔」の前身が「老腔」で、明代より行なわれていると言われる。特徴としては、「老腔」の影絵人形は「碗碗腔」のそれと比べると、いささか大きい。唱腔は字定腔で行ない、声調はいささか豪放激越で、「同州梆子」と類似しているが、「西安乱弾」とは区別される。劇目は、すべて「列国」・「三国」故事で、才子佳人戯はない。民国年間、潼関一帯は常に戦乱に見舞われたため、「老腔」班社はほとんど壊滅していて、現在では三十あまりの伝統劇目を伝えるのみと言われる。[23]

④碗碗腔

陝西省北麓に位置する華県・華陰・大荔県などで行なわれ、人民共和国以後、「華劇」とも名づけられた。その音楽唱腔は、たおやかで優美、繊細である。用いる楽器において碗碗を重視するので「碗碗腔」と名づけられた。「碗腔」では、唱腔は「時腔」と「老腔」の二種に分かれ、時腔は大荔・華県・華陰・蒲城・富平・臨潼・渭南で盛行し、洋県では「吹腔」が、韓城では「蒲州梆子」に類似したものが行なわれていた。伝統劇目は、抄録された作品が二百四十から二百五十種あたりが残る。乾隆時代の劇作家、李芳桂の「香蓮佩」・「春秋配」などの作品も含まれる。(24)

⑤弦板腔

陝西省咸陽・乾県・礼泉・興平・宝鶏・鳳翔の各県、及び甘粛省東部の慶陽・正寧・寧県・天水各県で行なわれた。一節には、嘉慶十八年（一八一三）には、民間で盛行していたとも言われる。主要な伴奏楽器は、弦子と板子であるため、「弦板腔」と名づけられた。劇目は歴史演義に取材したものが多数を占め、「三国」・「列国」戯が比較的多いと言われる。(25)

⑥商洛道情

明末の崇禎年間に起こったとされるが、現在では曲藝と戯曲の両種の形式で同時に行なわれている。陝西省の商洛五地区（商県・山陽・洛南・鎮安・商南）、及び豫鄂辺界地区が中心である。もともと「老調弾腔」で歌っていたが、形成過程で、当地の民間山歌小調を吸収したため、独自の特徴を持つようになった。関中の「碗碗腔」や安康の「皮影道情」と密接な関係にある。伝統劇目は二百余種、例えば「薬王巻」・「無量成聖」・「洞賓戯白牡丹」・「沉香劈華山」・「二郎桃山救母」・「八仙過海」・「九蓮灯」などがある。その中には、宝巻と共通する演目も見て取れる。(26)

⑦関中道情

陝西省乾県・礼泉・興平・武功・周至及び戸県一帯で行なわれる。東路調（「新調」）と西路調（「老調」）の区分があり、前者は黄河両岸に広まり、後者は陝北・内蒙古で行なわれ、「北方道情」（陝北道情）となった。劇目はおよそ二百余種で、いずれも老芸人が口伝で伝授し、抄本は少ない。その作品には、「張良帰山」・「荘子度伯簡」・「藍関雪」「三度文公」などがある。(27)

⑧安康道情

陝西省安康地区、白河・漢中・巴山・川北・西安から渭河以北の地区に及ぶ範囲で行なわれる。一説には、明末に起こり、商洛を経由して当地に入ったと言われる。唱腔は、関中「碗碗腔」と漢江上流の民間音楽を吸収して形成された。(28)

⑨陝北碗碗腔

陝西省綏徳・米脂一帯で行なわれ、清代中期に起こったと言う。綏徳県の義和鎮に活動の中心が置かれる。同州梆子と晋劇の音楽的影響を受けている。伝統劇目は、すべて文武兼備の神話戯が主流で、『西遊記』・『封神演義』に取材した連台本戯は、皮影戯独特の風格が窺える。(29)

⑩安康越調

陝西省安康・旬陽などで行なわれ、当地の人々は「月調」とも呼ぶ。光緒二十年頃、河南越調大戯班の芸人蘭青子・二架子・李老八など十数人が、洵陽（旬陽）の石仏寺一帯で人間による演劇をして流していたが、一年後、その芸人たちの幾人かが当地に留まり、「八歩景」芸人の江文成及び「八岔戯」・「道情戯」の芸人と一緒になって皮影戯を演出し、ついに融合して「安康越調」という一派を形成するに到った。伝統劇目は約五百余、そのうち二百八十余本が整理されている。「九渡林英」・「胡子焼火」・「推豆腐」・「劉青全打壺」など、歴史故事が多い。(30)

⑪影子腔

甘粛省隴南山区の西和・礼県・武山・徽県及び武都一帯で行なわれ、「灯調」とも称される。音調は「正調」・「梅花調」・「老東調」に分かれる。劇目には、「風雲駒」や「紅羅衫」といった独自のものもあるが、多くは秦腔の劇目と同じであると言われる。(31)

D　河南省・桐柏皮影

河南省では皮影戯について唯一、桐柏のものが報告されている。桐柏の影絵については『中国戯曲志・河南巻』の資料として、李衛東氏が詳しい研究(32)を内部公表しているので、以下にその要点を掲げて様相を示したい。

桐柏皮影は豫南皮影戯の西路派に属すが、その美術・唱腔・打楽器などは独特の風格を持つ。その起源は、南宋にあるといわれる。桐柏皮影戯は、康熙年間に到って、百二十担になり、民国初年でなお六十余担箱を維持していたが、一九七〇年代中期になると、わずか一担残箱を残すのみなった。近年、再び六担箱、すなわち月河閔庄の沈華州班、月河彭坎の唐興運班、呉城下刺園の岳秀良班、呉城岳畈の彭大懐班、固県羅冲の鄧永良班、新集大蘇庄の劉道平班、に回復した。

桐柏皮影戯の体制は、一班五～六人で、一担箱、一個の棚、一つの影窓（俗に帳子）及び照明透影用の灯具（初めは大油灯、民国年間～一九七〇年代はガス灯、現在では条件次第で電灯）から成る。別に打楽器や管楽がある。演出人員は分担制で、掌簽が一人、鼓板が一人、大鑼が一人、小釵（挑箱を兼ねる）が一人、大笛（嗩吶）が二人、挑箱の人以外、その他五人はいずれも掌簽・演唱・伴奏の多方面に携わる。

演出の影棚は、高棚と低棚の二種に分ける。高棚は両輛の井起した牛車上にかけ、低棚は地に就けて囲こむ。下には、黒灰布（光を透さない）でさえぎり、上に影窓を建てる。影窓の横幅約二m、縦幅約一m、長方形を呈す。影窓は白糸による織布をぴんと張る。灯火は掌簽者と影窓の中間に置かれる。灯光を利用するのは、皮で出来た人物の影子を照出するためであり、一種の剪影効果を造り出すことによって、観衆の視覚に訴えるわけである。掌簽者の両手は、生々と皮影（俗に求片子とか影子という）人物上の三本の細い棒をあやつり、その動作や挙止を、掌簽の領唱や楽子の接腔、嗩吶の伴奏、叙述の情節と同じくし、いわゆる皮影戯の表演を完成させるのである。

桐柏皮影の製作工程は精細で色あざやかなものであるため、演出の時、紅・藍（?）・澄と透り雕の効果を堪能できる。製作には成牛の黄皮を用い、きれいになめし、日に干して平らにした後、各種大小の男女像を、伝統的古装（現代風のものもある）に則って形像を描絵し、その形が出来た後に色彩を施し、再び清漆をぬって完成させる。

桐柏皮影の製作には特徴があり、他地方とは次の三点などから異なる。

①人形の丈高は一尺三寸（他所は一尺七、八寸の丈高）で、人体の立七坐五盤三半の比例に符合させ、人物像の質実壮健さを誇示する。

②絵画綫条は、古拙粗獷である。

③装飾図案には、山区民間芸術の濃厚な意趣がある。

桐柏皮影戯の音楽は、唱腔と打楽器・管楽（哨吶器）の三部分より成る。唱腔を芸人たちは「西路調」、或は「風流調」と言うが、当地山区の小調である。ただし、最初の二句は、いずれも二簧腔に近い。「桐柏皮影調」とも言うべき唱腔は、生・旦・浄・丑の四つの役柄の唱腔に分かれ、個々の役柄にあっては、他の劇種のようにたくみで繊細というわけではない。ただ、旦の役者においては、老旦の唱腔を分派させている。その他の旦役や生役では、均しく同じ腔調を用いて歌っている。ただ、劇中の各種の人物生活の求めに応じて、演唱につく者（掌簽）は演唱中において、自ら「真腔」・「仮腔」・「虎腔」及び「口農」・「口恩」と言った拖腔（曲調の延び）や音量の制御による高低を用いつつ、スピードを調節して表現上の区別を加えている。老生・文生・武生はすべて一律の生角調をなし、花臉・黒臉・白臉もすべて一律の浄行調で行なわれる。演員の演唱以外、楽隊の人員は接腔と異なる打楽器を打って、チャルメラ（哨吶）の音量の大小を加減しつつ、場の雰囲気をひきたたせる。もちろん、演員・楽手も多少の花腔を加えるが、桐柏皮影では総じてただ五種の唱調があるのみである。

桐柏皮影戯の唱詞は、伝統劇目以外は、多く臨機応変の「活口」詞である。その韵律平仄は、圧韵合轍で「翹腿別韵」をきらい、それゆえ、韻轍（韻を踏むこと）の学習は、皮影戯演員が演戯を学び始める際の重要な部分となる。

道白（せりふ）については、桐柏皮影戯は、完全に桐柏山区の郷土方言を用い、廃詞のない「口白」を必要とする。別の一種は、掌簽者と楽員とが対話するもので、「対白」という。さらにもう一種、令子句の「板白」がある。いかなる道白も、最後の一句・末尾一字にまで拖韵を加え、唱腔が滑らかに続くようにする。このように、道白と唱腔とは密接な連係を持ち、劇情が一貫したものに仕向けられて断絶感や頓挫感がないようにし、のびやかに、またひきしめたりして、演員と楽員の相乗効果をもたらすようにしている。

本県皮影戯の唱詞は、平仄韵轍により、演員には比較的深い教養を求められた。従って、早期の演員には文人雅士が少なからずいる。例えば、清末の丁秀文（毛集郷の人）、羅栓（羅徳新、月河郷晏庄の人）、或は、民国から人民共和国初期にかけての王得山・沈得榮などは、比較的名前の通った皮影演員であった。

彼らは秀才出身、或は、教師から転向した者であり、比較的教養ある人物であったので、各種の賛口・平仄・韵轍を熟知していた。そのため、各種の演義小説や劇本を午前に見て、午後には皮影戯の人物頭を描いて製作し、晩になればすぐさま演出した。これには、強力な記憶力と即興的演出力が要求され、それゆえ大衆のうけも良かった。

皮影戯の劇目はかなり多かったが、あるものは滅びてしまい、現在でも残って演出されている劇目は、

①楊家将　②狄青伝　③五虎平西　④界牌関　⑤大郎招親楊九郎下山　⑥隋唐演義　⑦雌雄剣　⑧薛剛反唐　⑨説唐伝　⑩取洛陽　⑪全家福　⑫樊梨花征西　⑬龍鳳花　⑭双宝剣　⑮通神関　⑯三仙斗　⑰七俠五義　⑱小五義　⑲大八義　⑳解軍衣　㉑七子十三僧　㉒包公案　㉓西遊記　㉔彭公案　㉕劉公案　㉖施公案

など、六十余りの劇目である。

皮影戯は一種独特な表演芸術である。そのため、皮影といううすっぺらなものでも、人物の身分を区別するために、それ相応の服飾を製作する必要がある。一体の皮影人形には、帽子・頭像・上半身・下半身・上肢などの各片が必要で、場合によっては重ね合わせて使用することもある。影戯人形は男女両種に分かれ、男の人形は文武二方に分かれる。「頭盔」・「服飾」には、鴨囲巾・状元紗・勒子・小生巾・大甲・衣よろい・蟒などがある。女の人形も文武に分かれ、服装には宮装・帔・衣・よろいなどがある。この他、道具類には、テーブル・いす、宮殿・車・轎・馬・刀槍などがある。

桐柏皮影の演出活動は、毎年、三季に分けられる。旧暦正月初四日から四月初八日までが第一季、六月六日から七月十五日までが第二季、八月十五日から臘月（十二月）二十日までが第三季である。その活動の性格は、半職業的と

言える。

E　上海市・西洋影絵

中国近代に租界都市として特異な成長を遂げた上海には、当地の地方劇、滬劇のみならず、中国各地の地方劇も参集していた。しかも、中国の演劇のみならず、欧米流のオペラ座まであった。そのような情況のもと、影絵芝居、それもヨーロッパのそれも上演されていた。清末期、上海で行なわれていた演劇に関しては、『上海繁昌記』巻二「外国影戯・西洋写絵」に詳しい情報を留め、次のように記される。

西人影戯。台前張白布大幔一、以水湿之。中蔵燈匣、匣面置洋画。更番叠換、光射布上。則山水樹木、楼閣人物、鳥獣虫魚、光怪陸離、諸状畢現。其最動目者、為洋房被火、帆船遇風。被火者、初則星々、継而大熾、終至燎原、錯落離奇、不可思議。遇風者、但覚颱颶撼地、波濤掀天、浪湧船顚。駭人心目、他如泰西各国争戦事、及諸名勝。均有図画、恍疑身歴其境。頗有可観。

灯光が映し出すヨーロッパの風物、或は、炎に包まれる洋館、大風と波浪にほんろうされる帆船などが、中国にはない影絵の世界を現出して、新奇なものが好きな上海人を驚かしたと言う。

F　華南方面：福建・広東及び台湾

福建は、泉州傀儡劇団の活動でも知られる土地であるが、福建の地方劇の調査に際しては、皮影戯と巡り合うことがなかった。広東を訪れた時にも、同じ状況であった。台湾では、皮影戯のほか、木偶戯も盛んであり、専業の業種にもなっている。また、専門研究書も出されている。そのため、以下では、簡便な記述に留める。

①龍渓紙影戯

福建省龍渓地区で行なわれるもので、明代にはすでにあったと言われる。その劇目内容は、明清伝奇と同じものはない、と言われる。(33)

②潮州影戯

広東省汕頭地区や梅県地区の豊順県、福建省詔安・雲霄・平和・東山県などで盛行し、香港や台湾でも上演されている。宋末に潮州へ伝入したと言い伝えられ、清代に最盛期を迎えた。(34)

③台湾皮影戯

台湾の皮影戯については、研究史で若干その概要を紹介した。また、今日でも盛んに行われていて、影戯班や芸人も多く存在する。そのためもあって全貌はまとめきれないので、将来の課題とし、ここでは省略する。(35)

以上、一九九〇年の段階で把握し得る各地の皮影戯の情況について、ほぼ中国側研究者の成果を要約まとめたような形で紹介した。湖北・湖南・浙江・江西など各省の皮影戯の情況については、その当時は知る材料がなかったので、本章では言及出来なかった。可能であれば、依拠した様々な研究や紹介を参考にしつつ、実地調査を通して、自分の眼で確かめ自分の言葉で報告したいと思う。最後に、日本の影絵人形劇などの新たな知見を加えて、本章の結びといたしたい。

G　日本の影絵、人形芝居、切り絵など

江戸時代、日本でも影絵は、書籍となって人々の生活に織り込まれていた。江戸時代の影絵は、酒席の座興としてもてはやされ、享保十年には『珎術さんげ袋』が出されている。山本慶一氏は『江戸の影絵遊び』で、江戸中期当時の影絵は大人を対象としていて、まだ子供の遊びではなかったとし、鈴木春信の浮世絵「子供影絵遊び」からは子供にも影絵あそびが拡がっていたと推定する。(36) 春信の浮世絵には、富商の子弟、もしくは中上級の武家の子供が影絵の手法で遊ぶ姿が描かれ、当時の影絵と生活の一端がわかるが、さすがに童蒙教育についてはそれよりは窺うことはできない。江戸の後期は、遊芸と遊びが盛んになった時代と言われる。影絵もその中に含まれ、多くの書籍にまとめられた。また、それが介在となって身分を越えた交流が生まれ、日常生活に特異な場を提供した。大人の遊興は、子供たちの活動にも取り込まれ、生産活動に参画しつつ、子供なりの遊びとして享受された。山本氏は、十三章「江戸から明治へ」で「おもちゃ絵」『志ん板指のかげゑ』を挙げ、明治十年ごろには『手影の図』の序文に見られるような、幼児教育との関わり合いについて触れている。(37) 想像を働かせれば、それらの影絵を含む遊びは、一種の体験的教養教育の役割を果たしたのではないか。

日本での影絵人形については、小沢愛圀氏が山本氏に先立って、江戸時代の人形芝居に関連する「うつしゑ」という言葉で紹介するが、傀儡戯・人形芝居の詳しい説明とは対照的に簡略な内容に止まる。(38) 影絵人形については、現代の教育や活動に関連した研究、実践活動報告などが多くある。そのため、筆者の力量不足で、すべて拾い上げることはできない。その中で、個人的な関心事から、いくつかの例を挙げてみたい。

その一つは、藤城清治氏の影絵である。影絵作家というのは適切ではないかもしれないが、藤城清治氏はその作風で人々を魅了し、人形芝居の影絵人形の作家という面で注目したい。

⑫邱永漢氏作・藤城清治氏影絵『西遊記』(1)

⑬邱永漢氏作・藤城清治氏影絵『西遊記』(8)

藤城氏は、影絵研究の中で、ジャワ、中国・台湾、トルコ、ヨーロッパ、インド、タイ、マレーシア、そして日本の影絵劇の概要を紹介した。影絵劇の創造では、その創作を通して、影絵劇や人形が織りなす活動が、子供教育にも応用できるヒントを提示している。それは、影絵人形劇が物語の理解のほか、人形制作を通して、工作の教育、色彩感の享受、異文化の文化交流に貢献するという可能性が教育上の利点になると指摘している[39]。また、藤城氏の着色を施された影絵人形は、中国の皮影戯人形に優るとも劣らない豊かな色彩が添えられ、それを用いた『風の又三郎』、『赤ずきん』なども上演されている。

藤城清治氏は、『西遊記』も影人形芝居の題材として取り上げているが、一方で、その影絵を挿し絵として提供もする。邱永漢氏の『西遊記』[40]は、原典をもとに邱永漢氏が改作した作品で、明清時代の原典『西遊記』にはない新たな面白みがある。挿し絵として随所に挿入された『西遊記』登場人物の影絵人形は、本の白いページを白地の幕に見立て、その上に切り抜かれた人形の黒色シルエットを載せたもので、あたかもセリフ付きの影絵人形芝居の台本という態をなしている。

影絵人形芝居は、子供たちに、文学や歴史、社会規範を学ぶ機会を提供している。影絵を通して、日本や外国の名作を視覚から摂取できることは、教育上の優点と言える。日本に限らず、影絵人形芝居は、人形劇とともに、まだ社会的体験が乏しい幼児、子供にとって、視覚、聴覚から社会の有様、人間の感情の機微に接することができる良い機会であろうと思われる。影絵人形劇、そして傀儡人形劇の効用は、生育環境で、想像力の育成の動機づけになるであろう。

影絵とはやや異なるが、滝平二郎氏の切り絵も、影絵とほぼ同じ態をしている。滝平氏は魯迅の版画を学び、版画に創作の世界を求め、労働者のたくましい姿を彫り出した。やがて、画風の異なる切り絵に一大境地を開いた。滝平氏の切り絵には、大衆の日常生活を重視する版画活動の精神が流れるが皮影戯人形の影響もあったようにも見え、独自の画風と色彩感には、「日本版灤州影戯」とも言える姿を見ることができる。

滝平二郎氏の切り絵は、日本の四季の移ろいと、少女少年を主役とした日常生活が織り込まれ、その姿を通して、年配の人に郷愁を呼び起こしているように見えるし、社会の変遷と自己の人生をふり返る一種のリカレント教育の役割を果たしているかのようにも見える。切り絵一面には、見る側の人それぞれが持つ人生の生きざまが、まるで台本のように心の中に浮かび上がる。光と影、これが影絵人形の世界であるが、まぶしくはかない、ほのかな明かりの中に繰り出す世界は、観る者が自己をそれに投影する機会を与える。日本の影絵人形芝居の研究も、かつての大衆に目を向けた民芸運動と軌を一にするがごとく行なわれたが、滝平二郎氏の作風もその流れをくむ感もあり、民芸作家としての活動とも言えよう。

最後に、日本での皮影戯資料について、早稲田大学坪内博士記念演劇博物館所蔵の皮影戯人形並びに人形劇の戯台が現存することを指摘してしめくくりたい。戯台は、かつて博物館の階段に常設されて展示され、台湾の校友会の寄贈と記されていたように記憶している。皮影戯人形も資料として撮影を許可されたことがある。多くの紹介書では見られない影戯人形であった。その中には、『西遊記』関連の影人も含まれている。演劇博物館には、文楽人形などとともに、中国影絵人形や木偶戯などもあり、中国人形劇関連資料を見ることができる研究施設と言える。

（追補） 中国影絵人形劇・傀儡人形劇研究のその後

本文で紹介した江玉祥氏の『中国影戯』（四川人民出版社、一九九一）を見ることが出来た。「成都大灯影」の人形譜、『成都通覧』の「燈影戯」の実演図などが収められるように、四川皮影を中心とした専著であるが、筆者の言及がない四川方面の皮影戯についての資料豊富な研究専著として注目される。同書の「中国影戯分布図」には、「四川」・「湖北」・「湖南」・「遼寧」の皮影戯分布地区の記載が詳しい。小稿の分布図と併せ見ると、全土の様相がより詳しく知られる。この他、皮影戯の影絵人形を美術作品として位置づける書籍も出版された。『中国美術全集』12「工芸編玩具・剪紙・影絵」がそれで、全集は陶磁器から始まり青銅器、染織刺繡、漆器などの正当な美術品を収めるが、その最後を飾るのが本書工芸編である。各地の皮影戯の人形がカラーで紹介されるとともに、その劇情にも言及がなされる。残念ながら、影戯詞までには及ばないため、現代の視点で影絵人形からの説明という印象を受ける。この他、王海霞氏主編・関紅氏編著・岡田陽一氏訳の『中国無形文化遺産の美　皮影かげえ　伝統芸術影絵の世界』（科学出版社東京株式会社、二〇一七）は、皮影戯全般にわたる内容で、カラー版影絵人形の挿し絵とともに、各地の皮影戯を知る入門書の役割も果たす好著といえよう。また、楊宙謀氏編『湖湘木偶与皮影』（湖南美術出版社、二〇一一）は、湖南省の皮影戯と影絵人形に詳しい。

なお、『中国民間小戯』（浙江教育出版社、一九八九）に「十　民間皮影戯」という章があるが、これは概略にすぎない。

筆者が影絵人形芝居の紹介の初稿を出して以後、中国及び日本、台湾では、さまざまの皮影戯研究書、紹介書が出され、多くの人の目に触れる芸術文化の一つとして位置づけられるようになった。しかも、カラー印刷によって、皮影戯人形の姿が鮮やかな状態で伝えられるようになったことから、この芸能がより広く知られることになると思われる。

小沢愛圀氏、藤城清治氏ら以来、日本でも中国影絵研究が進展していたことは既に触れた。現在、影戯詞の研究で活発な研究活動は慶応大学の研究者によって行なわれている。早稲田大学の演劇博物館は、演劇研究の中心的機関であるが、また早稲田大学に所属する研究者も影戯詞と呼ばれる台本研究方面で、慶応大学の研究者とともに、資料調査に基づく成果を多く発表している。これは、皮影戯、つまり中国影絵人形劇の研究が進展していることを示す[41]。

（4）影絵人形劇の研究を目指して――その必要性と目標

中国影絵研究の今後として、次の事項を取り込む必要があると考える。

A　皮影戯の劇目及び地域性との関係について調査蒐集と研究。これは、地域研究や地域文化研究の一端を担う。

B　影詞の文学的特徴について、同じ題材を共有する他の形態の劇本と比較検討して抽出する。これは、文学研究と関係する。

C　児童教育として皮影戯が果たして来た役割を、中国の幼児初等教育史の上から捉える。教育という観点で、影絵を扱う学校や実践グループなどが既に多くの報告及び活動を展開し、今日ではインターネットからもその活動

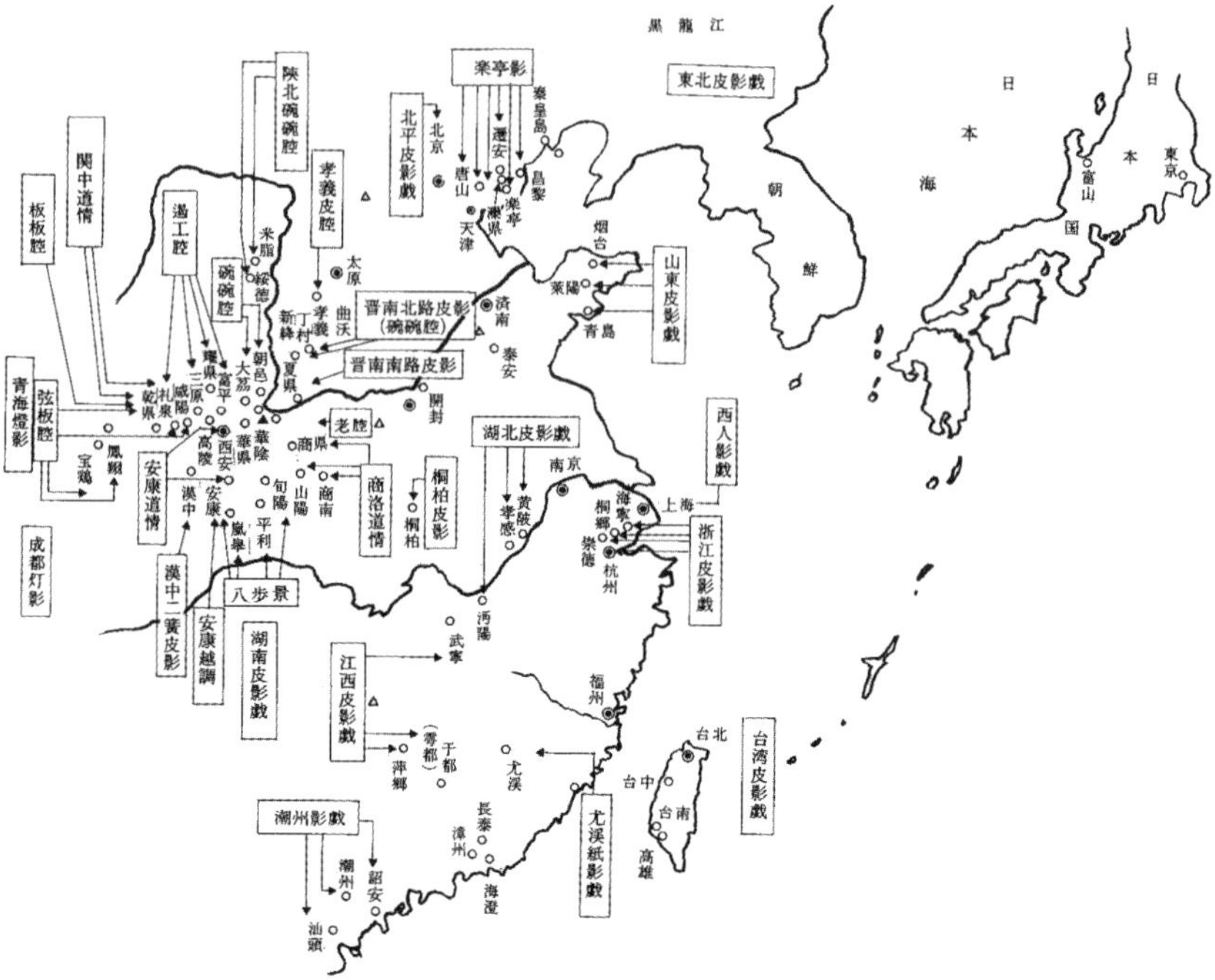

⑭中国・台湾皮影戯分布図

状況を知ることが出来る。教育実践を通して、すぐにも社会的に役立つことになろう。

D　各地の影絵人形を網羅的に蒐集し、影人譜の作成を行ない、その造型の特徴、地域性を工芸上の観点から把握する。

E　木偶戯と皮影戯の関係について、地域ごとに検討し、演劇史に位置づける。中国演劇史の研究として取り組むジャンルであろう(42)。

筆者は、かつて、Bについて、東京大学東洋文化研究所蔵の『瓊林宴』をめぐって皮影戯の影戯詞と演劇台本を対比検討すると同時に、若干の影絵人形芝居の影詞を入手し、Cについては、清末民国期の中国の小学校・中学校の教科書数百点を収集し、近代中国における初等教育に果たす皮影戯の役割に関する研究の準備を行なった。このような研究準備のもとに、新体制下での教育課程で何が重視されて教育がなされたか、といった点を皮影戯の劇目や作品内容とを照合し、それより皮影戯の教育史的役割及び童蒙教育との関係に踏み込んで検討する作業に着手すべきであるが、二〇二〇年現在、残念ながらわずかに着手したに過ぎない。

〔附記〕本研究は、佐藤玩具文化財団第六回（平成三年度）奨励金交付による研究課題「中国影絵人形芝居と童蒙教育についての研究」の成果の一部である。研究の機会を与えて下さった佐藤玩具文化財団に感謝の意を表わすとともに、小稿では目標達成までには到らなかった点についておわびを申し上げたい。また、当時復旦大学中文系の教授であった李平氏には、資料入手で大変にお世話になった。

注

（1）中国地方劇関連の報告書は、本章のもとになった論文発表以前に、二度にわたって公表している。磯部彰編著『中国地方劇初探』（多賀出版、一九九二）など。
（2）一九八九年当時のこと
（3）『木偶提線　火炎山』（中国電視服務公司）
（4）田中謙二氏「旧支那に於ける児童の学塾生活」（『田中謙二著作集』第二巻再録、汲古書院、二〇〇〇）
（5）原題「灤州影戯」（『文学』第二巻六号、一九三四）
（6）『滄州集』（中華書局、一九六五）上冊所収。
（7）『滄州集』上冊所収。
（8）『斉如山全集』（台湾・聯経出版事業公司版、一九七九）
（9）『斉如山全集』第七冊所収。
（10）平凡社から東洋文庫版（一九六四）及びカラー大型版（一九八六）の二種が出されている。

(11)『長沢規矩也著作集』(汲古書院、一九八五)第五巻再収。
(12)除村一学氏編『支那文化談叢』(名取書店、一九二二)所収。
(13)『中国の庶民文芸――歌謡(うた)・説唱(かたりもの)・演劇(しばい)』(東方書店、一九八六)。
(14)上海文化出版社、一九五八。
(15)台北・民俗曲藝雑誌社刊、一九八〇年十一月改刊第一期発行。
(16)『民俗(画刊)』一九八九年九期所収。行楽賢氏「河東木偶・皮影探源尋流記」(『河東戯曲文物研究』中国戯劇出版社、一九九二)には、河東地区(今日の山西省運城・臨汾)木偶戯と影絵芝居の図を伴う紹介がある。
(17)晋南がその故事の源流である『西廂記』に題材を採った皮影戯『西廂記』の影戯詞も伝わる(王澤慶氏「抄本皮影戯『西廂記』浅析」、『河東戯曲文物研究』中国戯劇出版社、一九九二)。
(18)原題「金斗山潤蔵古花――孝義皮腔概述」『山西戯曲劇種』(刊年・出版人未詳)所収。
(19)『中国戯曲曲藝詞典』(上海辞書出版社、一九八一)「戯曲声腔・劇種」一二三四頁に拠る。
(20)漢声雑誌社、一九九二年八月、「陝西東路華県皮影(特刊)」では「1 弦板腔皮影戯、2 阿宮腔皮影戯、3 碗碗腔皮影戯、4 老腔皮影戯、5 陝北碗碗腔、6 道情皮影戯、7 燈盞頭碗碗腔」が紹介される。拙稿初稿作成時期に出版されたので、当時参照できなかったため、今回補足したが、皮影戯研究には欠かせない内容なので、ぜひとも参照されることを望みたい。
(21)『中国戯曲曲藝詞典』一二三四頁。
(22)『中国戯曲曲藝詞典』一二三四頁。
(23)『中国戯曲曲藝詞典』一二三四頁。
(24)『中国戯曲曲藝詞典』一二三四頁。
(25)『中国戯曲曲藝詞典』一二三五頁。
(26)『中国戯曲曲藝詞典』一二三五頁。
(27)『中国戯曲曲藝詞典』一二三五～一二三六頁。

(28)『中国戯曲曲藝詞典』一二三六頁。
(29)『中国戯曲曲藝詞典』一二三六頁。
(30)『中国戯曲曲藝詞典』一二三六頁。
(31)李漢飛氏『中国戯曲劇種手冊』（中国戯劇出版社、一九八七）「陝西省」一二二一〜一二二三頁参照。
(32)李衛東氏「桐柏皮影」（『河南戯曲史志査料輯叢』第十一冊）に拠る。なお、『河南戯曲史志資料輯叢』第十一冊には、小半夜の芸名をもつ皮影戯の芸人、沈華州氏の紹介文（「皮影藝人沈華州簡介」）が収録されている。
(33)『中国戯曲曲藝詞典』一二三七頁。
(34)『中国戯曲曲藝詞典』一二三七頁。
(35)『合興皮影戯団発展紀要・曁図録研究影音ＤＶＤ』（高雄県政府文化局、二〇〇七）。
(36)山本慶一氏『江戸の影絵遊び』（草思社、一九八八）一九〜二一頁。
(37)山本氏注36一五二〜一六二頁。
(38)小沢愛圀氏『世界各国の人形劇』（慶応出版社、一九四三）「日本内地」。
(39)藤城清治氏『藤城清治影絵劇の世界』（東京書籍株式会社、一九八六）。
(40)邱永漢氏著・藤城清治氏影絵『西遊記・実力狂時代の巻』〜『西遊記・ああ世も末の巻』全八巻（中央公論社、一九五九〜一九六三）。
(41)その一例を以下に掲げる。山下一夫氏「台湾南部における影絵人形劇の上演について――中元節を中心に」（『中国都市芸能研究』第十六輯、好文出版、二〇一八年二月）、山下一夫氏「台湾皮影戯『白鶯歌』と明伝奇『鸚鵡記』」（『中国都市芸能研究』第十五輯、二〇一七年三月）、氷上正・二階堂善弘・太田出・平林宣和・千田大介・山下一夫・佐藤仁史・戸部健各氏編『中国皮影戯調査記録集――皖南・遼西篇』（好文出版、二〇一四年三月）、千田大介氏「北京西派皮影戯錫慶班考　兼論京冀影戯之演變」（『地方戯曲和皮影戯――日本學者華人戯曲曲藝論文集』、博揚文化、二〇一八年八月）、千田大介氏「近現代中華圏の伝統芸能と地域社会：台湾の皮影戯・京劇・説唱を中心に」（科学研究費補助金研究成果報告書二〇一八年）、山

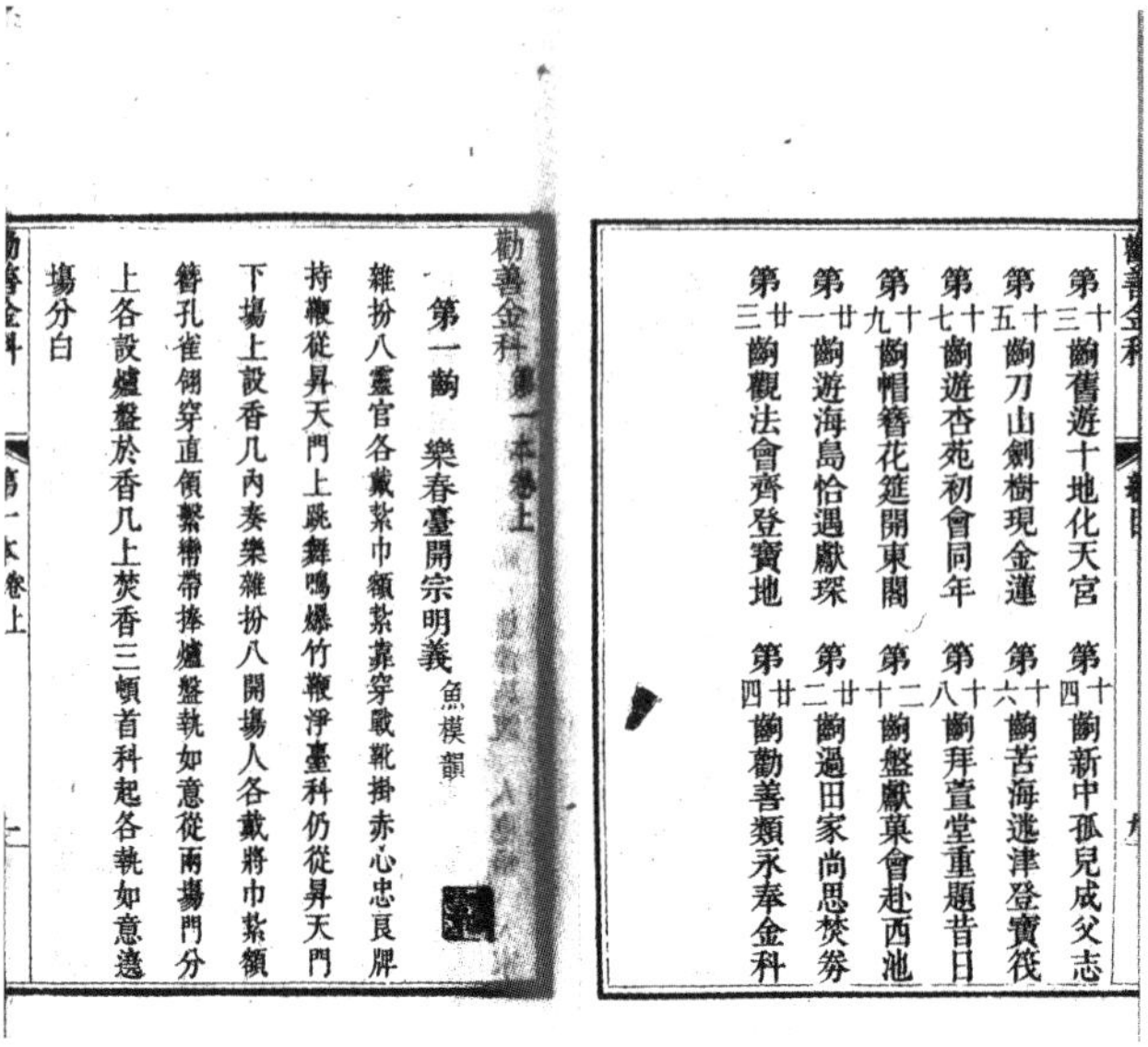

勸善金科

第十三齣 舊遊十地化天宮　第十四齣 新中孤兒成父志
第十五齣 刀山劍樹現金蓮　第十六齣 苦海迷津登寶筏
第十七齣 遊杏苑初會同年　第十八齣 拜萱堂重題昔日
第十九齣 帽簪花筵開東閣　第二十齣 盤獻菓會赴西池
第廿一齣 遊海島恰遇獻琛　第廿二齣 過田家尚思焚券
第廿三齣 觀法會齊登寶地　第廿四齣 勸善類永奉金科

勸善金科 第一本卷上

第一齣 樂春臺開宗明義 魚模韻

雜扮八靈官各戴紫巾額紫靠穿戰靴掛赤心忠良牌持鞭從昇天門上跳舞鳴爆竹鞭淨臺科仍從昇天門下場上設香几內奏樂雜扮八開場人各戴將巾紫額簪孔雀翎穿直領繫帶捧爐盤執如意從兩場門分上各設爐盤於香几上焚香三頓首科起各執如意邊場分白

⑮古本戲曲叢刊第九集『勸善金科』書影

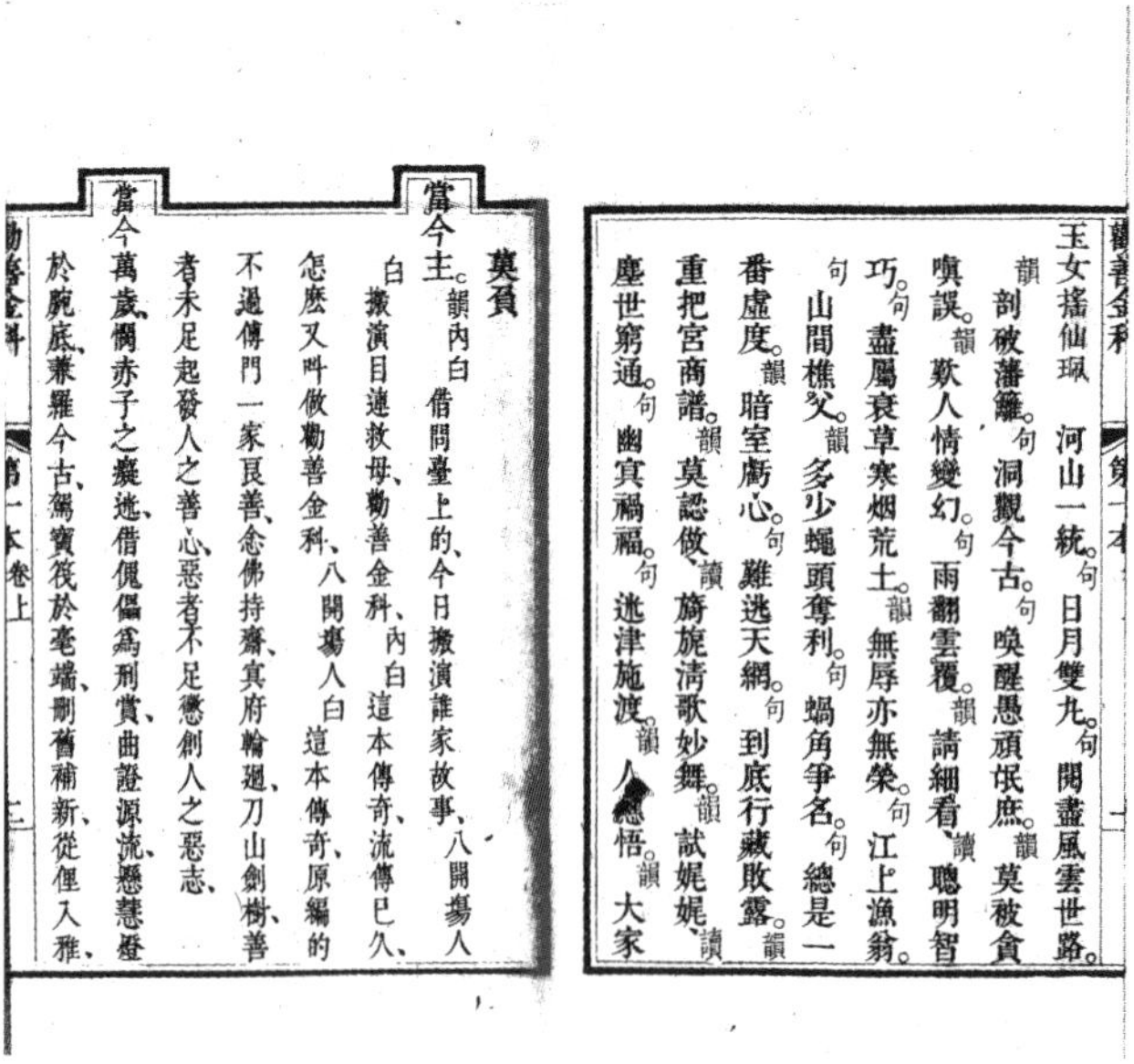

玉女搖仙珮　河山一統。句 日月雙丸。句 閱盡風雲世路。韻 剖破藩籬。句 洞觀今古。句 喚醒愚頑伲庶。韻 莫被貪嗔誤。韻 歎人情變幻。句 雨翻雲覆。韻 請細看、讀 聰明智巧。句 盡屬衰草寒烟荒土。韻 無辱亦無榮。句 江上漁翁。句 山間樵父。韻 多少蠅頭奪利。句 蝸角爭名。句 總是一番虛度。韻 暗室虧心。句 難逃天網。句 到底行藏敗露。韻 重把宮商譜。韻 莫認做、讀 旖旎清歌妙舞。韻 試娓娓、讀 塵世窮通。句 幽冥禍福。句 迷津施渡。韻 人人憬悟。韻 大家

莫負當今主。韻 內白 借問臺上的、今日搬演誰家故事、八開場人白 搬演目連救母勸善金科、內白 這本傳奇流傳已久、怎麼又叫做勸善金科、八開場人白 這本傳奇、原編的不過傳門一家良善、念佛持齋、冥府輪廻、刀山劍樹、善者未足起發人之善心、惡者不足懲創人之惡志、當今萬歲、憫赤子之癡迷、借傀儡爲刑賞、曲證源流、懸慧鐙於腕底、兼羅今古、駕寶筏於毫端、删舊補新、從俚入雅、

⑯古本戲曲叢刊第九集『勸善金科』書影

下一夫氏「冀東皮影戯の「翻書影」について」（以下『中国都市芸能研究』第十輯、二〇一一）・千田大介氏「皖南皮影戯と河南・湖北皮影戯」、山下一夫氏「二〇一一年度新収皮影　影巻目録――郭永山氏旧蔵淩源皮影抄本」
中国都市芸能研究会叢書
『陝西皮影芸術』（楊飛著、好文出版、二〇〇八）、
『近現代中国の芸能と社会　皮影戯・京劇・説唱』（好文出版、二〇一三）、
『中国皮影戯調査記録集　皖南・遼西篇』（好文出版、二〇一四）、
『影戯説』（劉李霖著、好文出版、二〇一四）、

（42）筆者は、かつて、中国福建省の泉州傀儡劇団の『西遊記』を分析したことがある。当時、台本などを入手していなかったので、劇情から内容を推測し、通行の小説『西遊記』と比較した。近年、傀儡人形劇も伝統文化や文化遺産として注目を集めるようになった。
日本では、NHKで傀儡戯「チロリン村とクルミの木」「ひょっこりひょうたん島」「八犬伝」「三国志」が上演され、童蒙教育に大きな影響を与えた。

中国の傀儡人形劇は、宋代にまでさかのぼる歴史ある文化芸術である。最近では、地域文化の象徴として扱い、例えば、湖南省の例では、湖湘木偶が湖湘皮影戯とともに専著（『湖湘木偶与皮影』）の形で紹介される。そこでは、湖南省各地の木偶偶、皮影戯の分布状況も示され、地域に根付いているさまが読み取れる。

（43）皮影戯の分布については、註に掲げた研究を参考するとともに、『民俗曲藝』第十一期（一九八一）に掲載された「中国各地方劇種分布表」の〈皮影戯〉項も参照させていただいた。

（拙論初出、『富山大学人文学部紀要』第十九号、一九九三）

（二）日本における古本戯曲叢刊の利用——第九集の利用を中心に

（1）古本戯曲叢刊の所蔵について

古本戯曲叢刊は、中国古典戯曲研究の根本資料であり、最も完備した戯曲テキストの影印本である。一九五三年から、古本戯曲叢刊委員会の下で、商務印書館で初集を印刷したのを皮切りに、二集、三集、四集、九集、そして中断を経て五集が刊行された。これら資料が日本でどのように利用されて来たか、という視点でいささか以下で触れてみたい。

日本では、『アジア歴史事典』（平凡社、一九六〇年三月初版）において、伝田彰氏による事項紹介「こほんぎきょくそうかん　古本戯曲叢刊」でその一端が紹介された。その記載では編集の経緯、第五集以下が将来刊行されること、第四集が少部数販売された一方、他は非売品のため入手困難であること、初集以下が京都大学や東京大学など、三か所の大学に贈られたと記される。そして、初集、二集、三集、四集までの四八四冊に収められた六七六種の作品名、作者、版元名などが紹介されている。当時、原本はもちろん、古本戯曲叢刊（以下、略して叢刊）を眼にすることが困難な研究者にとって伝田氏の紹介は、得難い目録の役割を果たしていたと思われる。実際、叢刊を所蔵していたのは、寡聞ながら、初集以下全ては京都大学人文科学研究所と東京大学のみと思われる。伝田氏は、当時、東京大学出身の若手研究者として『西廂記』に関心を抱いていたから、本書の価値を十分知っており、紹介文を書くにふさわしい人物であった。今日、古本戯曲叢刊の所蔵機関としては、市販された第五集を除けば、二集、四集、九集を東北大学附属図書館、四集を早稲田大学図書館、東洋文庫、国会図書館がそれぞれ所蔵している。一九八〇年以後、筆者自身は個人として第九集を入手したが、マレーシアから出たものであるという。その後、筆者は、初集及び九集を入手し、富山大学附属図書館に納入した。日本の東方書店の古書販売に由るもので、後日、初集が再び古書として市場に出、金沢大学がそれを購入したと聞く。

このように、叢刊初集から四集までは影印本ながら稀覯本に近く、日本では民国以前の漢籍同様の扱いをされていたため、かつては日常的に利用することは容易でない状態が続いた。

（2）古本戯曲叢刊初集から四集までの利用

日本では、中国古典戯曲の研究は、主に、京都大学の研究者を中心に進められてきた。一九六〇年頃まではその研究者の数は、他のジャンルと比べると相対的に少なかったが、発表された研究成果は非常に重厚であった。当時の代表的研究者を挙げれば、青木正児氏を筆頭に、吉川幸次郎氏、田中謙二氏の名が挙げられる。

青木正児氏の名著『支那近世戯曲史』（弘文堂書房、一九三〇）は、叢刊出版以前に出された研究書である。叢刊の編集には、王国維以来の中国戯曲研究者の意向があることから考えると、直接的ではないにしろ、その発刊には青木氏の研究の影響も十分あったと考えるべきであろう。

以下に寡聞に基づいて、古本戯曲叢刊に言及、もしくはそれを利用した研究について、年代順に研究者に焦点を当てて紹介する。ただし、まとめて紹介すること、或は、研究成果の初出の年代をとらない場合もあるため、多少の順序不同、調査の及ばぬ研究者の方々がある点を前もってお断りしたい。

①岩城秀夫氏『中国戯曲演劇研究』（創文社、一九七三）

岩城秀夫氏の戯曲演劇研究は、青木正児氏の研究の流れをくみ、とりわけ湯顕祖をめぐる研究で名高い。

岩城氏は本書第一部「湯顕祖研究」において、「玉茗堂四夢」の検討をする中、『還魂記』研究で叢刊初集の『焚香記』の総評を引き、それが『還魂記』と共通する技法のある作品と見た。戯曲理論を巡る研究では、叢刊初集・二集・三集に収録される作品類に注目し、沈璟等の主張を証明する資料としてそれらの作品を引用する。とりわけ、湯顕祖と相反する立場にあった沈璟が、湯顕祖の影響を受けていた例として、叢刊初集の康熙鈔本『一種情』を取り上げ、『還魂記』流行を契機に書かれた作品と指摘する。

第二部「宋元明の戯曲演劇に関する諸問題」では、宋元明各時代の戯曲演劇と係わりの深い文人や作品を取り上げる。その中で、「元の裁判劇における特異性」では、明代の戯曲のうち、包拯の話である『桃符記』が叢刊初集に収められることを紹介し、包拯の物語の流布を示す資料としている。「元雑劇の構成に関する基礎概念の再検討」では、元曲のテキストを見る上で、『元曲選』とは別に、叢刊四集に収められる『古名家雑劇』六十五種の雑劇の中で、『女状元』には万暦十六年龍峯徐氏刊という刊記があるなどと指摘し、叢刊四集所収の明本雑劇各種を用いて、『古今雑劇』から『元曲選』に至る過程を示す演劇史料という形で利用する。岩城氏の論証で使われる元刊本『古今雑劇三十種』が、叢刊四集本か京大覆刻本かは明示されないので不明であるが、『西廂記』は弘治刊影印本、或は、京都大学所蔵本など日本所蔵原本類が多く使用されることから、叢刊四集にある最も正確な元刊本雑劇を依拠テキストとしていると思われる。「楔子について」では、叢刊四集の万暦二十六年序『息機子古今雑劇選』から『元曲選』と重複する十九作品を取り上げ、「折や楔子の分け方」はほぼ同じという結論を導き出す。また、同じ叢刊四集の『顧曲斎元人雑劇選』が古い元曲の姿を留めていると見て、楔子に関する注目点を提示する。同じく叢刊四集の『陽春奏』三種と継志斎『元明雑劇』四種を、『元曲選』の折の分け方や楔子の部分の対比資料として用い、差異はあまりないとの見解を示す。そして、元雑劇の構成を考える時、古いテキストに依拠すべきで、『元曲選』はやむを得ず使用するものの、萬暦以降のテキストに拠るべきではないという。「折」をめぐっては、叢刊四集の「趙琦美抄本」について分析が行われ、于小穀本と内府本との相違などが論じられる。ここでは、叢刊四集の元雑劇が研究の対象になっている。「元刊古今雑劇三十種の流伝」では、京大覆刻本に基づき、テキスト原本の流伝、それが李開先の旧蔵本であったことを明らかにする中で、叢刊四集の趙琦美鈔校本『古今雑劇』、『息機子古今雑劇選』、『陽春奏』などが考証の対校資料として利用されている。また、李開先の作品『宝剣記』の紹介では、叢刊初集本が用いられる。「戯曲荊釵記はいかに改作されているか」では、『荊釵記』の諸本を通して、南戯の変遷、そして明初の作品が当時の姿のままではないことが指摘される。その考証過程で、叢刊所収の『屠赤水批評古本荊釵記』、鄭振鐸旧蔵『姑蘇葉氏刊原本王状元荊釵記』が、京大蔵本、内閣文庫本などとともに、版本比較の底本の役割を果たしている。岩城秀夫氏の本格的研究は、叢刊初集刊行直後から開始されること、作家研究に焦点を当てた明代南曲が研究対象であったことから、叢刊所収戯曲の役割は、考証の史料という面が強い。しかし、早くから叢刊の価値に気づき、日本国内にある戯曲原本と併用して先駆的研究を進めていたと言える。叢刊の影印本の特性も十分考慮し、日本国内の戯曲原本と併用する点は、文献学的方面から見ても、叢刊の妥当な扱い方である。なお、本書に収められた岩城氏の初出論文は、一九五七〜一九六二年を中心に発表された。

岩城秀夫氏『中国古典劇の研究』（創文社、一九八六）

本書は、岩城氏の前著『中国戯曲演劇の研究』に続く中国古典戯曲の研究書で、「第一部　古典劇史の研究」「第二部　古典劇の技法と理論にかかわる諸問題」「第三部　劇作家研究」から成る。

その内、第一部第四章「頤和園の三層舞台と清朝宮廷の好劇」の部分は、清朝宮廷演劇全般を扱っているが、演目紹介で古本戯曲叢刊九集にある『勧善金科』などが紹介される。そして、徳和園三層舞台の用法の説明に、古本戯曲叢刊九集『昇平宝筏』戌巻第十四出、『昭代簫韶』第二本第十五出の場面を示し、テキストにあるト書きをもとに、その舞台の仕掛けが紹介される。このほか、第二部第三章で湯顕祖『南柯記』を扱う中で、元曲テキストとして古本戯曲叢刊四集の『古名家雜劇』などが取り上げられ、『元曲選』に到るテキストの流れが、簡略ながらも触れられている。第三部「劇作家研究」では、前著同様に李開先の南戯『宝剣記』が古本戯曲叢刊初集にあると指摘する。沈璟の『紅蕖記』及び『墜釵記』の説明では、そのテキストが古本戯曲叢刊三集・初集に収められるため、研究に際し参照できると指摘する。ちなみに、本書の各論の初出は、一九七八年など、本書の刊行時期と比べるとかなり早い。

②平凡社『中国古典文学大系52　戯曲集』(一九七〇)
中国戯曲の代表作の訳注本である。末尾の田中謙二氏「解説」において、元雜劇のテキストとして、古本戯曲叢刊四集所収の『元刊本雜劇三十種』などのテキストが紹介される。

③『京都大学漢籍善本叢書』の戯曲三種
吉川幸次郎氏「『趙氏孤児記』解説」(『趙氏孤児記』同朋舎、一九七九)
田中謙二氏「『荊釵記』解説」(『荊釵記』同朋舎、一九八一)
金文京氏「『折桂記』解説」(『折桂記』同朋舎、一九八一)

京都大学に所蔵される漢籍から、善本稀覯本とみられるものを選び、『京都大学漢籍善本叢書』の名前で影印本が刊行された。そのうち、戯曲三種の紹介に、対比資料として叢刊本が用いられた。

吉川幸次郎氏「『趙氏孤児記』解説」：京大本富春堂刊『趙氏孤児記』は、叢刊初集所収の世徳堂本とは異なり、版元の富春堂刊の戯曲は、叢刊初集に二十二種、二集に三種が収められていると示す。

田中謙二氏「『荊釵記』解説」：世徳堂本『荊釵記』鈔本は、明治末頃、狩野直喜氏による焼亡した旧阿波国文庫本の忠実な抄本であると紹介し、本論に入る。岩城秀夫氏の研究に拠りつつ、叢刊初集所収の姑蘇葉氏刊本、及び『屠赤水先生批評荊釵記』を用い、テキストを系統化した内容が中心となっている。旧阿波国文庫本の世徳堂本『荊釵記』には、二系統があり、京大本は叢刊初集の葉氏刊本と同じ系統に属し、王十朋が玄妙観で亡き妻の冥福を祈る場面を欠き、夫婦再会は最終場面に到るまで実現しない、と指摘する。とりわけ、「玉蓮投江」では、鄭振鐸旧蔵本（古本戯曲叢刊初集姑蘇葉氏刊本のことらしい）を用いて全面的にテキストを対校し、目次と本文の齣数の相違に言及した上で、京大本世徳堂版鈔本の独自性を示している。京大本世徳堂版鈔本と鄭振鐸旧蔵本との字句対比から、相互の補訂も可能であるという。また、世徳堂という書肆の刊行物の紹介の際に、叢刊初集・二集収録本が資料として利用されている。

金文京氏「『折桂記』解説」：金文京氏は、京大本広慶堂刊『折桂記』を紹介する中で、叢刊二集の文林閣刊本『青袍記』が『折桂記』の題のみを変えた翻刻本であると指摘し、その巻首書影を示す。また、秦淮墨客の紹介では、その署名がある戯曲を、叢刊初集・二集に求め示している。

④太田辰夫氏の戯曲研究

太田辰夫氏は『西遊記』の研究で名高いが、同時に、中国語学史や元雑劇研究、小説の訳業、『紅楼夢』や『児女英雄伝』などの清代及び近代の小説、満洲文学などの多方面でも優れた成果を出し、日本を代表する中国研究者の一人である。

古本戯曲叢刊との関係で記せば、「元刊本『看銭奴』考」（『東方学』第五五号、三三～四八頁、一九七八）では、四集所収の元刊本、及び『脈望館鈔本古今雑劇』本、『元曲選』それぞれを対比し、その相違、曲辞に於いては、単なる上手下手という観点からの改削や増補だけではなく、当時の貧民を搾取した典當などへの批判も窺うことが出来るなど、作品及びテキストの比較から見える社会背景の相違について指摘し、元刊本の優点を示した。その一方で、明本二種は、資本家階級のためのものであるため、楔子を設けたりして物語の構成に優れた点があるが、元刊本の人民的口語色の強い曲は大部分削除される傾向にあったと見る。そして、『元曲選』による元雑劇研究にもたらされた誤りを、叢刊四集の元刊本を用いて正すべきことを指摘した。

「元刊本『老生児』考」（『神戸外大論叢』第二九巻一号、一九七八）：古本戯曲叢刊四集所収の元刊本、及び『古今名劇合選・酹江集』本、或は、『元曲選』本等の明本を対比して、まず現存する上記三系統のテキストの問題点を整理したうえで、元刊本と明本の差異を論じ、元刊本には未熟な点が認められるが社会性や人民性が見られるとし、墓地で行われた演劇などに関する演劇研究上の新資料もそのテキストに認められる。これに対し、明本は人民の立場に立たない作者によって改編されたので、社会性や人民性は希薄である、と指摘する。一方、明本には読本としての優点はあるが、字句においては元刊本の方が優れている、とする。

「元刊本『拝月亭』考」（『神戸外大論叢』第三二巻一号、一九八一）：雑劇『拝月亭』について、元刊本からその内容全体を推定し復元して紹介するとともに、その情節における疑問点を解明する。その際、叢刊初集の世徳堂本『月亭記』、四集の元刊本、脈望館鈔本『汗衫記』『好酒趙元遇上皇』が考証文献として利用される。

「〝等〟考」（同前）：『元刊雑劇三十種』に見える科白に「等」字を冠する十三種の劇について、「等」字の意味を検証する。元刊本と脈望館抄本の対比から、人物の前に置く「等」は主役ではない端役を総称する脚色名と推測する。一方、「等」の後ろに動作を示す語が来るときは、主語であり、端役が何かを言った、或は、行ったものを示す、と証明した。この論考においても、『元曲選』『孤本元明雑劇』と併せて、古本戯曲叢刊四集所収の『元刊雑劇三十種』、脈望館鈔本が考証の底本として用いられる。

「元刊本『調風月』考」（『日本中国学会報』第三五集、一九八三）：関漢卿の雑劇「詐妮調風月」は元刊本のみが残るが、そこで省略された科白を推定することにより、劇情の詳細を明らかにした内容で、作者関漢卿が如何に作家としての力量を備えていたかを明らかにした。銭南揚、趙景深、戴不凡、王季思、徐沁君各氏の先行研究の紹介、それら論文に見える不備を指摘し、金史研究、女真語研究の成果を加えて、主要人物の分析、物語の総体を考証している。これも叢刊本を底本とし、併せて『全元散曲』を参照して行なった研究である。

「雑劇『合同文字』考」（『中文研究集刊』創刊号、一九八八）：『元曲選』を底本として、叢刊四集所収の息機子『古本雑劇選』を参照対比し、戴不凡「現存金人雑劇試訂（初稿）」（『戴不凡戯曲研究論文集』）に拠りつつ、劇の内容分析が行なわれた。先行する『清平山堂話本』、『初刻拍案驚奇』の包拯の物語を参考とし、時に元曲『忍字記』、『礼記』、『紅楼夢』、元『二十四孝詩選』、『醒世恒言』、或は、叢刊初集の『目連救母勧善戯文』も用い、他に元曲『殺狗勧夫』、唐代伝奇「任氏伝」、『金史』、元刊本『拝月亭』が傍証として併用されている。

「『目連救母勧善戯文』所引西遊記考」（『神戸外大論叢』第二六巻一号、一九七五）：太田氏の西遊記研究の一篇を兼ねる研究で、叢刊初集の勧善記を底本に、趙景深、周貽白両氏の研究を参照しつつ、全劇の内容一〇三齣の梗概を示しつつ、目連勧善記の特徴を論じる。同時に、それに引用される「旧本西遊記」の存在に着目し、明刊本『西遊記』以前に存在した「旧本西遊記」による『目連救母勧善戯文』への影響を論じる。そして、その「旧本西遊記」の性格を呈示して、『銷釈真空宝巻』に引用されている旧西遊記関連の内容に近いであろうと結論づける。

⑤『田中謙二博士頌寿記念　中国古典戯曲論集』（汲古書院、一九九一）

本書収録論文には、古本戯曲叢刊を使用した研究をいくつか収める。研究内容も重要で興味深いが、本節の趣旨に鑑みて、叢刊の利用状況のみに触れる。

金文京氏「いわゆる一人独唱から見た元雑劇の特色」では、古本戯曲叢刊四集の元刊本や脈望館鈔校本などが例証に際して、依拠本として用いられる。小松謙氏「内府本系諸本考」では、『元曲選』以外に、四集所収の元刊本雑劇などがテキスト分析に使われる。赤松紀彦氏「『元曲選』がめざしたもの」では、四集所収の元刊本雑劇等が『元曲選』の対比資料として使われる。日下翠氏「元刊本の〈散場〉について」においても、四集の元刊本雑劇が底本に使われるとともに、それに収められる明本各種も利用されている。井上泰山氏「元雑劇の道士と道姑」の論述にも四集の脈望館鈔校本が利用されている。

⑥小松謙氏『中国古典演劇研究』（汲古書院、二〇〇一）

小松謙氏は中国古典小説及び戯曲研究者で、現在、日本の中国文学研究を牽引する一人である。本書「（第二章）元刊本考――祭祀的演目を中心に――」では、元代に刊行されたテキストから、元代における元雑劇の姿を考察する。小松氏は、田仲一成氏が提唱する「英雄鎮魂劇」の考え方を参照しつつ、元刊本雑劇を明代の『元曲選』と対比して、その内容や性格を導き出す際、底本、或は資料として叢刊四集の元刊本各雑劇、或は于小穀本などの明本各劇本を利用する。そして、元刊本には祭祀演劇的性格を帯びた作品が多いのに対して、明本の作品にはそのような性格は乏しい、と指摘する。二つの時代におけるその落差が見られるのは、元刊本中の鎮魂劇が明本ではそのままの形で継承されず、存在しない、もしくは存在していたとしても大幅な改変がされていることによるもの、と指摘する。その背景には、明本は、明朝宮廷演劇のテキストに基づく雑劇であり、宮廷の実演用のために検閲を受けた結果、宗教色よりも娯楽色が強く出たのであろう、と推測する。「明代における元雑劇――読曲用テキスト成立の過程――」では、『元曲選』を含む明代の元雑劇本を分析するが、叢刊四集所収の元刊本や脈望館抄本などが併せてその考察の対象にされる。元刊本が明本に改変される際、明宮廷の内府本の存在、或は実演に係わって時代状況に応じた改変がなされた、と見る。そして、元代の元雑劇は不完全なテキストであったしても、元雑劇本来の姿を知るには、元刊本のみがその対象になると強調される。

「第三章『脈望館抄古今雑劇』考」：趙琦美による手抄本の性格と来歴を明らかにした研究で、叢刊四集に収録される作品が分析の対象にされる。一連の作品には、明朝皇帝を寿ぐ芝居が多いことから、宮廷で皇帝や皇太后のために演じられたものであり、それらは嘉靖もしくは万暦年間までには成立していた、とする。とりわけ、于小穀本の多くは、成化年間ごろに文字化されたテキストである、と指摘する。

「第四章　明刊本刊行の要因」：前章を承けて、明代には読曲用の刊本が上流階級向けに出版された点を明らかにするが、その証拠立てに叢刊四集『古今名劇合選』が資料の一つとして使用される。

「第五章『元曲選』『古今名劇合選』考」：明代刊行の元雑劇の中で、『元曲選』の依拠テキスト及びその改変を検証する中で、比較資料として叢刊四集の『古今名劇合選』が使われる。例えば、対象が「漢宮秋」劇の場合、叢刊四集の古名家本、顧曲斎本、孟称舜本が比較テキストとして、『元曲選』本と対比される。小松氏は、臧晋叔の家蔵本のうち、「秘本」の中核は、徐氏刊古名家雑劇であったと結論づける。また、孟称舜本は、顧曲斎本と『元曲選』を主たる底本としていた、などが明らかにされた。

「第六章　明刊諸本考」：明刊雑劇本について、叢刊四集所収本を考察の対象として取り扱い、『元曲選』などを含めて古名家本、顧曲斎本、『陽春奏』、息機子本、継志斎本、孟称舜本の各明刊本の系統を明らかにする。それら明刊本の来源には、内府本に起源をもつもののほか、それとは無関係なテキスト、或は、改変を経たテキストもあった、と見なす。

⑦根ケ山徹氏『明清戯曲演劇史研究』（創文社、二〇〇一）

本書は、湯顕祖の作品研究に主眼を置く研究書である。その第三章「『牡丹亭還魂記』における杜詩の受容」で用いた『香嚢記』は、古本戯曲叢刊初集本である。第六章「『牡丹亭還魂記』版本試探」では、呉興閔氏本『牡丹亭還魂記』及び『邯鄲夢記』が古本戯曲叢刊初集に収められると紹介する。「結章　湯顕祖の創作理念とその影響」では、玉茗堂批評劇本について個々の作品を示す中で、古本戯曲叢刊初集・二集に収められるテキストが資料として示される。なお、第三章のもとになった論文の初出は、一九九一年、第六章は一九九七年である。

⑧井上泰山氏『三国劇翻訳集』（関西大学出版部、二〇〇二）

本書は、古本戯曲叢刊四集に収める「三国劇」等各テキストによって翻訳が行われ、「解題」にも古本戯曲叢刊四集所収の元雑劇及び明本への言及がある。

⑨『元刊雜劇の研究』（一）（汲古書院、二〇〇七）

小松謙氏「解説」は、金文京氏の「『元刊雜劇三十種』序説」（『未名』第三号、一九八三）を参照しつつ、小松氏自身の新見解を加えてまとめられた。その中で、訳出する元刊本雜劇三十種のテキストは、古本戯曲叢刊四集の元刊本であると明記し、併せて、『元曲選』とともに同四集の脈望館抄本等が参照される。その一方、かつての京都帝国大学覆刻本、あるいは「中華再造善本」『元刊雜劇三十種』には、テキストとしての問題点があると指摘する。

『元刊雜劇の研究』（二）（汲古書院、二〇一一）の小松謙氏「〈貶夜郎〉解説」にも、古本戯曲叢刊四集のテキストへの言及がある。

『元刊雜劇の研究』（三）（汲古書院、二〇一四）の小松謙氏「解説」には、明代に「范張鶏黍」劇が盛んに刊行されたとする例証に、古本戯曲叢刊四集本が紹介される。同時に、この劇の訳注に際して、古本戯曲叢刊四集所収本が底本の一つであると記す。また、書末の土屋育子氏の校勘表にも古本戯曲叢刊四集本が使われる。

（3）　古本戯曲叢刊九集の利用

古本戯曲叢刊九集所収テキストの日本での利用は、前節で紹介した叢刊初集から四集までの戯曲本の使用に比べると、宮廷演劇の劇本という性格から、一部を除きあまり見られなかった。しかし、清朝宮廷大戯の本格的研究を目指す日本学術振興会科学研究費補助金・特別推進研究の研究課題「清朝宮廷演劇文化の研究」（平成二十〜二十四年度）プロジェクトの開始で、叢刊九集の大戯が全面的な研究対象となった。その研究成果は、『清朝宮廷演劇文化の世界』（東北アジア研究センター叢書第四九号、東北大学東北アジア研究センター、二〇一二）に第一弾として収録された。本書には、次の研究が収められ、叢刊九集所収の連台大戯本が使われた。

大塚秀高氏「『昭代簫韶』と楊家将物語」は、『昭代簫韶』の本格的研究論文である。本論文では、叢刊九集本を底本として、テキストの研究、その作者王廷章と編集時期を明らかにしたうえで、『昭代簫韶』に見える楊家将物語は熊大木の『南北両宋志伝』の北宋の部分を基に、正史『宋史』で増補したものであると結論し、本劇全体の要約を添える。

次いで、『昭代簫韶』が拠った小説『北宋志伝』の楊家将物語を取り上げ、『昭代簫韶』との物語上の差異を指摘する。その際、楊家将物語のもう一つの劇である叢刊九集所収の『鉄旗陣』および叢刊四集所収の脈望館鈔本「八大王開詔救忠臣」雑劇が対比資料として用いられている。『昭代簫韶』では、歴史や当時流布していた物語を採用しない傾向にあり、それは徳昭を嘉慶帝に見立てて編纂されたことによると指摘する。序や凡例に楊家四代と言いながら、本劇では第三代までしか描いていない齟齬も指摘する。続いて、テキストから『昭代簫韶』が三層戯台で如何に演じられたか、を分析する。最後に、多くの長編の連台戯では、悪玉が幽冥界で裁かれること、戦没将兵の建醮が行われることが見受けられるが、それらがどのように描かれたかを説明し、北嶽大帝から陰司送りとなった潘仁美らが楊業に裁かれること、五郎楊春の悟覚禪師による瑜伽焔口がそれであると指摘する。そして、元雑劇以来の孤魂鎮撫の思想が、明代の小説を経て、清朝の長編の連台戯に受け継がれたと結論づける。付載される「昭代簫韶情節一覧（別表一）」「昭代簫韶演出表（別表二）」も叢刊九集本に拠る。

馬場昭佳氏「宮廷大戯『忠義璇図』について」は、叢刊九集本『忠義璇図』に基づき、作品内容、作者、制作時期、依拠したであろう『水滸伝』版本の特定、その版本と劇内容の相違を検証した『忠義璇図』の本格的な研究論文である。馬場氏は、荘恪親王允禄の下で、周祥鈺らが乾隆七年から十八年、十九年前後までに制作したと推測する。依拠した『水滸伝』は百二十回本であるが、七十回本の影響も認められる一方、劇全体の九割が小説と同一内容であるが、小説にある梁山泊軍が官軍を破る場面、征遼故事、宋江らが天界の星の転生であるという三点が省かれている、と指摘する。制作の意図は、聖世における信賞必罰的処断により、宋江らは悪人として十殿閻王によって地獄に落ち、北宋末の忠臣は善人として顕彰することにあった、とし、つまりは、『忠義璇図』を通して『水滸伝』の有害性を示した点に主眼がある、と言う。馬場氏は、論文最後に『忠義璇図』は編者の思惑通りには受け入れられず、その上演が中止になり、清後期の『蕩寇志』の誕生につながった、と締めくくる。付録の表では、叢刊九集本『忠義璇図』と『水滸伝』との対応関係等を示す。

『清朝宮廷演劇文化の世界』梗概編は、日本においては研究の乏しい九集本所収の宮廷演劇作品の内容紹介を意図して、『昇平宝筏』以下いくつかの作品が要約されている。

磯部彰の『昇平宝筏』（北京故宮博物院本）の梗概では、序章において、『昇平宝筏』の成立経緯や伝存テキストの紹介、次いで『昇平宝筏』の齣名の対比が、大阪府立中之島図書館本、中国首都図書館本（『西遊伝奇』）、北京故宮博物院本（古本戯曲叢刊九集底本）三種を用いて行われる。その後、梗概が添えられる。

磯部彰「『釣魚船』梗概」は、宮廷演劇そのものではないが、『進瓜記』や『昇平宝筏』研究に関連する資料として、叢刊三集所収『釣魚船』を取り上げ、それを底本として、『進瓜記』とともに内容全体の要約が行われている。

小松謙氏「『如意宝冊』梗概」は、九集本所収『如意宝冊』全体の内容要約であり、小説『平妖伝』が比較参照本として用いられている。

磯部祐子氏「『故宮珍本叢刊』所収「崑弋各種承応戯」①②③」及び「昇平署月令承応戯」は、叢刊九集本を使用するものではなく、『故宮珍本叢刊』及び『民国京昆史料叢書』第四輯所収の各種承応戯の梗概提要である。叢刊九集には、宮廷の連台大戯のみが収録されるが、清朝宮廷演劇の概要を知るには、九集の補完的資料として承応戯各種の劇本も参照し、相互の補完をしなければならない。承応戯研究は、宮廷の連台大戯とは全く異なるが、年中行事における宮廷戯研究においても大きな意味を持つ。

陳仲奇氏「『中国地方戯曲集成』劇目あらすじ一覧」は、『中国地方戯曲集成』(一九五八～一九六三)の湖北省巻から江西省巻に収められた地方劇の梗概提要である。叢刊初集～五集、九集に収められる各種古典戯曲が、清末以降、いかなる展開をしたかを考える上で、基本的文献として有用な梗概及び提要である。直接的言及はされていないが、叢刊各集と関連する小説がその源流として参照される。

(4) 清朝宮廷演劇文化の研究と古本戯曲叢刊

磯部彰編『清朝宮廷演劇文化の研究』(勉誠出版、二〇一四)

本書は、日本学術振興会科学研究費補助金・特別推進研究 研究課題「清朝宮廷演劇文化の研究」(Grant-in-Aid for Specially Promoted Research "A Study of the Culture of Court Theatre during the Qing Dynasty") による成果論文・資料集で、別途、科研費の出版助成を受けた成果集である。構成は、「Ⅰ 大戯の研究」、「Ⅱ 節戯・小戯の研究」、「Ⅲ 宮廷本及び資料研究」、「Ⅳ 清朝と東アジア文化」、「Ⅴ 資料紹介」から成る。

「Ⅰ 大戯の研究」では、叢刊九集所収の連台大戯各テキスト等を用いて、『楚漢春秋』から『如意宝冊』までの研究論文を収録する。

大塚秀高氏「『楚漢春秋』について」・九集本を底本に、呉暁鈴氏の見解を参考にしつつ、その内容分析などを行なう。

「1 『楚漢春秋』の性格とその成立時期」では、『楚漢春秋』の成立を嘉慶年間と想定し、関連の深い『演義楚漢伝』等などがそれに先行するとする。「2 『楚漢春秋』と歴史演義小説」では、『楚漢春秋』が依拠した作品は『西漢通俗演義』とする呉暁鈴氏の見解を参照しつつ、小説版本各種を紹介し、その依拠本は剣嘯閣本系統の『西漢通俗演義』であろうと推定する。劇の情節は、歴史通俗演義に見られる歴史的事実を語るというよりは、男女のさまざまな愛の形を示す意図があったのではないかとする。この点は、筆者が本書第二章で分析した『昇平宝筏』には才子佳人劇的要素が多く取り込まれたと指摘する点と相応する見解であろう。「3 『楚漢春秋』の上演環境」では、皇帝御覧時の三層戯台での本劇上演状況について、九集本に使われる「高座」などの語彙から三層戯台で上演可能な形の作品であると推定する。「4 『楚漢春秋』に見る男女の関係――呂雉と虞美人を中心に」では、劉邦の妻である呂雉と虞美人が対比的に描かれると指摘したうえで、楚の懐王の家族に焦点を当て、歴史上無名の女性を物語に登場させ、その人物を物語上で一定の役割を与えたところに特徴があると示す。「5 韓信と張良の物語」では、『楚漢春秋』第三本以下になると、脇役であるはずの韓信と張良が主人公となる話が目立つようになり、しかも彼らの妻や家族まで登場してくる点を指摘する。大塚氏は、ここにこそ作品の意図があるとする。それは、大志を抱く夫を支え、妻のあるべき姿、つまり、孤閨を護る女性の姿を織り込んでいる点に作品の意図が込められると言う。大塚氏は、韓信の妻の高氏や張良の妻に趙静娥という架空の人物を設定した背後には、手本としての妻女を描くという意識があった、とする。この点も、『昇平宝筏』における陳光蕊夫妻の殷氏や岳小琴本の貞女らの描写と共通する作品編集上の背景があったと見なせる重要な指摘である。「6 〈楚漢〉の残存状況」は、『楚漢春秋』と関係の深い『楚漢伝』や『演義楚漢伝』を中心に、楚漢の争いをテーマとした清朝宮廷演劇各本を「楚漢」と総称して、それらのテキスト研究、編者について言及する。「7 〈楚漢〉と『楚漢春秋』」では、前節の「楚漢」劇本類が『楚漢春秋』の先行作品か否かについて、曲牌・曲詞を対比するが、結論は次節に持ち越される。「8〈楚漢〉から『楚漢春秋』へ」は、情節から「楚漢劇本」と『楚漢春秋』を比較し、その先後を論じる。そして、「小結」において、「楚漢」劇は『楚漢春秋』の祖本であり、雍正年間、もしくは先立つ康熙頃には成立していたのではないか、と結論づける。なお、本論末に別表1として『楚漢春秋』十本の情節表と小説との対比表、別表2として「楚漢」「西漢演義」、『楚漢春秋』の項目対比表、別表3の「楚漢」劇と『楚漢春秋』の齣名対比表がそれぞれ付けられる。

小松謙氏「『鼎峙春秋』について——清朝宮廷における三国志劇——」；九集所収の『鼎峙春秋』の研究。小松氏は、宮廷演劇の宮廷大戯は個々の作品テーマの集大成という性格があり、小説と比較することによって、演劇と小説相互の差異ばかりではなく、失われた演劇作品の部分的再構成、或は、小説本体では気づきにくい問題点などを浮かび上がらせることが可能ではないか、と考える。そして、口語文学全体の視点から、三国志物語である『鼎峙春秋』の内容を検討する。

（1）では『鼎峙春秋』の内容と毛宗崗本『三国志演義』との項目比較から、『三国志平話』以来の特徴である劉備・関羽・張飛三兄弟の話が、『鼎峙春秋』の中心を占めると言う。その一方、例外的に、三兄弟と直接的関係のない連環計（第二本）の話や董承らの曹操打倒の失敗談（第三本）があること、劉備死後の南蛮征討の話（第九・十本）で作品が終了することを取り上げ、その結末の設定に疑問を提示する。その答えを出すには、作品がいかなる目的で、いかなる方法で成立したのか、という二つの視点を考えることが必要である、と説く。（2）では、原拠となった叢刊初集の『連環記』や『古城記』、『草盧記』が大規模に用いられるものの、それらとは合致しない点も示す。一方で、小規模な流用として、『鼎峙春秋』では関漢卿の「関大王単刀会」の流用があるといい、そのテキストを収める四集の元刊本と趙琦美抄本が他の散齣集とともに参照されていて、単刀会の場合は、明の宮廷経由で伝わった上演用台本に依拠したのであろう、と推測する。曹操の地獄巡りの話も、毛宗崗本をもとに作った話を、『四声猿』の一篇を借用したと指摘する。（3）では、現在は失われた演劇作品が、『鼎峙春秋』から、ある程度復原可能であると見て、『風月錦嚢』などを併用し、今は亡佚した伝奇「桃園記」が依拠本の一つであったとする。張遼の悪行を描く点は、二集所収『青虹嘯』ではなく、亡佚した『射鹿記』ではないかと想定するとともに、『赤壁記』の流用もあったのでは、と推測する。劉備の結婚物語は、片倉健博氏の研究に拠りつつ、『草盧記』や『錦嚢記』に基づくと推定している。また、南蛮征討談は、叢刊二集に『七勝記』があるにもかかわらず、全く利用されてない、と言う。（4）では、『鼎峙春秋』が劉備三兄弟を中心とした作品に仕立てるため、先行の『桃園記』や『連環記』『草盧記』などから組み立てられていて、話のつながらない点は小説に拠るとする。しかし、それとともに、宮廷大戯という性格から、女性の登場場面や崑山腔系統の場面を挿入するために、三兄弟以外に蔡文姫の物語が取り入れられたと見る。また、九集本で利用している小説テキストは嘉靖本『三国志演義』であるが、別に、毛宗崗本を用いて修正された場面もあり、それは劇の「白」を増加するためであろう、と考える。その一方で、劉備ら三兄弟の敗北と死、皇帝への迫害などは宮廷演劇では避けられ、故事として採用されても、暗示や間接的に示されるに止まると見る。そして、九集本のテキストが出来るまで、劇全体は一時で完成したものではないと考える。（5）では、劉備の死後の場面が取り上げられ、この付録とも言うべき部分に『鼎峙春秋』の本質がある、と指摘する。つまり、小説とは同じ内容でありながら、異なる文辞の南蛮征討の話が付け加えられたのは、乾隆帝の外征事業に重ね合わせて創作された部分と見る。そして、曹操の地獄巡りの話の導入は、正当な皇帝としての劉備に従わなかった結果とし、皇帝権威の寓話化のためであった、と言う。同時に、南蛮征討の物語は、乾隆十四年（一七四九）の大金川の征討と符合することから、それより少し後に制作され、上演されたのではないか、と推測する。（6）は本論のまとめであるが、『鼎峙春秋』の異本が多くあり、叢刊本への改変などの問題点については今後の課題である、と締め括る。本論末には、「『鼎峙春秋』内容・原拠一覧表」という劇全体の詳しい提要表が付けられている。

小松謙氏「『鼎峙春秋』古本戯曲叢刊九集本と北平図書館本の関係について」は、内容の異なる叢刊九集本と旧北平図書館本双方の『鼎峙春秋』について、内容の対比が行われる。両本の比較から、旧北平図書館本では、『三国志演義』の主な物語を順に収録しつつ、劉備は皇帝に即位し、曹操は地獄行きで終わり、三兄弟の結末はなく、中途半端な形を取る一方、諸葛亮南征の部分はない、とそのテキストの特徴を指摘する。小松氏は、旧北平図書館本はト書きが詳しいことから、叢刊九集本よりも公式の性格が強い、と言う。また、叢刊九集本が、毛宗崗本と一致する部分を持ち、各本の齣数に統一性がないことに対し、旧北平図書館本がすべて二十四齣に統一されている点から、九集本『勧善金科』を参考に、叢刊九集所収本、もしくはそれに近いテキストを改編したものが旧北平図書館本であり、その証拠として叢刊九集本に何度も登場する董祀を例に挙げる。最後に、叢刊九集本は外国使節に見せるためのものであったのに対し、旧北平図書館本は小説愛好家の多い国内向けのテキストではなかったか、と結論づける。本論末に、「『鼎峙春秋』古本戯曲叢刊九集本・北平図書館対比表」が付けられ、両テキストの内容の異同が、叢刊本を基準に全本に亙ってまとめられる。

磯部彰「大阪府立中之島図書館本『昇平宝筏』とその特色について」：大阪府立中之島図書館に所蔵される安殿本で四色鈔本『昇平宝筏』の本格的な紹介であり、北京故宮博物院所蔵本の影印である叢刊九集本を併用して、大阪府立図書館本が乾隆帝用の安殿本であったことを解明する。「1　清朝宮廷演劇の研究史略」では、民国初の小朝廷時代の宮廷演劇研究開始から、人民共和国時代に入って『古本戯曲叢刊』九集が刊行されたこと、そして一九八〇年代に『中国戯曲志』の編纂が行なわれるまでの研究状況と関係資料の紹介がされる。「2　清朝宮廷演劇の主な作品」

では、叢刊九集に収録される連台大戯各種の紹介をする。次に「3　『昇平宝筏』の製作のねらい」では、九集本に拠って、東アジアの朝貢国使節に帝徳を示すために乾隆帝を唐の名君太宗皇帝に重ね、『昇平宝筏』が上演された、とした。そして、『昇平宝筏』は、小説の『西遊真詮』、元明戯曲及び康熙時代の旧本「西遊記」劇本に依拠して作られたのであろうと推測する。「4　伝存する『昇平宝筏』諸本」では、大阪府立図書館本及び叢刊九集本以外の主要なテキストを紹介し、そのテキストには大阪府立図書館本系統と叢刊九集本系統の二つに大別できる、その分岐点は、①陳光蕊江流和尚物語の完結性、②頡利可汗物語の有無にある、とする。その根拠として、大阪府立図書館本と叢刊本の相違部分のいくつかの箇所を例示する。「5　『昇平宝筏』に見られる『西遊記』との相違」では、『西遊真詮』と内容上の相違に着目し、『昇平宝筏』の作為について論じる。「6　『昇平宝筏』と元明戯曲」では、元の呉昌齢「唐三蔵西天取経」劇及び明の楊景賢『楊東来先生批評西游記』劇、或は、「江流伝奇」(散佚)、『釣魚船』(叢刊三集本)をいかなる形で『昇平宝筏』の編纂に用いたか、について考察する。「7　『昇平宝筏』と慶祝劇」では、叢刊九集本よりも大阪府立図書館本で慶祝劇が多く織り込まれる点に着目する。そして、慶祝劇の場面は、その多寡には係わらず、本話とは関係性が乏しいものの、宮廷演劇の特徴を示す部分であると指摘する。「8　大阪府立図書館本と故宮博物院本との相違」では、(4)で示したテキスト系統の二つの分岐点をめぐって、大阪府立図書館本と叢刊九集本との相違を具体的に述べ、「まとめ――大阪府立図書館本と故宮博物院本の先後」では、前節を承けて三犀牛精の物語上における字句の有無や相違から、大阪府立図書館本が先行し、叢刊九集本は後行のテキストと結論づける。

磯部彰「北京故宮博物院本『昇平宝筏』の研究」：叢刊九集本に焦点を当て、大阪府立図書館本と九集本のテキストの分岐点の一つである陳光蕊江流和尚物語を比較する。次いで、いま一つの分岐点である頡利可汗の物語が扱われる。九集本にあるその物語は、康熙帝のガルダン・ハーンの制圧、或は、乾隆帝自身のジューンガル制圧を意識した場面であると考える。そして、叢刊九集本は乾隆五十五年の万寿節に上演されたテキストと見た。ただし、その後の研究（本書参照）では、この点については、大阪府立図書館本が用いられたのではないかと訂正した。本論末には、附録［Ⅰ］として大阪府立図書館本・首都図書館・叢刊九集本三種の「『昇平宝筏』三種の齣名（出名）対比表」が添えられる。

磯部彰「旧北平図書館本『昇平宝筏』の研究」：旧北平図書館本『昇平宝筏』の内容を中心に大阪府立図書館本と叢刊九集本と対比し、そのテキストの性格を明らかにしたものである。同時に、叢刊九集本に付載される提綱が旧北平図書館本の齣名との対比から後者のテキストと深い関係がある、という見解を導き出す。旧北平図書館本は、大阪府立図書館本と比較すると後のテキストであり、小説『西遊記』に即しつつ、宮廷劇として不都合な点は改削し、三層戯台で上演するように作られた過渡的なテキストで、叢刊本とも異なる、と見る。そして、大阪府立図書館本、旧北平図書館本、叢刊九集本三テキストの比較から、『昇平宝筏』のテキストには複線的な系統があった、と推測する。一方、叢刊九集提綱本は、齣名から見て、旧北平図書館本に拠って整理されたテキストの提綱本であった可能性がある点を示す。本論の附録［Ⅱ］として、「『昇平宝筏』の諸鈔本」が付けられて、北京図書館本（国家図書館）三種の概略的紹介がされる。

磯部彰「清廷の『西遊記』単折戯と『昇平宝筏』との関係」：故宮博物院に伝存する『西遊記』関係の宮廷単折戯の紹介と、『故宮珍本叢刊』に収められる「流沙河総本」等幾つかの作品と大阪府立図書館本、旧北平図書館本、叢刊本各『昇平宝筏』との関係を考察した研究で、併せて宮廷の上演場所の紹介もされる。付録［Ⅲ］として、檔案に見える『西遊記』関連単折戯の道光四年以降の上演資料を若干収める。

小松謙氏「『勧善金科』について――清朝宮廷の目連戯」：叢刊九集本の五色套印本に拠り、宮廷劇ばかりではなく、東アジア全域に広まった目連戯の研究、中国演劇の性格についても考える。戴雲氏が紹介した康熙旧本『勧善金科』を参照していないため、戴雲氏の研究書『勧善金科研究』を利用して論を進める。「I　『勧善金科』の成立時期」では、康熙旧本の第十巻第二十三出に「康熙二十年十二月二十日」の日付があることから、三藩の乱が平定された康熙二十年までには成立し、乱平定後の祝賀行事として上演されたものと推定する。私見ながら、この記載は、筆者の研究対象となった岳小琴本『昇平宝筏』に添えられる「三十九年」云々の奥書と相応する。ただし、記載の場所が第二十四出末ではない点は注意を要する。余談はともかく、小松氏は、張照が康熙旧本の改編者であって作者ではなかったと見る。「2　『勧善金科』と鄭之珍『目連救母勧善戯文』」では、康熙旧本は鄭之珍劇を主要な枠組みとして用いた上で制作された改編本であり、叢刊九集本はその康熙旧本を改作して成立したとし、叢刊本と鄭之珍本等の関係を図表化し、内容や原拠を明示する。この表から、最初と最後の部分は先行する戯曲を流用せず、独自性を示そうとした結果であろうとした。一方、南曲の押韻を「古風」として示す鄭之珍本の使用は三十五齣となり、鄭之珍本に拠る場面ではない「古風」韻を用いる齣も、多くは目連関係南曲から借用しているのではないかと推測する。「3　『目連救母勧善戯文』以外の原拠――『勧善金科』の制作法」では、戴雲氏の挙げる「看銭奴」・「魔合羅」・『曇花記』のほか、「陳州糶米」が『勧善金科』の素材として使われるが、元雑劇の場合、叢刊四集に収録されるもの（元刊本）ではなく『元曲選』本が用いられると指摘する。南曲系の伝奇作品も、『曇花記』の他、『明珠記』や『贈書記』なども利用されるが、これら伝奇本は『六十種曲』に収められた劇本に拠った、と述べる。その背景には、康熙帝の命で『勧善金科』を短期間に作る必要があり、詞臣らは、自分らの手元にある知識人向けの戯曲刊本を利用した結果であろう、と推測する。「4　『勧善金科』の時代設定」では、時代設定が唐末とされるのは、中唐期を舞台とし、朱泚・李希烈の反乱を背景とする『曇花記』と『明珠記』を借用したことによると考え、作品は因果応報と忠孝を宣揚するために作られていて、中元の亡魂救済儀礼のための目連劇とは性格を異にしている、と見る。「5　張照改作の意図」では、康熙旧本と叢刊九集本の差異は、最後の第十本にあると言う。そして、第九本までの地獄へ陥ることがいかに恐ろしいか、と説くが、第十本ではそれを否定する内容が加えられた、その理由は、康熙二十年十二月の大赦を宣揚する場面を舞台に上げるためで、天界と人間界・地獄がすべて極楽になり、それが現在の皇帝賛美に連なる物語とするのが張照の目論見であったと考える。本論末には、表として「『勧善金科』内容・原拠一覧表」、及び『勧善金科』梗概が九集本に基づいて作成されている。

大塚秀高氏「『鉄旗陣』と『昭代簫韶』―叢刊九集本『鉄旗陣』を中心に」は、同じ楊家将物語を扱う九集本『昭代簫韶』との関係を論じ、九集本『鉄旗陣』には先行する原『鉄旗陣』があったことを示す研究である。「1　九集本『鉄旗陣』の楊家将父子征戦南唐故事について」では、呉暁鈴本『鉄旗陣』は『楊家府世代忠勇通俗演義』に拠るという見解を否定し、『南宋志伝通俗演義』に基づいて作られ、時代設定は楊家諸将を北宋の太宗時代の武将になっていると述べ、その情節を簡略に示す。次いで、「2　『鉄旗陣』と『昭代簫韶』」では、九集本『鉄旗陣』は、呉暁鈴が「内府抄本」と言う中国国家図書館の昇平署旧蔵残本（大塚氏は原『鉄旗陣』と呼ぶ）から、前半十四段までを修改して独立させたものである、これに対し、後半十五段以降を三層戯台での上演用に改め、朱墨套印したテキストが『昭代簫韶』である、と見る。「3　原『鉄旗陣』にみる楊家将父子征遼故事」では、昇平署旧蔵残鈔本（原『鉄旗陣』）の齣名を手懸りに、それが九集本『鉄旗陣』と『昭代簫韶』に分かれて収められていると言う。そして、『故宮珍本叢刊』に収められる題綱本を用いて、原『鉄旗陣』の構成を推測し、次節において、首都図書館蔵本を利用し、その証明がなされる。「4　原『鉄旗陣』の構成」は前節を承けて、昇平署旧蔵残鈔本とそれとは重複しない同体裁の呉暁鈴旧蔵首都図書館本は、実は本来一つのテキストであったと見て、両残本を一つに包括し、昇平署旧蔵残鈔本と呼び、このテキストこそが原『鉄旗陣』であり、その中の楊家将の征南唐故事と征遼故事は因果関係を用いて一体化した物語となっている、と言う。「5　原『鉄旗陣』の情節」では、原『鉄旗陣』と九集本の長江渡河作戦の部分を比較し、後者九集本は改編されて齣名の決定に到らぬ、やや唐突感のある、もの足りぬ内容になったのに対し、原『鉄旗陣』では、長江渡河作戦から采石磯の戦いに続く順当な内容であった、と見る。九集本が長江渡河の部分を省略したのは、『三国志演義』の赤壁の戦いをモデルにしていたことを避けるためではないか、と推測する。「6　原型『鉄旗陣』にみる楊家将父子征戦南唐故事」では、原型『鉄旗陣』から原『鉄旗陣』、そして九集本『鉄旗陣』に到る楊家将父子の征南唐物語の変遷を考察する。その際、昇平署旧蔵残鈔本の二字名齣の劇を原型『鉄旗陣』と想定し、「助兵」（九集本「楊景閲兵」）を例にとって、順次変貌する様を示す。「7　題綱、串頭からみた『鉄旗陣』」では、『鉄旗陣』には三段階のテキストがあったのではないか、という前節の想定を題綱と串頭各本から補足、証明する。「8　曲譜からみた『昭代簫韶』刊行以後の『鉄旗陣』と『昭代簫韶』」では、『故宮珍本叢刊』に収められる「崑弋本戯曲譜」に見られる『鉄旗陣』と『昭代簫韶』それぞれの曲譜の性格を示し、「9　ふたつのグループの題綱が示すもの――咸豊本と光緒本」では再び題綱本に戻り、「10　原『鉄旗陣』と原型『鉄旗陣』の成立した時代」では、原型は康熙二十八年ネルチンスク条約締結後に作られ、原『鉄旗陣』は康熙帝の在位中に作られたと推測する。「Ⅱ　余論――『鉄旗陣』の名の由来」では、『鉄旗陣』の名称が正統な陣立に由来し、『水滸伝』の四斗五方旗とも関連すると推測する一方、清朝の八旗制度とも係わる可能性を示唆する。本論末には、「別表1　『古本戯曲叢刊』九集所収『鉄旗陣』情節」、「別表2の1　昇平署旧蔵残鈔本『鉄旗陣』と九集本『鉄旗陣』・『昭代簫韶』の関係（附：情節）」「別表2の2　同上」「別表3　『昭代簫韶』各種文本対照表」「別表4　九集本『鉄旗陣』・『昭代簫韶』と昇平署旧蔵残鈔本『鉄旗陣』対照表」「別表5　『鉄旗陣』各種文本対照表」があり、それぞれ詳しい齣名対応表が付される。検証には、叢刊九集本などが使用される。

小松謙氏「『如意宝冊』について」：古本戯曲叢刊九集本『如意宝冊』をめぐる小説『平妖伝』と宮廷演劇作品との関係についての研究。その前提として、清代以前の声腔に着目する。（1）では、南曲の四大声腔から弋陽腔と崑山腔が隆盛になったことを指摘した後、『如意宝冊』の声腔の検討が行われる。小松氏は、『如意宝冊』の声腔が弋陽腔を基本として、崑山腔と青陽腔を交えた形式ではないかと推定する。（2）では、小説『平妖伝』を用いて『如意宝冊』の内容が検討され、宮廷劇が依拠した小説版本は四十回本であり、その前半二十回の内容が劇の中心を占めると し、また、『井中天』劇や亡佚した明末の戯曲が作品編纂時に参照された可能性を示す。（3）では、『如意宝冊』と天許斎本『平妖伝』との物語の異同が示され、『平妖伝』では胡永児が肯定的に描かれるのに対し、『如意宝冊』では悪女として描かれている点を取り上げ、朝廷の立場から宮廷演劇では反逆者は貶めて描く姿勢を指摘する。（4）では、『如意宝冊』の曲辞について検討される。『如意宝冊』では、北曲套数の使用に関して偏りがみられ、劇の後半では北曲の套数はわずかである、と言う。その参考に、古本戯曲叢刊四集に収められる脈望館抄本『古今雑劇』の「蘇子瞻風雪貶黄州」が提示される。その後、（1）から（3）での分析を踏まえて全体の結論が導かれる。本論には、古本戯曲叢刊九集本による「附表　『如意宝冊』内容一覧表」という劇全体の提要表が付けられている。

本書「Ⅱ　節戯・小戯の研究」篇は、古本戯曲叢刊九集の大戯ではなく、月令承応戯が取り上げられる。その中で、叢刊九集への言及、或は、資料としても使われる。

磯部祐子氏「東北大学所蔵乾隆内府劇「如是観」等四種と乾隆帝の戯曲観」：東北大学附属図書館所蔵安殿本『如是観他三種』の紹介、およびその四種、「如是観」「滑子拾金」「冥判到任」「大尉賞雪」の内容から、乾隆帝の戯曲観を考察する。

「1　如是観について」では、東北大学安殿本と古本戯曲叢刊三集の張大復『如是観』三十出本が比較テキストとして参照され、併せて『昆曲粋存初集』の四齣が対比に用いられる。安殿本では清朝に憚った改変部分があり、それを裏付ける上奏文、そして乾隆帝の見解について史料に基づいて示される。乾隆帝の見解は、戯曲に異民族への罵詞が書き込まれていたとしても、作品上必要なものであれば、「娯楽」を目的にしている場合には、過度の反応をしなくてもよいとの一定の寛容性を見せた、と指摘する。「滑子拾金」の検討にも、古本戯曲叢刊初集の「馮京三元記」などが比較作品として用いられる。

本書「Ⅲ　宮廷本及び資料研究」には、陳仲奇氏「『中国地方戯曲集成』の編集出版について」等を収めるが、古本戯曲叢刊への言及はないので、やはりここでは省く。

「Ⅳ　清朝と東アジア文化」では、外藩モンゴル王侯による清朝宮廷文化の受容、朝鮮燕行使の見た清朝演劇が紹介されるが、古本戯曲叢刊との関連は乏しいので言及はさける。

杉山清彦氏「大清グルンの支配秩序と宮廷演劇――マンジュ王朝の祝祭と王権」：杉山氏は盛大な儀礼を行う行為に「国家」の存在が示されるという青木保氏の『儀礼の象徴性』の一節を念頭に、大清グルンの支配構造、宮廷演劇を運営した南府などの機関を取り上げる。その中で、演じられた物語として、本書に収録した古本戯曲叢刊九集の大戯研究を利用した劇目紹介が行われる。杉山論文は、本書の総論的役割を果たす内容も有し、古本戯曲叢刊九集を含めた清朝宮廷演劇の持つ歴史的役割とその背景を明らかにした。

なお、本書所収の論文には、別に二〇〇九～二〇一三年の間に初公表されたものを含む。

「清朝宮廷演劇文化の研究」研究チームでは、宮廷演劇の研究資料に解説をつけた以下の研究資料集四冊を刊行し、各解題には、古本戯曲叢刊に言及する箇所がある。

1 『東北大学附属図書館蔵「如是観等四種」原典と研究』(磯部祐子編著、二〇〇九)
2 『慶應義塾図書館蔵「四郎探母等四種」原典と解題』(高橋智編・金文京著、二〇〇九)
3 『上海図書館所蔵『江流記』原典と解題』(磯部彰編著、二〇一〇)
4 『上海図書館所蔵『進瓜記』原典と解題』(磯部彰編著、二〇一一)

1の解題は、『清朝宮廷演劇文化の研究』に収められる論文に基づく。古本戯曲叢刊九集への言及があるが、既に言及しているので、ここでは省略する。

2の『四郎探母等四種』に関する金文京氏の解題において、「烏盆記」に関連する「盆児記」が、古本戯曲叢刊四集の脈望館抄本に収められる旨の指摘がある。

3の磯部彰による上海図書館所蔵『江流記』の解題では、古本戯曲叢刊九集本の『昇平宝筏』が『江流記』の内容比較資料として使われていて、その差異から、『江流記』の特徴が示される。

4の磯部彰による上海図書館蔵『進瓜記』解題では、それに先行する戯曲として古本戯曲叢刊三集『釣魚船』が用いられ、『釣魚船』によって宮廷戯曲『進瓜記』が編纂された経緯が説明される。解題末尾に、『釣魚船』、『進瓜記』、世徳堂本『西遊記』三種の該当部分を対比した「三種対比表」が添えられる。

なお、磯部彰には、『釣魚船』と『進瓜記』、『昇平宝筏』について、古本戯曲叢刊三集本および九集本を利用した先行研究が以下の著書にあるが、その内容に対し、多少の訂正を加えつつ、既に公表した関連論文や解題に含まれるため、以下に名前のみ掲げる。

磯部彰著『《西遊記》資料の研究』(東北大学出版会、二〇〇七)

第八章「『釣魚船』と『進瓜記』――明清代の劉全進瓜李翠蓮還魂物語考」
第十章「『昇平宝筏』の内容――北京故宮博物院本と大阪中之島図書館本――」

以上、管見ながら、古本戯曲叢刊を使用した日本の研究を部分的に紹介した。戯曲研究では田中謙二氏、田仲一成氏の優れた研究があり、それにも古本戯曲叢刊も研究資料として使用されていると思われる。しかし、今回、にわかに書き上げた紹介文ということもあって、時間の制約、筆者の力量不足のために失礼ながらほぼ言及できなかった。後日、学業を積み重ねる中で、日本の戯曲研究において古本戯曲叢刊が果たした役割について更に検証して追補したい。

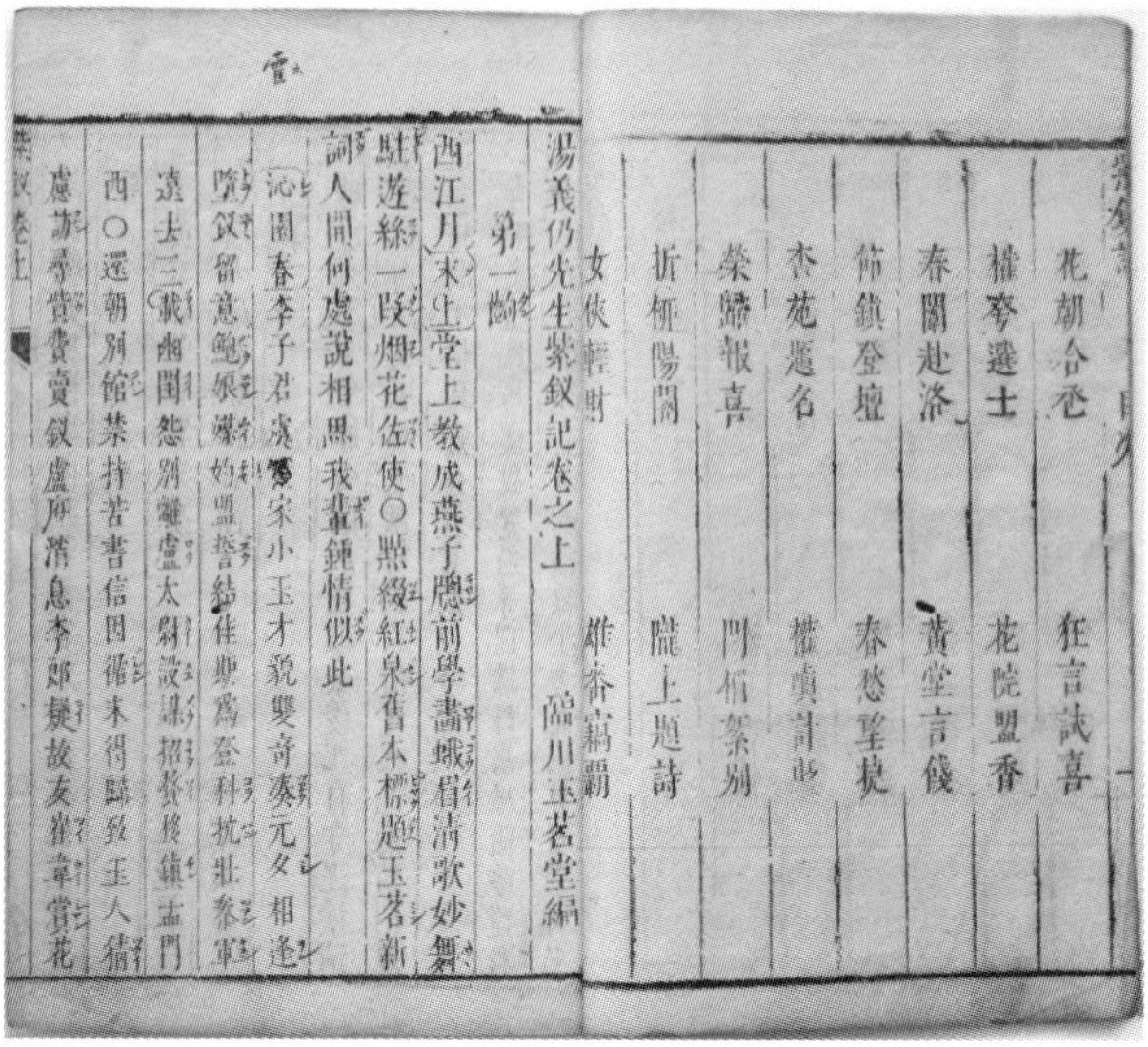

⑰曲亭馬琴旧蔵『紫釵記』目録・巻上

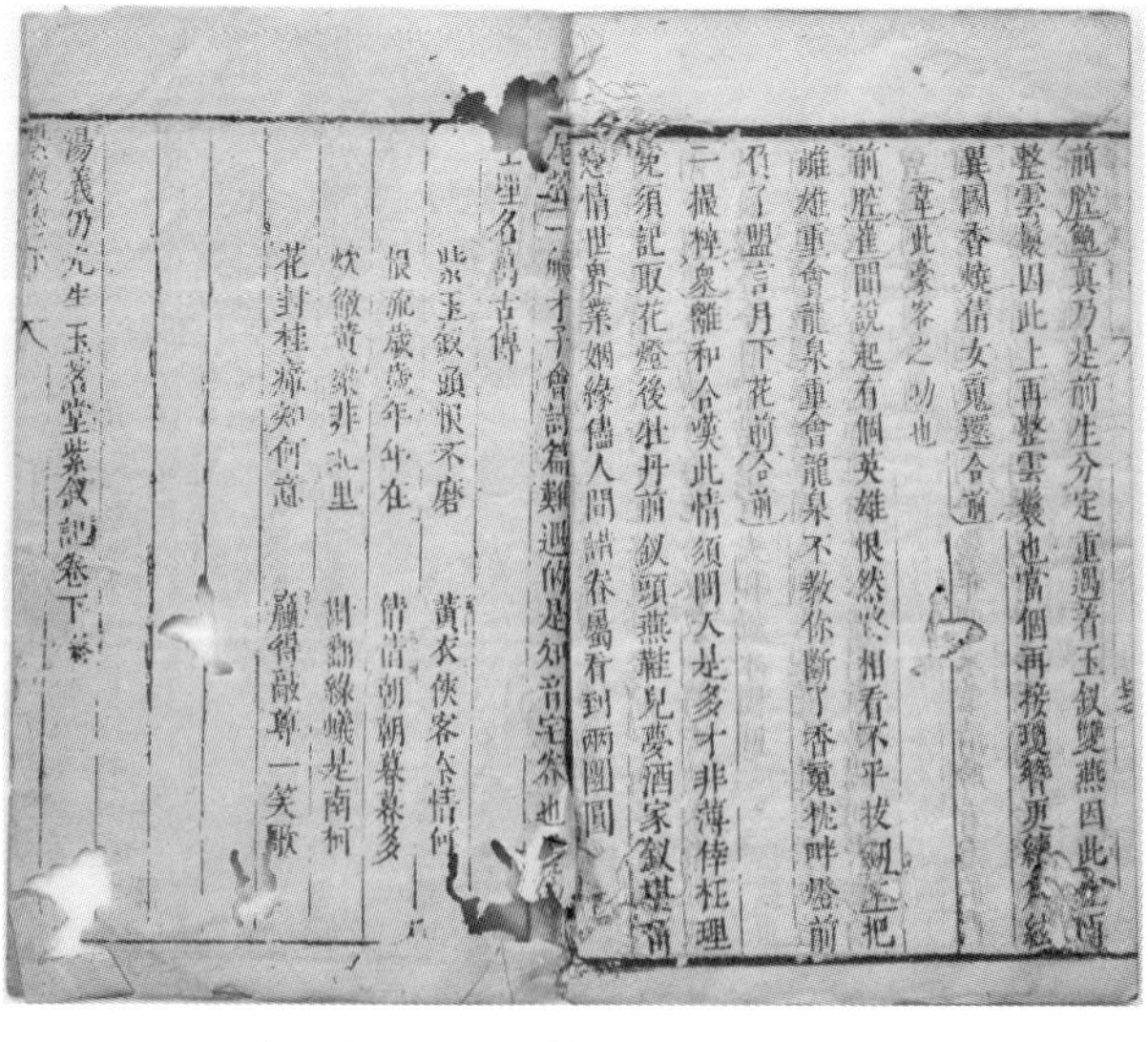

⑱曲亭馬琴旧蔵『紫釵記』巻下末葉

（三）曲亭馬琴旧蔵清刊紫釵記

清朝時代の宮廷戯曲は、江戸時代、日本でも関心があったと見え、『唐土名勝図会』『唐土名妓伝』などの中に関連記事が見られる。また、清朝時代の宮廷演劇に取り込まれた才子佳人をめぐる戯曲小説も輸入された結果、和刻本などの形でも流布した。その嗜好の一例は、曲亭馬琴旧蔵『紫釵記』にも窺われる。

江戸後期の代表的作家である曲亭馬琴は幅広い執筆活動の中で、多様な漢籍にその目を向けていた。馬琴の旧蔵書や蔵書書目、その書籍蒐集、貸借については、服部仁氏、高牧実氏、或は、中国小説、戯曲などと関わり合いに注目した神田正行氏らの研究で具体的な状況が知られる。[1]

本稿で紹介する家蔵『紫釵記』上下二冊は、馬琴旧蔵本の一つで、「瀧澤文庫」「曲亭主人」「著作堂図書記」「□《？》□《？》書印」の印記があり、曲亭馬琴のもとにあったものと知られる。[2]本書は従来の研究には言及がないので、馬琴と中国戯曲との関係を研究する上で、いささかなりとも役立つのではないかということで、ここで簡単に紹介いたしたい。

本書の書誌的状況を紹介する前に、馬琴の手択らしき墨跡について記すことにする。

『紫釵記』には、上冊の表紙裏に、「登鶴鵲楼」「登柳城寄漳汀封連四川刺史」「汴河曲」の墨書が、題詞の眉上には、「□《？》□《？》云湯若士之名曲／無淫哇之／声使人神超／玄虚想出紫／府郭子玄之／注荘子夫不亦／及邯鄲一梦／也」の記がある。

本文には、一部中国音のルビがふられる。下冊にも、表紙裏に「従軍北征」「幽州詩」が写され、その後に「牡丹亭還云《（ママ）》鬼南柯夢記　邯鄲夢記本　紫釵記　這四曲明人湯若士所作伝奇也　曲亭子閲」との墨記がある。目録には、馬琴の四種の印が捺されている。

『紫釵記』の版本は、黄仕忠氏の調査、或は、各所漢籍目録に拠れば、日本国内には『玉茗堂伝奇四種』系の版本は以下の機関にある。

国立公文書館内閣文庫　（明）　岑徳亭刊本、（崇禎九年）独深居刊本、（清康熙年間）竹林堂刊本
前田育徳会尊経閣文庫　（崇禎九年）　独深居刊本（独深居点定本『玉茗堂集』収録）
東京大学東洋文化研究所　（清康熙年間）　竹林堂刊本、清・書業堂刊本（明刻版清乾隆二十六年重修本）
京都大学　（清康熙年間）　竹林堂刊本
静嘉堂文庫　（清康熙年間）　竹林堂刊本
酒田市立図書館光丘文庫　（清康熙年間）　竹林堂刊本
国立国会図書館　（清康熙年間）　竹林堂刊本
東京外国語大学　（清康熙年間）　竹林堂刊本
拓殖大学宮原文庫　（清康熙年間）　竹林堂刊本
新潟県立新潟図書館　（清刊）　竹林堂蔵板（黄氏「未該原書」）
大東文化大学　（玉茗堂四夢）　明清間刊本（八木沢元旧蔵本）
大阪大学懐徳堂文庫　（玉茗堂四種　清・帯耕書屋刊）
天理大学附属天理図書館　（玉茗堂四種　清・帯耕書屋刊）（塩谷温旧蔵本）

一方、『紫釵記』単刊本系は、

大谷大学　（万暦三十年）　継志斎原板本
京都大学文学部図書室　柳浪館批評本

早稲田大学　　汲古閣六十種曲本
早稲田大学（清初刊本）　玉茗堂四種零本（森槐南旧蔵本）

がそれぞれ所蔵される(3)。

次に当該曲亭馬琴本の書誌を紹介してみよう。本書には封面はなく、「紫釵記題詞」、「紫釵記目次」、本文「湯義仍先生紫釵記巻之上　臨川玉茗堂編」の順序で本文に入る。有界、半葉十行、行二十一字、版心は白口、単白（黒）魚尾の体裁をとる。早稲田大学森槐南旧蔵清初刊本と同版と思われるが、印刷状況を見ると、馬琴旧蔵本はその後印本であろう。

曲亭馬琴は桂窓から玉茗堂本を借用しているが、自らも『紫釵記』は所蔵していると述べている(4)。『馬琴書翰集成(5)』第三巻所収「23、天保四年七月十四日桂窓宛」長文書簡に、

一　『南柯夢記』『邯鄲夢記』『牡丹亭還魂記』『紫釵記』、
右四種一帙の伝奇ニて、いづれも明の湯若士作ニ御座候。此内、『紫釵記』ハ老拙も所蔵いたし候。

と記し、唐代伝奇小説を戯曲に改変した作品で、『牡丹亭還魂記』以外は見所が乏しいと酷評している。そして、

『紫釵記』は、只今も所持いたし居候得ども、久しく見不申候故、忘れ候ものから、是ハ笠翁の『玉搔頭』に似たる伝記ニて、かんざしより美人才子の色事になる伝奇也。この内に俠客もありて、この美人才子の難儀をすくふ趣向、アハ〳〵しくて、『玉搔頭』よりおとり候。此四種の伝奇、失礼ながら、一向ニ直うちなきものニ御座候。『笠翁十種曲』すら、小刻ハ弐朱位ニて手ニ入候。最初、弐分弐朱など申候ハ書肆の横着、けしからぬカケ直と被存候。この書、何ほどニて御かひ入被成候哉。難斗候へども、もし御返し被成候事、相成候ハヾ、その書肆へ御返し被成候方、可然奉存候。もし御返し被成がたく候ハヾ、ともかくもの御事と奉存候。老拙に御見せ

被成候との思召ニて、御とり入レ被成候義ニも候ハヾ、何分きのどくニ奉存候。依之、今便、直ニも返上可致哉と存候得ども、折角遠方御かし被遣被下候御事故、『邯鄲夢記』をもよみ果候て、近便ニ、来月比迄ニ返上可仕候。……

と返本のすすめと、返本がかなわなかったときは、拝借して来月までに返却する旨を伝えている。

同書第一巻所収の文政十三年三月二十六日篠斎宛(6)（別紙）には、『八犬伝』や『金瓶梅』等に言及する箇所で、末尾に『西廂記』に触れる中、自身の『花釵児《ハナカムザシ》』に言及し、

このはなかんざしハ、《笠翁十種曲》の『紫釵記』を訳せしものにて、書きざま、この書によれバ、伝奇のよみやうを会得せられん為にあらハし候キ。

と言う。

馬琴は実用のための蒐書に心掛けたゆえに、必要な版本校合と読書のために桂窓から借用したのであろう。しかし、好事家が幾種類もの版本を収集したのとは異なり、馬琴は必要不可欠なテキストを手元に置いたのみと思われるから、家蔵本は一種で、すなわち本書を指すと思われる。版本的には稀覯本ではなく、馬琴旧蔵本の一本に過ぎないが、書入れなどから馬琴の手択本という面では資料性のある貴重な版本と言えるであろう。

注

（1）服部仁氏「馬琴所蔵本目録・一」（『同朋大学論叢』40、一九七九）日本古典文学、影印叢刊32『近世書目集』（日本古典文学会、一九八九）高牧実氏「滝沢馬琴蔵書・自著・自作旧板・稿本の売却」（『聖心女子大学論叢』119巻、二〇一二年八月）柴田光彦氏『曲亭馬琴日記　別巻』（中央公論新社、二〇一〇）、神田正行氏『馬琴と書物』（八木書店、二〇一一）。

（2）馬琴の蔵書印については『人と蔵書と蔵書印』（雄松堂出版、二〇〇二）「八一　曲亭馬琴」において、その三印を参照することができる。
（3）黄仕忠氏『日蔵中国戯曲文献綜録』（広西師範大学出版社、二〇一〇）一一〇～一一五頁。『新潟県立図書館新潟図書館漢籍目録』（新潟県立図書館、一九八〇）参照。また、『早稲田大学図書館所蔵漢籍分類目録』（早稲田大学図書館、一九九一）では、『紫釵記』二巻明湯顕祖撰（明刊）二冊、『湯義仍先生紫釵記』（康熙刊）二冊、とする。
（4）高牧実氏「滝沢馬琴蔵書・自著・自作旧板・稿本の売却（四）完」（『聖心女子大学論叢』118巻、二〇一二年一月）天保六年七月十四日の桂窓宛書簡で『紫釵記』所蔵について言及するとの指摘がある。
（5）八木書店、二〇〇三年三月、八七～八八頁。
（6）八木書店、二〇〇二年九月、二九〇頁。

書評：村上正和氏著『清代中国における演劇と社会』（山川出版社、二〇一四年十一月十日刊）

『清代中国における演劇と社会』（以下、本書と略称する）は、二〇一一年度に村上正和氏が東京大学に提出した博士論文に再編と改稿を加えた論述、及び参考文献から成る。清朝時代の演劇文化に焦点を当て、社会史研究の視点から分析した近世中国演劇研究の一つの成果である。本書からは、清朝宮廷演劇をめぐる研究にも新たな視点などを得ることが可能であるので、書評という形式ではあるが、あえて一連の宮廷演劇研究に添えさせていただいた。

村上氏は、明末から清中期までの演劇文化は、社会や政治と絡み合って、芸術、そして、粗野な民衆文化として、相反する価値観を生み出しつつ形成されて行ったと言う。その絡み合いに着目し、明末清初の江南、及び清代中期の北京という地域での演劇文化を対比的に取り上げ、近世中国の演劇文化の社会的特徴、演劇を通して形成された社会関係を明らかにした。それが本書である。士大夫と俳優の社会関係を見る目安として、俳優の隷属性が濃い家班型、不特定多数との結合を示す劇場型の二パターンを用意する。その一方、政治との係わり合いでは「清朝の演劇規制」という視点を用意するものの、従来の文化弾圧一辺倒ではなく、政策が演劇文化の時代状況にいかに対応したかという柔軟性を持つ見方と広い視野から捉える。北京の演劇については、檔案史料にある処分例を利用し、（1）俳優の社会的実態、（2）演劇の社会的実態、（3）清朝の演劇規制の三方面を描き出した。

第一章以下、演劇文化から捉えた社会関係について、村上氏が解明した諸点を、逐次整理し疑問点は括弧内（　）に添えて示し、最後に、全書を通しての論評をする。

第一章　明末清初期における士大夫の俳優寵愛と身分秩序問題

第一章では明末清初の江南都市部での「家班型」演劇文化のあり方が取り上げられ、士大夫の交際に演劇や俳優が不可避な状況にあり、結果として身分秩序のゆらぎにつながった点を述べる。

［1　明末における演劇の流行と交際］

明代の演劇は楽戸制度に支えられていたが、後期ごろになると一般人も賤視された俳優となり、士大夫ら「富裕層」によって扶養されるようになる。士大夫が自ら劇団を所有することで、その俳優らが主人に隷属性を帯びた状態になる社会関係パターンを村上氏は「家班型」と規定する。士大夫ら富裕層は、交際や名声獲得に家班型演劇体制を用い、その結果、賤視された楽戸制度の枠組みが弛緩して、貴賤という二元的な状況が変化し、身分秩序の乱れが見られるようになる。

［2　俳優の活躍とその振る舞い］

明末期の俳優は、郷紳などが扶養や後援をすることで、時に分不相応のふるまいをする者も出て来た。しかし、士大夫から見離されれば、奴僕と同じ運命も持ちあわせていた。

［3　陳維崧の俳優寵愛と絵図］

清初、名家出身の陳維崧は、少年俳優の徐紫雲（雲郎）との同性愛を『雲郎出浴図』や『陳検討塡詞図』に描き出し、絵図を通して二人の関係を世間に示すことで交際の手段とする一方、自らの評判を高めるために、江南や北京でその絵図に詩詞を画讃のように求めた。このような明末以来の士大夫による俳優寵愛は、士大夫と妓女との恋愛と対をなす外に向けられた交際術の姿でもあった。

第二章　雍正帝の楽戸廃止と俳優扶養禁止令

本章では、明末清初、江南での演劇隆盛に伴って、演劇文化が内包する問題に対し、雍正帝が行った禁令とその意図、現実的な容認策を通して、従来の「弾圧」一辺倒的視点に再考を加えている。

［1　雍正帝による民間演劇の容認］

雍正帝は、塩商の生活において観劇は奢侈と批判する。その一方で、都市部での俳優の活動は是認し、娯楽業の劇場や妓館の存在を社会安定には意味あるものと肯定的に捉え、官僚に現実に即した対応を求めた。

［2　楽戸制度の廃止］

雍正帝は、楽戸を廃止し、風教の増長を図った。これは賤業・賤観念の否定によるものではなく、楽戸を必要としない清朝の性格、或は、民間の俳優増加という身分の流動性などを背景とした現実的な対応に拠るものであった。

［3　俳優扶養禁止令］

雍正帝は俳優扶養という「趣味」の領域の行為に対して、政治的意味を付与し、個々の官僚を直接指揮して「結党営私」を排除するために俳優扶養の禁令を出した。

第三章　清代地方官の劇団庇護

本章では、地方劇団の実態が不明であったことから、檔案を通してその実情、地方官との結合について述べる。

［1　地方劇団の諸相］

地方劇団や俳優にとって、収入の多寡は、地元の有力者から得られる支持の大小を敏感に反映したもので、経済的な生命線であった。

〔2　処分事例の持つ意味〕

嘉慶帝は、地方大官の観劇費用は地域の小民に負わせる税負担となり、白蓮教反乱の発生原因と見ていた。そのため、政治体制の刷新を図る中で、官僚評価、とりわけ官僚の不適性を示す際に、演劇を利用した。

〔3　地方官と地方劇団〕

地方を流浪する劇団にとって、地域の有力者たる地方官は、金銭面でも保護者であり、同時にその結びつきは、地方劇団の「格」づけにもなった。その結果、地方官や役所では、演劇に対して規制・援助の両面的施策を行なった。

〔4　軍隊と地方演劇〕

地方演劇を支えたのは行政官のみではなく、地方の武官も有力な支援者であった。そのため、地方演劇の後援をめぐって、個人が劇団や俳優を支援する場合、及び軍隊の組織的干与があった場合の二種に大別する。その一方で、俳優扶養の禁止のもとでも、交際や娯楽のために演劇は必要とされ、地方官と地方劇団の関係は、清代でも家班型の社会関係として常態化して継続されていたのではないか、と言及する。この点は、第一章の江南での家班型のあり方とも関連し、今後の検討が待たれる箇所でもある。

第四章　清代北京の万寿盛典と嘉慶改革

清代の北京では、一方で観劇規制が行なわれ、一方では、万寿盛典などの国家的祝典での演劇実施があった、その結果、演劇をめぐる社会構造には、「家班型」とは異なる「劇場型」と分類し得る社会関係も生まれた、との見通しのもとに万寿盛典の様相と清朝の演劇政策が検証される。

〔1　康熙帝の万寿盛典と雍正帝の訓戒〕

北京では、内城での劇場開設は禁止されていたが、外城では劇場の活動は盛んであった。康熙時代の万寿盛典は、劇場型という不特定多数の人々に開かれた演劇文化成立の契機を与えた。その反面、旗人が演劇に耽溺して困窮化を招き、劇場をめぐって治安問題も生じた。そのため、雍正帝は旗人と演劇との間に距離を置くべきとの訓戒を出し、現実対応の政策をとった。しかし、雍正帝の意図を越して、劇場通いの旗人の摘発はエスカレートし、その反動もあって、旗人は「節節高」などに親しむことになり、雍正帝の訓戒・叱責は、かえって旗人を演劇とは別の芸能に近づけた、と見る。

［2　乾隆年間における万寿盛典の挙行］

乾隆年間に入ると、祝典の芝居が盛んになったことから、旗人の劇場通いは復活し、中には劇団に入る者も出た。祝典の様相について、村上氏は豪奢・華美の実態を劇団数と人員、経費を統計数値化した表とし、乾隆帝の皇太后が奢靡を嫌って舞台の撤去を命じた背景を統計学の手法から実証的に示した。

祝典にあわせて上京した劇団が多ければ、在京化するものも増え、劇場が増える。それに対して、清朝側は乾隆三十九年に内城での劇場新規建設を禁止した。（雍正年間、内城での劇場禁止令が出ていたはずであるが、この法令が出た段階で既に存在が許されていたその社会背景の説明は必要ではないか。）

［3　北京の演劇・芸能と行政］

北京で事件化した二件の出来事に対する処分例を挙げ、行政側と演芸の興行者との間の癒着を指摘する。（行政対応は、違法行為に対応する形で処理されていたと想像されるが、例示するだけではなく、行政対応の体系的な記述があってもよいのではないか。）

［4　一七九九年の劇場開設禁止令と禄康］

嘉慶帝が一七九九（嘉慶四）年に親政を始めると、内城での劇場は新設も存続も認められなくなった。その後、歩軍統領禄康や御史景徳の禁令緩和に向けての働きかけがあったが、両人はかえって嘉慶帝から免職されることになったことから、劇場経営者と結託した歩軍統領らは、嘉慶帝による内城と外城の区分原則を破ることが出来なかった、と結論づける。

第五章　清代北京における旗人と演劇

本章では、旗人と演劇との関係について、具体的な様相が描かれる。

［1　劇場経営者との癒着］

北京では、旗人の家僕が茶館の経営者であり、かつそれを監視する歩甲でもあったことから、内城での芝居は禁止されてはいたが、茶園での芝居上演は黙認される癒着体質が存在していた。

［2　王族・宗室と北京演劇］

宗室の皇族やその下僕らが、北京の演劇に参与していた例として、荘親王の俳優ギルド掌握、或は、慶郡王府などによる劇団所有を示す。慶郡王府の劇団ではその構成員表を示し、経験者と素人から成る劇団と見なす。（当時の劇団構成のあり方を知る上で貴重であるが、演劇経験者以外を票友や素人出身者とする根拠は、史料的には薄弱に見える。）

［3　旗人官僚による俳優寵愛］

旗人官僚が俳優を寵愛していた例として、総管内務府大臣広興、漢軍旗人李亨特の処分例を取り上げ、彼らが俳優を寵愛して金品を与えたことが明るみになった、と指摘する。

［4　旗人の芸能愛好と俳優活動］

道光年間、宗室が経営する茶館で貝勒身分の者が八角鼓を演唱したり、失職した旗人が八角鼓の芸人となって摘発されたりした。この点について、旗人間で芸能を通した雇傭関係が形成されていた、と見る。

第六章　清代中期北京における俳優の活動

本章では、社会に劇場が定着した結果、どのような新たな社会関係が形成されたかについて、主に士大夫と俳優との社会的関係である「状元夫人」と形容された事象を論ずる。

［1　人身売買と俳優］

俳優には、幼児の時、人身売買されて劇団に入る者もいた。その一方で、劇団に入れず「男娼」化するような子供もいた。人身売買は、俳優の社会的足かせになる場合もあった点を指摘する。

［2　俳優の活動と士大夫の援助］

清代北京では、劇場という日常的に俳優にも観客にも開かれた空間で演劇が行なわれたことから、劇場は人気稼業である俳優個々人の浮沈につながる場となった。そのため、俳優は、劇場での本業の他に、関係の緊密化をねらって顧客たる士大夫や豪商などの宴会に参加し、パトロンを獲得するために交際を積極的に求めた。

［3　状元夫人の誕生］

乾隆の状元畢沅と彼の及第を支えた双慶班の俳優李桂官との佳話から、人気俳優が出世以前の読書人を援助して成功に導いた事例を「状元夫人」と呼んだ。この逸話の生まれる根底に『李娃伝』の流布があり、著名な俳優が士大夫を援助する事例が一種のパターン化現象にまでなった。その背景には、俳優への認知度の上昇があり、身分的な賤民意識への感覚を薄め、ついには劇場型と呼び得る身分を越えた俳優と士大夫を取り結ぶ社会関係の形成につながった。

［4　状元夫人の広がり］

士大夫と俳優との間での「心変わりない」交際は、称賛されて状元夫人という言葉を生んだ。道光年間にそれを書き留めた楊懋建は、その様を『李娃伝』に重ねて見ていたという。「状元夫人」の本質は、北京の演劇文化が劇場を通して開かれた文化空間となり、地方出身者がその場に参画して著名な俳優と士大夫との風流な交流を知り、それを美化した点にあり、その言葉に示される人間関係は身分感覚の変化にも波及した、とまとめる。（村上氏は「状元夫人」の下敷に唐代伝奇『李娃伝』の流布を考えるが、演劇文化の中で捉える時、むしろ『繡襦記』などの劇本の流布やその上演の影響を考えるべきではないか。）

終章　清代中国の演劇規制と社会関係

本章は第一章から第六章までの要約と、本書全体の中心的テーマの一つ、「清朝演劇規制」について、雍正及び嘉慶両帝の対応を比較し、嘉慶帝の統治改革全体へつなげようとする展望などから成る。（ただ、終章であるからには、著者村上氏が各章で明らかにした点に基づき、章題に則した形で総合的な結論、もしくはまとめにした方がよかったのではないかと思われる。）

以上が、書評対象の内容を評者なりに簡約したものである。本書全体の注目点、もしくは評価すべき点は、大まかな見方をすれば次の三点にあろうと思われる。

第一に、劇団と観客の関係について、家班型と劇場型に分けて社会関係の中で論じる点が挙げられる。その背景や時代性を明瞭化するために、地域を江南と北方の北京という対比的な捉え方をすることは斬新な視点である。

第二には、檔案から、その事例の背後にあった人間関係を、演劇文化の枠を設定しつつ、実証的に読み解く方法は歴史学者という村上氏ならではの視点と研究手法である。論考全体に実例が伴い、檔案を用いた論立てへの道筋に対して、史料学の見地からも異論を挿入する余地を持たないし、小説を史料化して扱う点も、実証性の面から、かつての仁井田陞氏の研究手法が想起され評価される点である。

第三には、旗人について、演劇文化との係わり合いで論じた点は、従来の研究にはあまり見られない成果ではないか。近代の名優などを取り上げる際、個々人をめぐる紹介はあるが、清朝を支えた旗人という特別な階級が演劇や芸能にいかに関与したか、ということについては、子弟書などわずかな分野で波多野太郎氏や太田辰夫氏ら先学の研究はあるが、演劇方面の研究はまだ十分進んでいるとは言いがたい。演劇以外の清代芸能を探る上で、旗人の動向は、江戸時代の武士の姿とも重なり、比較文化史の上でも興味深いものがある。

この他にも、本書で注目すべき点は多々あるが、評者の脳裡に以上の三点が特に印象強く留められた。村上氏論著における如上の三大成果とも言うべき点は、同時に更に拡充して論述すべき要素も含む。以下に、その点に対し要望を指摘させていただく。

第一の点は、江南の家班型劇団と士大夫の関係、及び清代北京の劇場型のあり方について、である。明代、各地に王府以下の宗室が立藩し、王府内には劇団を抱えていたであろうことは容易に想像が付く。周憲王のように、作家活動をし、郷紳や地方官との交際も持って地方に影響力を保持していたことから考えれば、明末の大官、阮大鋮などもその流れの上で捉えるべき存在である。従って、江南に限らない王府関係者の家班型演劇文化の性格についても、明末清代の場合に限らず今後深い考究が望まれる。また、明清代には商業も活発に行なわれ、各大小都市には会館が設けられ戯台も付置された。会館での上演の際、多くの場合、地元の劇団を利用したのであろうが、興行移動する劇団の中には、遠く他郷へ赴き、同郷の官僚や商人などの有力者を頼った場合もあったであろう。会館演劇文化は、観劇の視点から考えると、家班型のような閉鎖性もないが、さりとて金銭さえあれば誰でも見られる劇場型でもなかったとも思える。地方官と商人、その土地の郷紳などを包括した二つの類別とは別枠の型を立て得る可能性も考えても良いのではないか。その一方で、村上氏も指摘されるように、家班型の劇団と士大夫の関係は、清朝になっても俳優扶養という形で劇場型の中に家班型が見られる。さすれば、明末の江南と清中期の北京との社会関係の相違に止まる問題ではないので、この点に関しても更なる検証の深化が期待される。

第二の檔案を用いて事例の背後を探る点は、簡潔な紹介は的を射たものであるが、それに加えて事例そのものも興味深い。欲を言えば、掲げる事例はより多い方が良いよいのではないか。その事例の事件性が高いことは、論点に対する明証のように印象づけられるが、著者がいかなる基準で数ある檔案の中から探り出したか、いささか不明な点もある。処分例は事件として目立つこともあるので、相対的に問題にならなかった類似例を並記し、両者の背景や事件性の相違を示すのも一案かと愚考する。仮りに挙例が朝代をまたぐ場合では、とりわけて掲げる処分例に恣意性がない点を示すのが望ましい。

第三の旗人と演劇文化との関係であるが、旗人をひとまとめにして武士のような形で「旗人」と言って良いのであろうか。清朝社会で旗人がいかなる階層を構成し、社会的権限はどのようなものを持っていたかなど、清朝制度に詳しくない評者にとっては理解が及ばない面もある。武士の場合、大名以外、旗本や上士から足軽、或は、浪人にまで拡がる。武士と旗人とは同列ではないかもしれないが、村上氏も旗人の具体例に満人や蒙人、漢人それぞれを挙げているので、それぞれ区別した上で、総体としての「旗人」というまとめ方に導くのであれば、理解もより深くなるかもしれない。旗人とは別に、清代の漢人官僚と劇団や劇場との関係も含め、検証の追加が望まれる。

最後に、本書での演劇文化の対象時代が、主に明末から清代中期、嘉慶末までが中心であったことから、村上氏の研究が更なる展開を迎え、清中期から末期にまで及ぶことを期待しつつ、拙評を収めたい。

清代の演劇は民間に止まらず、宮廷演劇も盛んであったことは、村上氏が万寿盛典を扱う中でも言及されている通りである。民国以降の演劇文化にも多大な影響を与えた宮廷演劇ではあるが、道光年間に到って官署の南府が昇平署に改められたように、一つの変革を迎えることになる。そのため、道光帝はいかなる政策を取り、咸豊帝の代ではどのようになったのか。西太后に到っては、皇帝ではない権力者の意向は演劇文化にどのような影響を及ぼし、いかなる社会関係を形成したのか。これらの諸点は中国文学等の研究にも欠かせないことであるため、考究の進展を通して、「清代中国の演劇と社会」の続編が成ることを期待したい。

（拙評初出、『歴史学研究』第九四二号、二〇一六）

総論――まとめ

清朝宮廷演劇と『昇平宝筏』

「第一章　清朝宮廷演劇と岳小琴本『昇平宝筏』」では、故宮博物院本などと岳小琴本対校による結果に基づいて、テキストの検討を行った。

岳小琴本『昇平宝筏』（厳密に言えば、その依拠本）は、康熙年間本とされるテキストで、『昇平宝筏』は乾隆時代に始まるとする従来の学説を訂正する証拠的存在である。これは、戴雲氏が『勧善金科』の成立は康熙時代とする研究と付合するテキスト的位置を持つ。

筆者は、乾隆時代の大阪府立図書館本、故宮博物院本（古本戯曲叢刊九集底本）、或は、旧北平図書館本（現台湾故宮博物院所蔵）など、乾隆時代、或は、それ以降の写本を比較し、清朝の宮廷演劇、とりわけ、『昇平宝筏』の位置づけやその内容を検討して来た。その研究に加えて、岳小琴本二百四十齣を大阪府立図書館本と故宮博物院本を中心に比較検討し、新たな結果を得ることができた。それは、以下の諸点であった。

第一は、岳小琴本『昇平宝筏』テキストの成立時代が乾隆時代ではなく、康熙時代であった点。岳小琴本が康熙時代に編纂されたことを示す証拠は二つある。その一つは、物語の中で、唐僧が皇太子、皇太后の安否を尋ねる箇所がある。皇太子がいたのは、康熙帝の時になる。二つ目として、奥書に「三十九年」に皇帝が『昇平宝筏』の名称を与えたとの記述がある。三十九年は、乾隆朝にもあるが、康熙三十九年は皇太后六旬にあたる年であり、その寿ぐ年に大戯が作られたことは十分考えられる。ただし、実際は、皇太后六旬の当日ではなく、翌年の華甲、或は、七旬などの祝典を意識していたのではないか。

第二は、岳小琴本テキスト自体には、乾隆帝の諱「弘暦」を欠筆する文字がある点。岳小琴本全てではないにしろ、少なくとも欠筆のある部分は乾隆以降の転写ということになる。岳小琴本『昇平宝筏』の中身は、康熙時代のものと見る点には合理性があり、宮廷演劇、そして『昇平宝筏』について乾隆時代を起点とした従前の考えは訂正する必要がある。

第三は、曲牌・曲詞及び白から岳小琴本『昇平宝筏』を見ると、故宮博物院本や大阪府立図書館本とは異なる点が多く、また、ト書きが短い。つまり、上演以前の原案のような性格が濃く、上演を前提とした大阪府立図書館本のような整然としたものではない。

その一方で、岳小琴本は大阪府立図書館本と故宮博物院本では異なるそれぞれの箇所と共有する場面も持つ。康熙年間本（その転写も含め）であれば、故宮博物院本と大阪府立図書館本に分岐する以前の祖本という位置づけが成り立つ。ただし、第九本目録にある付記は、乾隆時代の付加という見方もあり得るため、その成立時期をめぐる問題はなお残る。しかし、内容から見て康熙年間の成立とすべきである。

岳小琴本は康熙年間の成立であるため、基本的には雍正帝や乾隆帝の諱の忌避がされていないが、それでもわずかに「弘」字の欠筆が認められる点は、今日残る岳小琴本のテキストは康熙原本の転写本、もしくは、欠筆のある齣は後世の補入と見るべきである。

以上が、岳小琴本に焦点を当てた時に得られる特色、特徴である。また、岳小琴本とその他のテキストを比較した場合、陳光蕊江流和尚物語の扱い方、唐太宗の頡利可汗征討物語の有無など、内容面からは新たな結論、つまり、宮廷演劇は用途やその観劇対象の区別によって、何度も試行錯誤的な改訂が施されて上演された。その起点は、岳小琴本が成立した段階に既にあったことがわかる。即ち、朝廷の威信を貶めると受け取られる物語を内包していたからである。

また、玉璽の有無から単純に安殿本と決めることは危険であることが判明した。宮廷戯曲本と乾隆帝玉璽の有無の関係を考えた時、上海図書館の『江流記』『進瓜記』にある玉璽が、乾隆上皇が自ら捺させたか否かについては疑問の余地があるからである。むしろ、テキストの装幀、或は、その字体や文字の配色などから推定すべきであり、大阪府立図書館本に乾隆玉璽がないのは、天禄琳琅本などの善本と比べてみて妥当なことである。

最後にテキストの流れを取り上げ、岳小琴本は、故宮博物院本系統に属す祖本であると同時に、大阪府立図書館本の祖本でもある、と見た。この点から、岳小琴本、大阪府立図書館本以降のテキストは、その再編成の際、撰者らは幾種類ものテキストを用いて再編していったと想定した。そのため、今日残るテキストには安殿本が少なく、また、総本であっても部分が欠けるテキストが多いゆえんもそれに求められるのではないか、と結論づけた。

「第二章　『昇平宝筏』における才子佳人劇」

『昇平宝筏』は、『西遊記』をもとに作られているから、主人公は唐僧師徒である。その一方で、『昇平宝筏』は、幾組かの男女の物語を織り込んで、物語の内容を充足させるばかりではなく、本来の西天取経物語とは別に、西方地域での才子佳人物語を独自に作り上げている。とりわけ、女性を主人公とする作品という側面を持つ。これは乾隆以降のテキストで顕著になった。具体的には、『西遊記』にはない百花羞と花香潔、卓如玉と斉錫純、柳逢春と和鸞娘をめぐる恋愛物語を組み込み、『西遊記』の猪八戒の恋、朱紫国国王の夫妻の愛情物語も拡張されて、才子佳人劇が妖怪退治の話とともに、主要な要素になっている。才子佳人世界を作品構成に取り込む点に『昇平宝筏』の一つの特色がある。『西遊記』では、孫悟空と唐僧、猪八戒と沙和尚があくまでも主役で、随所で登場する妖怪・女妖などはすべて敵役であった。これに対し、『昇平宝筏』は、物語に才子佳人を多く登場させて局所ごとの複合的主人公とし、新たな境地を開いた。

しかし、宮廷演劇を反映し、『昇平宝筏』に描かれる才子佳人は、一般的な男女の姿を取り上げるのではなく、それぞれが儒教の教義を反映した姿で表現される。当時の様々な才子佳人を扱う劇本や小説の手法は取り入れられているが、それはあくまで礼教を身に着けた人物を引き立たせるための筆致と言える。岳小琴本『昇平宝筏』もしくは依拠した「原本」以来、この傾向は、乾隆朝、或は、それ以後の諸本もそれを継承している。『昇平宝筏』が西天取経物語の他に才子佳人劇を重視したのは、康熙本が作られた時、観劇の主体が、皇太后や后妃であったことに由来する。

「第三章　朝鮮朝赴燕使節と宮廷大戯『昇平宝筏』」

本章では、北京の宮廷で上演された『昇平宝筏』が、いかなるテキストであったか筆者の従前の研究を踏まえつつ考察を進めた。乾隆五十五年の八旬万寿節で上演された『昇平宝筏』を考えた時、朝鮮使節の徐浩修は、その演目は「唐僧三蔵西遊記」の観劇であったと記録する点に着目した。徐浩修が『昇平宝筏』とはいわず、「唐僧三蔵西遊記」としたのは、彼がもともと『西遊記』を熟知し、その名前が脳裏にあったからである。清側からは、おそらく演目は『昇平宝筏』と伝えられていたであろうが、あえて『西遊記』の名前を使ったのは、その上演内容が、小説『西遊記』に近い内容で一貫して唐僧と孫悟空らを主人公としていたためであろう。このように見るならば、少なくとも、乾隆五十五年の『昇平宝筏』は頡利可汗物語を含まない大阪府立図書館本系統のテキストが台本として使用されたのではないか。上海図書館蔵『進瓜記』・『江流記』は四色鈔本、大阪府立図書館本『昇平宝筏』も同じ四色鈔本で、その体裁が共通していることを考えれば、大阪府立図書館本は、八旬万寿盛典に用いられた安殿本と見るのがふさわしい。乾隆帝の上覧に供されたことは、大阪府立図書館本に見られる文字の訂正からも判明し、安殿本であることがわかる。つまり、『進瓜記』などは内廷用であったかもしれないが、少なくとも大阪府立図書館本は公式行事に用いられたテキストと見てもよいのではないか。

「第四章　清代演劇文化へのアプローチ」

（一）中国の人形劇――皮影戯と傀儡劇

中国演劇は、地域によって差異が濃厚で、それぞれ特色を持っている。そのような状況のもとで生身の俳優が行なう地方劇の影にかくれているのが、傀儡戯と皮影戯、つまり影絵人形芝居である。本論では、中国伝統文化の中ではあまり知られない芸能、皮影戯（影絵人形芝居）についてその沿革史、及び中国全土の状況について紹介し、宮廷戯曲とは対照的な大衆芸能として受容された概況を論じた。

今日の中国では、傀儡戯はなお生命力を持つが、皮影戯は、旧時、夜間に限られた演劇という性格を持ったので、比較的時代の変貌の影響を受け易く、民国年間、既にその衰退期に入った。しかし、一九八〇年代になると、皮影戯という影絵人形芝居の活動が再び盛んとなり、現在では、地域ごと影絵人形が作られ、台本に基づき上演されている。その皮影戯の実態を、先学の研究に拠りつつ、フィールド調査と文献に基づき、その分布状況や特徴を簡便な形で紹介し、併せて蒐集した影絵人形の幾組かを図示した。

（二）日本における古本戯曲叢刊の利用――第九集の利用を中心に

（1）古本戯曲叢刊の所蔵について

（2）古本戯曲叢刊初集から四集までの利用

（3）古本戯曲叢刊九集の利用

（4）清朝宮廷演劇文化の研究と古本戯曲叢刊

明清の宮廷演劇研究において、古本戯曲叢刊初集・二集・三集・四集、九集は、貴重な資料と言える。本項では、その利用状況を日本の中国戯曲研究者の主だった成果に基づいて紹介した。

かつての日本では、中国古典戯曲研究は、他のジャンルと比べると相対的に少なかった。しかし、初期段階の研究者である青木正児氏、吉川幸次郎氏、田中謙二氏らが当該研究分野を切り拓き、重厚な成果を残した。青木正児氏の名著『支那近世戯曲史』（弘文堂書房、一九三〇）は古本戯曲叢刊出版以前の研究ではあるが、中国での先駆的研究者に影響を与え、結果として古本戯曲叢刊の編集と出版に到ったと言える。古本戯曲叢刊の刊行には、王国維以来の中国戯曲研究者の意向があるが、直接的ではないにしろ、青木氏の研究の影響もあったであろう。

その後、岩城秀夫氏が古本戯曲叢刊の価値に気づき、その初集刊行直後から叢刊を利用し、日本国内にある戯曲原本と併用し、明代の戯曲研究を進め大きな成果を残した。同時に、岩城氏は叢刊影印本の特性も十分考慮し、叢刊所収戯曲を考証の史料とする扱いもした。日本では容易に見られない戯曲テキストが利用できることから、太田辰夫氏以降、現在の新鋭の研究者まで、古本戯曲叢刊を利用し、いかなる成果を出したかという視点で、年代順に中国戯曲研究者に焦点を当てて紹介した。併せて、筆者の主催した「清朝宮廷演劇文化の研究」において、参加した研究者群が古本戯曲叢刊九集等のテキストを利用し、多くの成果を導き出した経緯も示した。ただし、一部の重要な研究者については、時間的制約から言及できなかった。

（三）曲亭馬琴旧蔵清刊紫釵記

江戸後期の文人、曲亭馬琴は、作家であると同時にたぐいまれなる読書家、蔵書家でもあった。市井に散佚した馬琴旧蔵本は多いが、しかし、時に再び世に出てくることもある。筆者の発見した曲亭馬琴旧蔵『紫釵記』もその一つである。本節では、その書籍について、書誌を主とした簡単な紹介をした。当該『紫釵記』上下二冊には、「瀧澤文庫」「曲亭主人」「著作堂図書記」「□《?》□《?》書印」の印記があることから、曲亭馬琴の旧蔵本と推定し、先学の研究に基づきつつ、『馬琴日記』に記載される書籍貸借をめぐる言及にある清刊本の『紫釵記』こそが、ここで紹介したテキストであるとの結論を導き出した。

「附録」書評：村上正和氏『清代中国における演劇と社会』

村上正和氏『清代中国における演劇と社会』の書評を通して、社会史研究の視点から清朝時代の演劇文化を分析した村上氏の成果が、宮廷演劇文化研究にも有益であると評価した。

村上氏は、明末清初の江南と清代中期の北京を対比的に取り上げ、近世中国の演劇文化の社会的特徴、及び演劇を通して形成された社会関係を明らかにしている。まず、村上氏は明末から清中期にかけて、演劇文化は、社会や政治と絡み合って、相反する芸術文化と粗野な民衆文化という二つの価値観を生み出し、形成されて行ったとの全体像を呈示し、次に具体的に士大夫と俳優との社会関係を見る目安として、俳優の隷属性が濃い家班型、不特定多数との結合を示す劇場型の二パターンがあったことを強調する。そして、政治との係わり合いでは、「清朝の演劇規制」が維持されるものの、規制と言っても従来の文化弾圧一辺倒ではなく、演劇文化の時代状況に政策が柔軟に対応した、との見解に立つ。北京の演劇の状況では、檔案史料に見られる処分例を利用し、（1）俳優の社会的実態、（2）演劇の社会的実態、（3）清朝の演劇規制の三点を基軸に、当時の演劇と士大夫社会の関係を明らかにした。

村上氏が解明した演劇文化と社会との関係は、清朝宮廷戯曲のあり方とも密接に係わり、今後、道光年間以降の成果に期待することで論評を収めた。

あとがき

康熙帝の時代は、清グルンが形成されつつあった時期に当たり、中国大陸での戦火が収束に向っていた。続く雍正時代を経て、その体制の完成を迎える乾隆帝の時代になると、東アジア世界は安定期を迎えた。文化的な方面でも、後世に伝えるべきすぐれた作品、工芸品などが生み出される時代を迎えていた。康熙朝、そして乾隆朝では、本書で扱った『昇平宝筏』などの宮廷演劇の結晶も生まれ、演劇文化史に大きな足跡を残した。清朝史から見ると、平和な安定した時期に上演された宮廷演劇は華やかな文化遺産であった。しかし、後の咸豊帝から西太后時代になると、侵略と国内の反乱などで、宮廷演劇の場は為政者のための逃避世界を提供する仮想空間の役割を提供するようになり、初期の万寿盛典で見られた現実の上に構築した仮想空間とは異質な文化状況を迎える。

今日的観点から清朝宮廷演劇をめぐる研究を進める最中、国際情勢が緊迫し、二〇二二年春に到って、古典や文化を研究することを揺るがす事態が起きた。ロシアによる侵略戦争と殺戮である。そのような状況下で、日本地図を改めて見ると、北海道の西側はロシアである上に、千島列島をそのロシアが不法占拠するという現実がそのままになっていることに改めて気づかされた。

かつて、康熙帝の時代、ロシアの当方進出を阻み、東アジア、チベットや中央アジアにはひとしきりの安寧が訪れていた。岳小琴本『昇平宝筏』もその中で生まれ、清朝の威光が作品の中でもよく描かれていた。その後、清朝自体の治世的問題に加えて、イギリスの阿片貿易に始まるヨーロッパ諸国が起こした侵略戦争から、社会体制の動揺が激化し、本書のテーマである清朝宮廷演劇、或は、上演舞台を伴う離宮の破壊などに及んだことはよく知られる出来事である。これらの歴史は、決して過去のことに止まらず、現在も起こっている。東ヨーロッパ、中東、南アジアでは、戦火の中で、先人の伝えた文化遺産が破壊、もしくは危機的状況にあるし、平和の中の自然破壊で、人災が天災を呼び起こしている。そのような世界情勢の中で本書のメインテーマである『昇平宝筏』を再読すると、それは、時の状況を受けつつも、仁と徳による社会の構築を表現した作品のようにも見える。いまを生きる一人の人間として、明確な動作には至らないかもしれないが、清朝下の人々が懐いたように、「昇平」の世に向かう宝筏にすべての人々が乗れるように自己の作業を通して人災を減災できるように少しでも努めたいと思う。

なお、掲載写真は筆者の撮影、掲載資料は『万寿盛典』（国立公文書館内閣文庫蔵）、『乾隆得勝図』「準回両部平定得勝図・伊西洱庫爾淖爾之戦図」・「準回両部平定得勝図・烏什酋長献城降図」（東北大学附属図書館蔵）を除き、すべて家蔵品に拠る。素人の撮影のため、見ぐるしい点は寛恕願いたい。

最後で恐縮ではあるが、拙著の出版に際し、汲古書院の御世話をいただいた。とりわけ、小林詔子氏には新型コロナ禍の最中から御助言や御指摘をいつもの如くいただき、書籍としての体裁を整えることが出来た。小林氏並びに汲古書院、及び印刷担当のすべての方々に感謝申し上げたい。

二〇二四年十月

著　者

索　引

【索引提要】

本書の利用に際し、その便宜を考えて事項・書名・人名に分けて主要なものを再録する。おおよその方針は以下の通りである。

全体としては、採録する事項・書名・人名は、各章の内容を象徴するものを取り、本書全体のテーマである『西遊記』『昇平宝筏』などの書名、孫悟空や玄奘などの各章に係わる一目瞭然の人名書名は採録していない。

1　引用著書は、書名および著者名を索引に採録し、論文は取らない。

2　人名は、本書の内容を重視し、史実の主要な人物に限り、小説・戯曲の登場人物、皇帝、或は、芸人などは省いた。

3　事項で同一のものは、一項目にまとめる。書名、人名もこれに準拠する。

4　目次・図版・引用文・注記・総論など、索引を見る必要性が低い箇所は、事項以下省略した。

5　各章で特徴的なものは、必要最低限のものを掲げ、その該当章全体に亙るものは採録から外した。例えば第四章（三）に見える曲亭馬琴、版本の種類など、この節に限定されるものである。

以上のおおざっぱな方針のもとで索引の作成をしたが、筆者の恣意的な判断もあり、索引にないものもあるかもしれない。この点をお断りしたい。

事項索引

書名索引

人名索引

A Study
of
the Qing Court Drama *Journey to the West*.

by

ISOBE Akira

2025

KYUKO-SHOIN

TOKYO

著者紹介

磯部　彰（いそべ　あきら）

1950年生まれ。東北大学名誉教授。

東北大学大学院文学研究科博士後期課程1981年単位取得退学。富山大学人文学部教授（1993年～1996年）。東北大学東北アジア研究センター教授（1996年～2016年）。

文学博士（東北大学　1991年）

専門分野　近世中国の演劇と小説、日本伝存漢籍及び漢学研究、東アジア出版文化

主な著書　『《西遊記》形成史の研究』（創文社　1993年2月）、『《西遊記》受容史の研究』（多賀出版　1995年5月）、『《西遊記》資料の研究』（東北大学出版会　2007年2月）、『旅行く孫悟空――東アジアの西遊記――』（塙書房　2011年9月）、『東アジア典籍文化研究』（塙書房　2013年2月）、『大阪府立中之島図書館蔵《昇平宝筏》』全10冊編著（東北大学出版会　2013年3月）、『清朝宮廷演劇文化の研究』編著（勉誠出版　2014年2月）ほか。

清朝宮廷演劇西遊記の研究
――岳小琴本『昇平宝筏』を中心に

令和七年一月三十日　発行

著　者　磯　部　　彰

発行者　三　井　久　人

整版印刷　日本フィニッシュ
　　　　　富士リプロ㈱

発行所　汲　古　書　院

〒101-0065　東京都千代田区西神田二―四―三
電　話〇三（三二六五）九七六四
ＦＡＸ〇三（三二二二）一八四五

牧製本印刷株式会社

ISBN978－4－7629－6748－1　C3097